IMAGINA-ME

Universo dos Livros Editora Ltda.
Avenida Ordem e Progresso, 157 – 8º andar – Conj. 803
CEP 01141-030 – Barra Funda – São Paulo/SP
Telefone/Fax: (11) 3392-3336
www.universodoslivros.com.br
e-mail: editor@universodoslivros.com.br
Siga-nos no Twitter: @univdoslivros

TAHEREH MAFI

IMAGINA-ME

São Paulo
2025

Grupo Editorial
UNIVERSO DOS LIVROS

Diretor editorial: **Luis Matos**
Gerente editorial: **Marcia Batista**
Assistentes editoriais: **Letícia Nakamura e Raquel F. Abranches**
Tradução: **Monique D'Orazio**
Preparação: **Flávia Yacubian**
Revisão: **Luisa Tieppo**
Capa: **Colin Anderson**
Foto de capa: **Sharee Davenport**
Arte: **Valdinei Gomes**
Projeto gráfico: **Aline Maria**
Diagramação: **Cristiano Martins**

Dados Internacionais de Catalogação na Publicação (CIP)
Angélica Ilacqua CRB-8/7057

M161i

Mafi, Tahereh

Imagina-me / Tahereh Mafi ; tradução de Monique D'Orazio.
– São Paulo : Universo dos Livros, 2020.

368 p. (Estilhaça-me ; 6)

ISBN 978-65-5609-034-4

Título original: *Imagine me*

1. Literatura juvenil norte-americana 2, Distopia - Ficção
I. Título II. D'Orazio, Monique

20-2890 CDD 813.6

Para Tara Weikum, por todos esses anos

~~Ella~~ Juliette

Na calada da noite, ouço pássaros.

Eu os ouço, os vejo, fecho os olhos e os sinto, as penas estremecendo no ar, curvando o vento, as asas roçando meus ombros quando ascendem, quando pousam. Gritos discordantes soam e ecoam, soam e ecoam...

Quantos?

Centenas.

Pássaros brancos, brancos com faixas douradas, assemelhadas a coroas no topo de suas cabeças. Eles voam. Voam pelo céu com asas fortes e firmes, donos de seu destino. Eles costumavam me fazer ter esperança.

Nunca mais o farão.

Viro o rosto no travesseiro, enfiando os dedos em carne de algodão, as lembranças se chocando contra mim.

– Você gosta deles? – ela pergunta.

Estamos em uma sala grande e ampla que cheira a terra. Há árvores por toda parte, tão altas que quase tocam os canos e as vigas do teto aberto. Aves, dezenas delas, guincham abrindo as asas. Os gritos são altos. Um pouco assustadores. Tento não me encolher quando uma das grandes aves brancas passa por mim. Usa uma pulseira verde-neon brilhante ao redor de uma perna. Todas usam.

Não faz sentido.

Lembro-me de que não estamos ao ar livre – as paredes brancas, o piso de concreto nos meus pés – e levanto os olhos para minha mãe, confusa.

Nunca a vi sorrir tanto. Em geral, ela sorri quando papai está por perto, ou quando ela e papai estão no canto, sussurrando um para o outro, mas agora somos apenas ela, eu e um monte de aves, e ela está tão feliz que decido ignorar a sensação esquisita no meu estômago. As coisas melhoram quando minha mãe está de bom humor.

– Sim – minto. – Eu gosto muito delas.

Os olhos dela brilham.

– Eu sabia que você gostaria. Emmaline não se importava com as aves, mas você… você sempre gostou demais das coisas, não é, querida? Não é nem um pouco como a sua irmã. – De alguma forma, suas palavras saem malvadas. Não parecem *más, mas* soam *más.*

Franzo o cenho.

Ainda estou tentando descobrir o que está acontecendo, quando ela diz:

– Eu tinha uma ave dessas de estimação quando era mais ou menos da sua idade. Naquela época, eram tão comuns que nunca poderíamos nos livrar delas. – Ela ri e eu a observo fitar uma das aves, no meio do voo. – Uma delas vivia em uma árvore perto da minha casa e chamava meu nome sempre que eu passava. Consegue imaginar? – Seu sorriso desaparece quando ela faz a pergunta.

Finalmente, ela se vira e olha para mim.

– Elas estão quase extintas agora. Você deve entender por que não pude deixar isso acontecer.

– Claro – respondo, mas estou mentindo novamente. Há pouco que eu entenda sobre minha mãe.

Ela faz que sim balançando a cabeça.

– Essas são tipos especiais de criaturas. Inteligentes. Elas sabem falar, dançar. E cada uma delas usa uma coroa. – Ela se afasta novamente, olhando para os pássaros do jeito que olha para todas as coisas que ela faz a trabalho: com alegria. – A cacatua-de-crista-amarela encontra um parceiro para a vida toda – diz ela. – Assim como eu e seu pai.

A cacatua-de-crista-amarela.

Estremeço de repente com a inesperada sensação de uma mão quente nas minhas costas, os dedos passando levemente pela minha coluna.

– Meu amor – ele diz –, você está bem?

Quando não digo nada, ele se mexe, os lençóis farfalhando, e ele me coloca nas curvas do seu corpo, encaixando-se ao meu redor. Ele é quente e forte e, quando sua mão desliza pelo meu tronco, eu inclino a cabeça em sua direção, encontrando paz em sua presença, na segurança de seus braços. Os lábios tocam minha pele, um roçar no pescoço tão sutil que reluz, quente e frio, até os dedos dos pés.

– Está acontecendo de novo? – ele sussurra.

Minha mãe nasceu na Austrália.

Sei disso porque ela uma vez me contou e porque agora, apesar do meu desespero em resistir a muitas das lembranças que passaram a voltar para mim, não consigo esquecer. Uma vez, ela me disse que a cacatua-de-crista-amarela era originária da Austrália. Foi introduzida na Nova Zelândia no século XIX, mas Evie, minha mãe, não as descobriu por lá. Ela se apaixonou pelas aves em sua terra, quando criança, quando, segundo ela, uma delas salvou sua vida.

Essas foram as aves que uma vez assombraram meus sonhos.

Esses pássaros, mantidos e criados por uma mulher louca. Sinto vergonha ao perceber que me apeguei com afinco ao absurdo, às impressões desbotadas e desfiguradas das memórias antigas mal descartadas. Eu tinha esperança de mais. Sonhava com mais. A decepção se instala na minha garganta, uma pedra fria que não consigo engolir.

E então

de novo

eu sinto

Enrijeço diante da náusea que precede uma visão, o soco repentino no estômago que significa que há mais, que há mais, que sempre há mais.

Aaron me puxa para mais perto, me abraça mais firme contra seu peito.

– Respire – ele sussurra. – Estou bem aqui, meu amor. Eu estarei bem aqui.

Eu me agarro a ele, apertando meus olhos com força enquanto minha cabeça começa a nadar. Essas lembranças foram um presente da minha irmã, Emmaline. A irmã que acabei de descobrir, que acabei de recuperar.

E só porque ela lutou para me encontrar.

Apesar dos esforços incansáveis de meus pais para livrar nossas mentes das provas persistentes de suas atrocidades, Emmaline prevaleceu. Ela usou seus poderes psicocinéticos para devolver a mim o que foi roubado das minhas memórias. Ela me deu esse dom – o dom da lembrança – para me ajudar a me salvar. Para *salvá-la*. Para deter o avanço de nossos pais.

Para consertar o mundo.

Mas agora, depois de uma fuga bem-sucedida por pouco, esse dom se tornou uma maldição. O tempo todo minha mente renasce. Alterada. As memórias não param de chegar.

E minha mãe morta se recusa a ser silenciada.

– Passarinho – ela sussurra, colocando uma mecha de cabelo atrás da minha orelha. – É hora de você voar para longe.

– Mas eu não quero ir – respondo, com medo de fazer minha voz tremer. – Quero ficar aqui, com você, papai e Emmaline. Ainda não entendo por que tenho que partir.

– Você não precisa entender – ela diz com delicadeza.

Fico desconfortavelmente imóvel.

Minha mãe não grita. Ela nunca gritou. Na minha vida inteira, ela nunca levantou a mão para mim, nunca gritou ou me xingou. Não é como o pai de Aaron. Mas minha mãe não precisa gritar. Às vezes, ela apenas diz coisas, coisas que a gente não precisa entender, mas há uma nota de aviso ali, um caráter definitivo em suas palavras que sempre me assustou.

Sinto lágrimas se formando, ardendo no branco dos meus olhos e...

– Não chore – diz ela. – Você está crescida demais para isso agora.

Eu fungo, lutando contra as lágrimas, mas minhas mãos não param de tremer.

Mamãe olha para cima e acena para alguém atrás de mim. Eu me viro bem a tempo de avistar Paris, o sr. Anderson, esperando com minha mala. Não há gentileza em seus olhos. Não há calor. Ele se afasta de mim e olha para minha mãe. Ele não diz "olá".

Ele diz:

– Max já se acomodou?

– Ah, ele está pronto há dias. – Mamãe olha para o relógio, distraída. – Você conhece Max – continua ela, sorrindo de leve. – Sempre um perfeccionista.

– Apenas quando se trata dos seus desejos – diz o sr. Anderson. – Eu nunca vi um homem crescido tão apaixonado pela esposa.

O sorriso da minha mãe se alarga. Ela parece prestes a dizer algo, mas eu a interrompo.

– Está falando do papai? – pergunto, meu coração disparado. – O papai vai estar lá?

Minha mãe se vira para mim, surpresa, como se tivesse esquecido que eu estava presente. Ela se volta para o sr. Anderson.

– A propósito, como está Leila?

– Bem – diz ele, mas parece irritado.

– Mãe? – Lágrimas ameaçam novamente. – Vou ficar com o papai?

Mas ela não parece me ouvir. Ela está conversando com o sr. Anderson quando diz:

– Max vai orientar você em tudo quando você chegar, e ele vai poder responder à maioria das suas perguntas. Se houver algo que ele não possa esclarecer, é provável que você não tenha autorização para saber.

O sr. Anderson parece subitamente irritado, mas não diz nada. Mamãe também não diz nada.

Eu não aguento isso.

Lágrimas estão escorrendo pelo meu rosto, meu corpo tremendo tanto que deixa minha respiração trêmula.

– Mãe? – eu sussurro. – Mãe, por favor, me responda…

Ela segura meu ombro com a mão fria e dura e eu fico instantaneamente imóvel. Quieta. Ela não está olhando para mim. Ela não vai olhar para mim.

– Você vai lidar com isso também – diz ela. – Não vai, Paris?

O sr. Anderson encontra meus olhos então. Tão azuis. Tão frios.

– Claro.

Um lampejo de calor passa por mim. Uma raiva tão repentina que substitui brevemente meu terror.

Eu o odeio.

Eu o odeio tanto que esse sentimento faz alguma coisa comigo quando olho para ele – e a onda abrupta de emoção me faz sentir coragem.

Viro de novo para minha mãe. Tento de novo.

– Por que Emmaline pode ficar? – pergunto, enxugando com raiva minhas bochechas molhadas. – Se eu tiver que ir, não podemos pelo menos ir junt...

Eu me interrompo quando a vejo.

Minha irmã, Emmaline, está me espiando por trás da porta quase fechada. Ela não deveria estar aqui. Mamãe disse isso.

Emmaline deveria estar fazendo suas aulas de natação.

Mas ela está aqui, com os cabelos molhados pingando no chão e me observando, olhos arregalados como pratos. Ela está tentando dizer alguma coisa, mas seus lábios se movem rápido demais para eu acompanhar. E então, do nada, um raio de eletricidade percorre minha espinha e eu ouço a voz dela, aguda e estranha...

Mentirosos.

MENTIROSOS.

MATE TODOS ELES

Meus olhos se abrem e eu não consigo recuperar o fôlego, meu peito arfando, o coração disparado. Warner me abraça, fazendo sons suaves enquanto passa a mão tranquilizadora para cima e para baixo no meu braço.

Lágrimas escorrem pelo meu rosto e eu as golpeio, limpando-as, as mãos trêmulas.

– Eu odeio isso – sussurro, horrorizada com o tremor na minha voz. – Eu odeio muito isso. Eu odeio que isso continue acontecendo. Eu odeio o que isso faz comigo – digo. – *Eu odeio.*

~~Warner~~ Aaron pressiona sua bochecha no meu ombro com um suspiro, sua respiração provocando minha pele.

– Eu também odeio – ele diz baixinho.

Eu me viro, cuidadosamente, no aconchego de seus braços, e pressiono minha testa em seu peito nu.

Faz menos de dois dias que escapamos da Oceania. Dois dias desde que matei minha própria mãe. Dois dias desde que conheci o resíduo de minha irmã Emmaline. Apenas dois dias desde que minha vida inteira foi revirada novamente, o que parece impossível.

Dois dias e as coisas já estão pegando fogo ao nosso redor.

Esta é a nossa segunda noite aqui, no Santuário, a sede do grupo rebelde dirigido por Nouria, filha de Castle, e a esposa dela, Sam. Deveríamos estar seguros aqui. Deveríamos ser capazes de respirar e nos reagrupar após o inferno das últimas semanas, mas meu corpo se recusa a se acalmar. Minha mente está sobrecarregada, sob ataque. Pensei que a onda de novas memórias acabaria, mas essas últimas 24 horas foram um ataque extraordinariamente brutal, e eu pareço ser a única em dificuldade.

Emmaline presenteou a todos nós – todos os filhos dos comandantes supremos – com lembranças roubadas por nossos pais. Um por um, fomos despertos para as verdades que nossos pais haviam enterrado, e um por um, voltamos à vida normal.

Todos menos eu.

Os outros, desde então, seguiram em frente, reconciliaram suas linhas do tempo, deram sentido à traição. Minha mente, por outro lado, continua a vacilar. A girar. Mas então, nenhum dos outros perdeu tanto quanto eu; eles não têm muito do que se lembrar. Nem mesmo Warner – *Aaron* – está passando por uma reimaginação tão completa de sua vida.

Isso tudo está começando a me assustar.

Sinto como se minha história estivesse sendo reescrita, parágrafos infinitos riscados e revisados às pressas. Imagens antigas e novas – memórias – sobrepondo-se até a tinta escorrer, rompendo as cenas em algo novo, algo incompreensível. Ocasionalmente, meus pensamentos parecem alucinações perturbadoras, e o ataque é tão invasivo que temo estarem causando danos irreparáveis.

Porque algo está mudando.

Toda nova memória é entregue com uma violência emocional que me atinge, que reordena minha mente. Antes, eu sentia essa dor em lampejos – a doença, a náusea, a desorientação –, mas não queria questioná-la profundamente. Eu não queria olhar muito de perto. A verdade é que eu não queria acreditar nos meus próprios medos. Mas a verdade é: eu sou um pneu furado. Cada injeção de ar me deixa ao mesmo tempo mais cheia e mais vazia.

Estou esquecendo.

– Ella?

O terror borbulha dentro de mim, sangra através dos meus olhos abertos. Demoro um momento para me lembrar de que sou ~~Juliette~~ Ella. Cada vez, levo um instante a mais.

A histeria me ameaça...

Eu a forço a ir embora.

– Sim – eu digo, forçando o ar em meus pulmões. – Sim.

~~Warner~~ Aaron enrijece.

– Meu amor, o que há de errado?

– Nada – minto. Meu coração está batendo rápido; rápido demais. Não sei por que estou mentindo. É um esforço infrutífero; ele pode sentir tudo o que estou sentindo. Eu deveria apenas dizer a ele. ~~Não sei por que não estou lhe dizendo.~~ Eu sei por que não estou dizendo.

Estou esperando.

Estou esperando para ver se isso vai passar, se os lapsos na minha memória são apenas falhas esperando para serem reparadas. Dizer isso em voz alta torna tudo real demais, e é muito cedo para dizer esses pensamentos em voz alta, para ceder ao medo. Afinal, faz apenas um dia que começou. Ontem me ocorreu que algo estava realmente errado.

Ocorreu-me porque eu cometi um erro.

Erros.

Estávamos sentados lá fora, olhando as estrelas. Não me lembrava de jamais ter visto as estrelas assim – nítidas, claras. Era tarde, tão tarde que já não era noite, mas manhã infantil, e a vista era estonteante. Eu estava congelando. Um vento corajoso passou sorrateiramente por um bosque próximo, enchendo o ar com um som constante. Eu estava cheia de bolo. Warner cheirava a açúcar, a suntuosidade. Eu me senti bêbada de alegria.

Eu não quero esperar, ele disse, pegando minha mão. Apertando. *Não vamos esperar.*

Eu pisquei para ele. *Para quê?*

Para quê?

Para quê?

Como esqueci o que tinha acontecido poucas horas antes? Como me esquecera do momento em que ele tinha me pedido em casamento?

Era uma falha. Parecia uma falha. Onde antes havia uma lembrança, de repente havia uma lacuna, uma cavidade mantida vazia apenas até ser empurrada para o realinhamento.

Eu me recuperei, lembrei. Warner riu.

Eu não.

Esqueci o nome da filha de Castle. Esqueci como pousamos no Santuário. Esqueci, por dois minutos completos, como escapei da Oceania. Mas meus erros foram temporários; eles pareciam atrasos naturais. Senti apenas confusão enquanto minha mente se acalmava; hesitação enquanto as lembranças ressurgiam, encharcadas e vagas. Pensei que talvez estivesse cansada. Sobrecarregada. Não levei nada a sério, até estar sentada sob as estrelas e não me lembro de prometer passar o resto da minha vida com alguém.

Mortificação.

Mortificação tão aguda que pensei que expiraria, tamanha a força de tudo aquilo. Mesmo agora, o calor fresco inunda meu rosto e sinto que estou aliviada por Warner não poder enxergar no escuro.

Aaron, não Warner.

Aaron.

– Não sei dizer agora se você está com medo ou envergonhada – ele fala, e solta a respiração suavemente. Parece quase uma risada. – Você está preocupada com Kenji? Com os outros?

Eu me agarro a essa meia verdade com todo o meu coração.

– Estou – respondo. – *Kenji*. James. Adam.

Kenji está doente, de cama, desde hoje de manhã bem cedo. Olho de soslaio para o luar oblíquo através da nossa janela e lembro que já passou da meia-noite, o que significaria que, tecnicamente, Kenji ficou doente ontem de manhã.

Independentemente disso, foi aterrorizante para todos nós.

As drogas que Nazeera forçou em Kenji em seu voo internacional do Setor 45 para a Oceania foram uma dose forte demais e ele está se recuperando desde então. Ele acabou tendo um colapso – as gêmeas Sonya e Sara foram dar uma olhada nele e disseram que vai ficar bem – mas não antes de sabermos que Anderson estava reunindo os filhos dos comandantes supremos.

Adam, James, Lena, Valentina e Nicolás estão todos sob a custódia de Anderson.

James está sob a custódia dele.

Foram alguns dias devastadores e terríveis. Foram algumas semanas devastadoras e terríveis.

Meses, realmente.

Anos.

Há dias, não importa a que distância eu vá, em que não consigo reencontrar os bons momentos. Há dias em que a felicidade ocasional que conheci parece um sonho bizarro. Um erro. Hiper-real e sem foco, as cores brilhantes demais e os sons fortes demais.

Ilusões da minha imaginação.

Há apenas alguns dias que a clareza se fez para mim, trazendo presentes. Há apenas alguns dias, o pior parecia ter ficado para trás; o mundo parecia cheio de potencial; meu corpo estava mais forte do que nunca; minha mente, mais cheia, mais nítida, mais capaz do que eu jamais a conheci.

Mas agora...

Mas agora...

Mas agora sinto que estou me agarrando às bordas borradas da sanidade, àquele amigo esquivo que só aparecia nos bons momentos, que sempre partia meu coração.

Aaron me puxa para perto e eu me derreto nele, grata por seu calor, pela firmeza de seus braços em volta de mim. Respiro fundo, estremecendo, e deixo tudo ir embora, respirando nele. Inspiro o aroma rico e inebriante de sua pele, o leve aroma de gardênias que ele sempre carrega consigo. Segundos se passam em perfeito silêncio e ouvimos um ao outro respirar.

Lentamente, minha frequência cardíaca se estabiliza.

As lágrimas secam. Os medos dão uma trégua de cinco minutos. O terror é distraído por uma borboleta que passa e a tristeza tira uma soneca.

Por um tempo, somos apenas eu, ele e nós, e tudo é imaculado, intocado pela escuridão.

Eu sabia que amava ~~Warner~~ Aaron antes de tudo isso – antes de sermos capturados pelo Restabelecimento, antes de sermos destruídos, antes de conhecermos nossa história comum –, mas esse amor era novo, verde; suas profundezas, desconhecidas, não testadas. Naquela janela breve e cintilante, durante a qual os buracos em minha memória pareciam totalmente explicados, as coisas entre nós mudaram. *Tudo* entre nós mudou. Mesmo agora, mesmo com o barulho na minha cabeça, eu sinto.

Aqui.

Isso.

Meus ossos nos ossos dele. Este é o meu lar.

Eu o sinto de repente ficar tenso e me afasto, preocupada. Não vejo muito dele nessa perfeita escuridão, mas sinto o delicado aumento dos arrepios ao longo de seus braços quando ele diz:

– Em que você está pensando?

Arregalo os olhos, a compreensão destronando a preocupação.

– Eu estava pensando em você.

– Em mim?

Suprimo a lacuna entre nós outra vez. Confirmo balançando a cabeça encostada em seu peito.

Ele não diz nada, mas posso ouvir seu coração disparado no silêncio tranquilo, e eventualmente eu o ouço soltar o ar. É um som pesado e desigual, como se ele estivesse prendendo a respiração por muito tempo. Gostaria de poder ver seu rosto. Não importa quanto tempo passemos juntos, ainda esqueço o quanto ele pode sentir minhas emoções, especialmente em momentos assim, quando nossos corpos são pressionados um contra o outro.

Com cuidado, passo a mão pelas costas dele.

– Eu estava pensando em quanto eu te amo – afirmo.

Ele fica imóvel de um jeito que não é comum, mas apenas por um momento. E então ele toca meu cabelo, seus dedos lentamente penteando os fios.

– Você sentiu isso? – pergunto.

Quando ele não responde, eu recuo novamente. Fixo o olhar nele até conseguir distinguir o brilho de seus olhos, a sombra de sua boca.

– Aaron?

– Sim – diz ele, mas parece um pouco sem fôlego.

– Sim, você sentiu?

– Sim – ele repete.

– Como é a sensação?

Ele suspira. Rola de costas. Fica quieto por tanto tempo que, por um momento, não tenho certeza se vai responder. Então, suavemente, ele diz:

– É difícil descrever. É um prazer tão próximo da dor que às vezes não consigo distinguir os dois.

– Parece horrível.

– Não – ele diz. – É sublime.

– Eu te amo.

Uma inspiração repentina. Mesmo nessa escuridão, vejo a tensão em sua mandíbula – a tensão ali – enquanto ele olha fixo para o teto.

Eu me sento, surpresa.

A reação de Aaron é tão espontânea que nem sei como eu nunca havia percebido isso antes. Mas, por outro lado, talvez seja algo novo. Talvez algo realmente tenha mudado entre nós. Talvez eu nunca o tenha amado tanto assim antes. Isso faria sentido, suponho. Porque, quando paro para pensar, quando realmente penso no quanto o amo agora, depois de tudo o que…

Outra respiração repentina e brusca. E então ele ri com nervosismo.

– *Uau* – eu digo.

Ele bate a mão sobre os olhos.

– Isso é vagamente constrangedor.

Agora estou sorrindo, quase rindo.

– Ei. É…

Meu corpo fica tenso de repente.

Um arrepio violento percorre minha pele e minha coluna fica rígida; meus ossos, sustentados no lugar por pinos invisíveis; minha boca congelada, aberta, tentando puxar o ar.

O calor preenche a visão.

Estou estática e não ouça nada, não vejo nada além de grandes corredeiras, água branca, vento feroz. Não sinto nada. Não penso em nada. Não sou nada.

Fico, pelo mais infinitesimal instante…

Livre.

Trêmulas, minhas pálpebras abrem *fecham* abrem *fecham* abrem *fecham* sou uma asa, duas asas, uma porta abrindo e fechando, cinco aves

O fogo sobe dentro de mim, explode.

Ella?

A voz aparece em minha mente com força ágil, intensa e brusca, como pontadas no cérebro. Estupidamente, percebo que estou com dor… minha mandíbula dói, meu corpo ainda está suspenso em uma posição não natural – mas ignoro. A voz tenta novamente:

Juliette?

A tomada de consciência, uma faca nos joelhos. Imagens da minha irmã enchem minha mente: ossos e pele derretida, dedos espalmados, boca encharcada, sem olhos. Seu corpo estava suspenso debaixo d'água, longos cabelos castanhos como um enxame de enguias. Sua voz estranha e incorpórea me perfura. E assim eu digo, sem falar:

Emmaline?

A emoção entra em mim, dedos cravando na minha carne, sensação raspando minha pele. O alívio dela é tangível. Posso sentir o gosto. Ela está aliviada, aliviada por eu reconhecê-la, aliviada por me encontrar, aliviada aliviada aliviada…

O que aconteceu?, pergunto.

Um dilúvio de imagens inunda meu cérebro até afundar, até eu afundar. Suas memórias afogam meus sentidos, obstruem pulmões. Engasgo quando os sentimentos colidem comigo. Vejo Max, meu pai, inconsolável após o assassinato de sua esposa; vejo o Comandante Supremo Ibrahim, frenético e furioso, exigindo que Anderson reúna as outras crianças antes que seja tarde demais; vejo Emmaline, brevemente abandonada, aproveitando uma oportunidade...

Tento recuperar o fôlego.

Evie se certificou de que apenas ela ou Max pudessem controlar os poderes de Emmaline e, com Evie morta, os dispositivos de segurança implementados foram subitamente enfraquecidos. Emmaline percebeu que, após a morte de nossa mãe, haveria uma breve janela de oportunidade – uma breve janela durante a qual ela poderia recuperar o controle de sua própria mente antes que Max refizesse os algoritmos.

Mas o trabalho de Evie foi bom demais e a reação de Max, muito rápida. Emmaline teve um sucesso apenas parcial.

Morrendo, ela me diz.
Morrendo.

Cada lampejo de sua emoção é acompanhado por um ataque torturante. Minha carne está machucada. Minha coluna parece líquida; meus olhos, cegos, ardentes. Sinto Emmaline – sua voz, seus sentimentos, suas visões – mais fortemente do que antes, porque *ela* está mais forte do que antes. O fato de ter conseguido recuperar poder suficiente para me encontrar é apenas uma prova de que ela está pelo menos em parte liberta, sem suas amarras. Max e Evie estavam fazendo experiências com Emmaline em um grau imprudente nos últimos meses, tentando torná-la mais forte, mesmo enquanto seu corpo murchava a olhos vistos. Isso, *isso*, é a consequência.

Estar tão perto dela é nada menos que torturante.

Acho que gritei.

Eu gritei?

Tudo sobre Emmaline é elevado a um nível febril; sua presença é selvagem, de tirar o fôlego, e estremece até ganhar vida dentro dos meus nervos. Som e sensação percorrem minha visão, percorrem-me violentamente. Ouço uma aranha correndo com as patinhas pelo chão de madeira. Mariposas cansadas arrastam suas asas pela parede. Um rato leva um susto e se acomoda durante o sono. Fragmentos de poeira se partem contra uma janela, estilhaços escorregando no vidro.

Meus olhos deslizam, desvairados no meu crânio.

Sinto o peso opressivo do meu cabelo, dos meus braços e pernas, da minha pele enrolada em volta de mim como celofane, um caixão de couro. Minha língua... minha língua é um lagarto morto empoleirado na minha boca, áspero e pesado. Os pelos finos dos meus braços se eriçam e oscilam, se eriçam e oscilam. Meus punhos estão tão cerrados que as unhas perfuram a carne macia das mãos.

Sinto uma mão em mim. Onde? Estou?

Solitária, ela diz.

Ela me mostra.

Uma visão de nós duas, de volta ao laboratório onde a vi pela primeira vez, onde matei nossa mãe. Eu me vejo do ponto de vista de Emmaline e é surpreendente. Ela não vê muito mais do que um borrão, mas pode sentir minha presença, pode distinguir o contorno da minha forma, o calor que emana do meu corpo. E então minhas palavras, minhas próprias palavras, voltaram ao meu cérebro...

tem que haver outra maneira
você não precisa morrer
podemos superar isso juntas
por favor
quero minha irmã de volta
quero que você viva
Emmaline
não vou deixar você morrer aqui
Emmaline Emmaline
podemos superar isso juntas
podemos superar isso juntas
podemos superar isso
juntas

Uma sensação fria e metálica começa a florescer no meu peito. Ela se move através de mim, pelos meus braços, pela minha garganta, pressiona minhas entranhas. Meus dentes latejam. A dor de Emmaline crava as garras e se arrasta, agarra-se com uma ferocidade que não suporto. Sua ternura também é desesperadora, aterrorizante em sua sinceridade. Ela é dominada pela emoção, quente e fria, alimentada por raiva e devastação.

Ela está me procurando, esse tempo todo.

Nestes últimos dias, Emmaline procurou minha mente no mundo consciente, tentando encontrar um porto seguro, um lugar para descansar.

Um lugar para morrer.

Emmaline, eu digo. *Por favor...*

Irmã.

Algo fica tenso na minha mente, aperta. O medo impulsiona através de mim, perfura os órgãos. Estou chiando. Sinto cheiro de terra e folhas úmidas, em decomposição e sinto as estrelas fitando minha pele, o vento pressionando-se pela escuridão como um pai ansioso. Minha boca está aberta, pegando mariposas. Estou no chão.

Onde?

Não mais na minha cama, percebo, não mais na minha barraca, percebo, não mais protegida.

Mas quando foi que eu andei?

Quem mexeu nos meus pés? Quem empurrou meu corpo?

A que distância?

Tento olhar em volta, mas estou cega, minha cabeça presa em um torno, meu pescoço reduzido a tendões em frangalhos. Minhas respirações enchem meus ouvidos, ásperas e ruidosas, ásperas e ruidosas, duros duros esforços ofegantes; minha cabeça

balança

Meus punhos se abrem, as unhas raspam quando meus dedos se abrem, palmas planas, sinto cheiro de calor, gosto de vento, som de terra.

Terra debaixo das minhas mãos, na minha boca, nas minhas unhas. Estou gritando, eu percebo. Alguém está me tocando e eu estou gritando.

Pare, eu grito. *Emmaline... Por favor, não faça isso...*

Solitária, ela diz.

S o l i t á r i a

E com uma agonia repentina e feroz...
Sou deslocada.

Kenji

É estranho chamar isso de sorte.

Parece estranho, mas de alguma maneira perversa e distorcida, isso é sorte. É sorte eu estar em pé no meio de florestas úmidas e congelantes antes que o sol se preocupe em levantar a cabeça. Sorte que a parte superior do meu corpo desnudo esteja meio entorpecida pelo frio.

Sorte que Nazeera esteja comigo.

Vestimos nossa invisibilidade quase em um instante, então ela e eu estamos pelo menos temporariamente seguros aqui, no trecho de oitocentos metros de natureza intocada entre territórios regulamentados e não regulamentados. O Santuário foi construído em alguns acres de terra não regulamentada, não muito longe de onde estou, e só fica magistralmente escondido debaixo do nariz de todos por causa do talento sobrenatural de Nouria para dobrar e manipular a luz. Dentro da jurisdição de Nouria, o clima é de alguma forma mais temperado; as condições do tempo, mais previsíveis. Porém, aqui na natureza intocada, os ventos são implacáveis e combativos. As temperaturas são perigosas.

Ainda assim... temos sorte de estar aqui.

Nazeera e eu estávamos fora da cama há algum tempo, correndo pela escuridão na tentativa de matar um ao outro. No fim das contas, tudo acabou sendo um mal-entendido complicado, mas também era uma espécie de *kismet*, destino: se Nazeera não tivesse entrado no meu quarto às três da manhã e quase me matado, eu não a teria perseguido através da floresta, além da vista e das proteções à prova de som do Santuário. Se não estivéssemos tão longe do Santuário, nunca teríamos ouvido os gritos distantes e ecoantes de cidadãos aterrorizados. Se não tivéssemos ouvido esses gritos, nunca teríamos corrido em direção à fonte. E se não tivéssemos feito nada disso, nunca teria visto minha melhor amiga gritando até o amanhecer.

Eu teria perdido isso. Isto:

J de joelhos na terra fria, Warner agachado ao lado dela, os dois parecendo a morte enquanto as nuvens literalmente derretem-se no céu acima deles. Os dois estão parados na parte externa à entrada do Santuário, uma área abrangendo o trecho intocado de floresta que serve como um tampão entre o nosso acampamento e o coração do setor mais próximo, o de número 241.

Por quê?

Eu congelei quando os vi lá, duas figuras devastadas entrelaçadas, pernas e braços plantados no chão. Fiquei paralisado pela confusão, depois pelo medo, depois pela descrença, as árvores se curvando para o lado e o vento batendo no meu corpo, lembrando-me cruelmente de que nem tive chance de vestir uma camisa.

Se minha noite tivesse sido diferente, eu poderia ter tido essa chance.

Se minha noite tivesse sido diferente, eu poderia ter aproveitado, pela primeira vez na minha vida, um nascer do sol romântico e uma reconciliação atrasada com uma garota bonita. Nazeera e eu teríamos dado risada sobre como ela me chutou nas costas e quase me matou, e como depois eu quase atirei nela por isso. Depois, eu teria tomado um longo banho, dormido até o meio-dia e comido o equivalente a meu peso no café da manhã.

Eu tinha um plano para hoje: fazer tudo numa boa.

Eu queria um pouco mais de tempo para me curar depois da minha experiência mais recente de quase morte e não achava que estava pedindo muito. Pensei que, talvez, depois de tudo pelo que eu tinha passado, o mundo finalmente pudesse me dar uma folga. Deixar-me respirar entre as tragédias.

Até parece.

Em vez disso, estou aqui, morrendo de geladuras e horror, vendo o mundo se despedaçar ao meu redor. O céu, balançando descontrolado entre horizontes horizontais e verticais. O ar, perfurando aleatoriamente. Árvores afundando no chão. Folhas, sapateado ao meu redor. Estou vendo – estou testemunhando ativamente – e ainda não consigo acreditar.

Mas estou escolhendo chamar de sorte.

Sorte por estar vendo isso, sorte por sentir que poderia vomitar, sorte de ter percorrido todo esse caminho com meu corpo ainda doente e machucado, bem a tempo de conseguir um lugar de primeira fila para o fim do mundo.

Sorte, destino, coincidência, acaso...

Chamarei de truque de mágica esse sentimento nauseante de frio na barriga, se isso me ajudar a manter os olhos abertos por tempo suficiente para testemunhar. Para descobrir como ajudar.

Porque não há mais ninguém aqui.

Ninguém além de mim e Nazeera, o que parece loucura em um nível improvável. O Santuário deveria ter seguranças em patrulha o tempo todo, mas não vejo sentinelas nem sinal de ajuda a caminho. Também não há soldados do setor próximo. Nem mesmo civis curiosos e histéricos. Nada.

É como se estivéssemos no vácuo, em um plano invisível de existência. Não sei como J e Warner chegaram tão longe sem serem vistos. Os dois parecem terem sido literalmente arrastados pela terra; não tenho ideia de como conseguiram não ser notados. E, embora seja possível que J tenha começado a gritar, ainda tenho mil perguntas sem resposta.

Elas terão que esperar.

Olho para Nazeera por hábito, esquecendo por um momento que ela e eu somos invisíveis. Mas então eu a sinto se aproximar e dou um suspiro de alívio quando sua mão desliza na minha. Ela aperta meus dedos. Retribuo a pressão.

Sorte, eu lembro.

É sorte estarmos aqui agora, porque se eu estivesse na cama, onde deveria estar, nem saberia que J estava com problemas. Teria perdido o tremor na voz da minha amiga durante seu grito, implorando misericórdia. Eu teria perdido as cores arrebatadoras de um nascer do sol subvertido, um pavão no meio do inferno. Teria deixado de ver o jeito com que J apertou a cabeça entre as mãos e chorou de soluçar. Eu teria deixado de sentir os cheiros intensos de pinheiro e enxofre no vento, teria deixado de sentir a dor seca na garganta, o tremor reverberando pelo meu corpo. Eu teria deixado de ver o momento em que J mencionou a irmã pelo nome. Teria deixado de ouvir J pedir *especificamente* à irmã para não fazer algo.

Sim, isso definitivamente é sorte.

Porque se eu não tivesse ouvido nada disso, não saberia quem culpar.

Emmaline.

~~Ella~~ ~~Juliette~~

Tenho olhos, dois, sinto-os rolando para a frente e para trás, girando e girando no meu crânio; eu tenho lábios, dois, sinto-os, molhados e pesados, forço-os a abrir; tenho dentes, muitos, língua, uma e dedos, dez, conto-os

umdoistrêsquatrocinco, novamente do outro lado, estranho, essstranho ter uma língua, esstranho, é um tipo esssstranho de coisssa, um esssssssssstranho tipo de coisssa

solidão

dá o bote em você
discreta
e
imóvel,
senta-se ao seu lado na escuridão, acaricia seus cabelos enquanto você dorme, envolve seus ossos, apertando-os comtantaforçaquequaseoimpedede respirar, quase o impede de ouvir o pulsar do sangue que corre sob sua

pele

toca desde seus lábios até a penugem da

nuca

a solidão é um tipoestranhode coisaum tipoesstranhodecoisa uma velha amiga parada ao seu lado no espelho gritando que você nãoésuficiente nuncaésuficiente jamais é suficiente

Àsss vezesss, ela simplesmente

não

vai

embora

Kenji

Eu me esquivo de uma erupção no chão e me abaixo bem a tempo de evitar um grupo de videiras crescendo no meio do ar. Uma rocha distante cresce a um tamanho astronômico e, no momento em que começa a rolar em nossa direção, aperto minha mão na de Nazeera e mergulho para me esconder.

O céu está se despedaçando. O chão está se partindo embaixo dos meus pés. O sol brilha, escuridão estroboscópica, luz estroboscópica, tudo sobrenatural. E as nuvens... Há algo novo de errado com as nuvens.

Elas estão se *desintegrando*.

As árvores não conseguem decidir se levantam ou se deitam; rajadas de vento brotam do chão com um poder aterrador e, de repente, o céu está cheio de pássaros. Cheio de malditos *pássaros*.

Emmaline está fora de controle.

Sabíamos que seus poderes telecinéticos e psicocinéticos eram como os de deuses – além de qualquer coisa que já tínhamos conhecido – e sabíamos que o Restabelecimento havia construído Emmaline para controlar nossa experiência no mundo. Mas isso era tudo, e isso era apenas conversa. Teoria.

Nós nunca a vimos assim.

Incontrolável.

Ela está claramente fazendo algo com J agora, devastando sua mente ao mesmo tempo em que ataca o mundo ao nosso redor, porque a viagem de ácido que estou encarando só está piorando.

– Volte! – eu grito por cima do barulho. – Busque ajuda… traga as meninas!

Um único grito de concordância e a mão de Nazeera se solta da minha, suas botas pesadas no chão são minha única indicação de que ela está correndo em direção ao Santuário. Mas mesmo agora – especialmente agora – suas ações rápidas e certas me enchem de alívio e não é pouco.

É bom ter uma parceira habilidosa.

Caminho pela floresta esparsa, grato por ter evitado os piores obstáculos e, quando finalmente estou perto o suficiente para discernir de forma adequada o rosto de Warner, retiro minha invisibilidade.

Estou tremendo de exaustão.

Mal me recuperei de ser drogado quase até a morte, e ainda assim, estou aqui, já prestes a morrer novamente. No entanto, quando olho para cima, meio dobrado, com as mãos nos joelhos e tentando respirar, percebo que não tenho o direito de reclamar.

Warner parece ainda pior do que eu esperava.

Exposto, tenso, uma veia saltada na têmpora. Ele está de joelhos, segurando J como se estivesse tentando conter uma insurreição, e eu não percebi até este exato segundo que ele poderia estar aqui por mais do que apenas apoio emocional.

A coisa toda é surreal: os dois estão praticamente nus, na terra, de joelhos – J com as mãos pressionadas nos ouvidos – e não posso deixar de imaginar que tipo de inferno os trouxe a esse momento.

Pensei que era eu quem estava tendo uma noite estranha.

Algo bate de repente na minha barriga e eu me dobro, atingindo o chão com força. Braços trêmulos, tento me levantar apoiado nas mãos e joelhos, e examino a área imediata ao meu redor em busca do culpado. Quando o vejo, perco o fôlego.

Um pássaro morto, a alguns metros de distância.

Jesus.

J ainda está gritando.

Forço meu caminho através de uma repentina e violenta rajada de vento – e justamente quando recuperei o equilíbrio, pronto para eliminar os últimos quinze metros que me separam dos meus amigos – o mundo fica mudo.

Som, desligado.

Sem ventos uivantes, sem gritos torturados, sem tosses, sem espirros. Este não é um silêncio comum. Não é imobilidade, não é quietude.

É mais do que isso.

É nada.

Eu pisco, pisco, minha cabeça girando em um movimento lento e torturante enquanto vasculho a distância que nos separa em busca de respostas, desejando que as explicações apareçam. Esperando que a força pura da minha mente seja suficiente para fazer a razão brotar do chão.

Não é.

Fiquei surdo.

Nazeera não está mais aqui, J e Warner ainda estão a quinze metros de distância, e eu fiquei surdo. Surdo ao som do vento, às árvores trêmulas. Surdo à minha própria respiração difícil, aos gritos dos cidadãos nos complexos mais além. Tento apertar meus punhos e leva uma eternidade, como se o ar estivesse denso. Grosso.

Há algo de errado comigo.

Estou lento, mais lento do que nunca, como se estivesse correndo debaixo d'água. Algo está propositadamente me segurando, me afastando fisicamente de Juliette – e, de repente, tudo faz sentido. Minha confusão anterior se dissolve. Claro que ninguém mais está aqui. É claro que ninguém mais veio ajudar.

Emmaline nunca permitiria.

Talvez eu tenha chegado tão longe só porque ela estava ocupada demais para me notar imediatamente – para me sentir aqui, no meu estado invisível. Isso me faz pensar no que mais ela fez para manter essa área livre de invasores.

Isso me faz questionar se vou sobreviver.

Está ficando mais difícil de pensar. Levo uma eternidade para fundir pensamentos. Levo uma eternidade para mover os braços. Para levantar a cabeça. Olhar ao redor. No momento em que consigo abrir a boca, esqueci que minha voz não faz som.

Um lampejo de ouro ao longe.

Vejo Warner se mexendo tão lentamente que me pergunto se estamos sendo afligidos pela mesma condição. Ele está lutando desesperadamente para se sentar ao lado de J... J, que ainda está de joelhos, curvada para a frente, de boca aberta. Os olhos dela estão fechados em concentração, mas se ela está gritando, eu não consigo ouvir.

Eu mentiria se dissesse não estar aterrorizado.

Estou perto o suficiente de Warner e J para poder entender suas expressões, mas não adianta; não tenho ideia se estão feridos, então desconheço a dimensão disso com que estamos lidando. Tenho que me aproximar, de alguma forma; mas, quando dou um passo doloroso para a frente, um lamento agudo explode nos meus ouvidos.

Eu grito sem fazer som, batendo as mãos na minha cabeça enquanto o silêncio, de forma repentina – *violenta* – é agravado pela pressão. A dor de uma faca penetra em mim, pressionando meus ouvidos com uma intensidade que ameaça me esmagar por dentro. É como se alguém tivesse lotado minha cabeça de hélio; como se, a qualquer momento, o balão que é meu cérebro fosse explodir. E quando penso que a pressão pode me matar, quando penso que não aguento mais a dor, o chão começa fazer um estrondo. A tremer.

Há uma rachadura sísmica, um *crack*...

E o som volta a ativa. Um som tão violento que rasga e escancara algo dentro de mim e, quando finalmente tiro minhas mãos dos ouvidos, elas ficam vermelhas, começam a pingar. Cambaleio, minha cabeça lateja. Zunindo. Zunindo.

Limpo as mãos ensanguentadas no meu tronco nu e minha visão começa a nadar. Avanço numa investida de estupor e pouso mal, minhas mãos ainda úmidas batendo na terra com tanta força que fazem meus ossos estremecerem. A terra embaixo dos meus pés ficou escorregadia. Molhada. Olho para cima, apertando os olhos para o céu e para a repentina chuva torrencial. Minha cabeça continua balançando como se tivesse uma dobradiça bem lubrificada. Uma única gota de sangue escorre pelo meu ouvido e cai no meu ombro. Uma segunda gota de sangue escorre pelo meu ouvido e cai no meu ombro. Uma terceira gota de sangue escorre pelo meu...

Nome.

Alguém chama meu nome.

O som é grande, agressivo. A palavra entra vertiginosamente na minha cabeça, expandindo e se contraindo. Eu não consigo identificar.

Kenji

Eu me viro e minha cabeça está zunindo, zunindo.

K e n j i

Eu pisco e levo dias, revoluções ao redor do sol.

Amigo

confiável

Algo está me tocando, embaixo de mim, me carregando para cima, mas não é bom. Eu não me mexo.

Pesado

demais

Tento falar, mas não consigo. Não digo nada, não faço nada e minha mente se abre, dedos frios entram no meu crânio e desconectam o circuito interno. Fico parado. Enrijecido. A voz ecoa ganhando vida na escuridão atrás dos meus olhos, falando palavras que parecem mais memória do que conversa, palavras que não conheço, não entendo

a dor que carrego, os medos que eu deveria ter deixado para trás. Eu me afundo sob o peso da solidão, das correntes de decepção. Só meu coração pesa uma tonelada. Tenho tanto peso que ninguém pode mais me levantar da terra. Está tão pesado que não tenho escolha agora a não ser me enterrar. Está tão pesado, pesado demais

Solto o ar ao cair.

Meus joelhos estalam quando atingem o chão. Meu corpo cai para a frente. A terra beija meu rosto, me recebe em casa.

O mundo fica escuro de repente.

Corajoso

Meus olhos piscam. O som zumbe em meus ouvidos, algo como uma eletricidade fraca e constante. Tudo está mergulhado em escuridão. Um apagão, um apagão no mundo natural. O medo se agarra à minha pele. Me cobre.

mas

f r a c o

Facas fazem buracos nos meus ossos, que se enchem rapidamente de tristeza, tristeza tão aguda que rouba meu fôlego.

Nunca tive tanta esperança de deixar de existir.

Estou flutuando.

Sem peso e, no entanto, sentindo o puxão para baixo por causa dele, no destino de afundar para sempre. Luz fraca fratura a escuridão atrás dos meus olhos e, na luz, vejo água. Meu sol e lua são o mar; minhas montanhas, o oceano. Vivo em líquido que nunca bebo, afogando-me constantemente em águas marmorizadas e leitosas. Minha respiração é pesada, automática, mecânica. Forçando inspirações, forçando expirações. O som estridente e estremecedor da minha própria respiração é meu lembrete constante da sepultura que é o meu lar.

Ouço algo.

Reverbera através do tanque, metal abafado contra metal abafado, chegando aos meus ouvidos como se fosse do espaço sideral. Aperto os olhos para o novo conjunto de formas e cores, formas borradas. Cerro os punhos, mas minha carne é macia; meus ossos, como massa fresca; minha pele, descasca-se em flocos úmidos. Mesmo que a água me cerque, minha sede é insaciável e minha raiva...

Minha raiva...

Algo estoura. Minha cabeça. Minha mente. Meu pescoço.

Meus olhos estão arregalados; minha respiração, em pânico. Estou de joelhos, minha testa pressionada no chão, minhas mãos enterradas na terra molhada.

Sento-me endireitando as costas e me inclinando para trás, a cabeça girando.

– Que *porra* é essa? – Ainda estou tentando respirar. Olho em volta, meu coração acelerado. – O que... o que...

Eu estava cavando minha própria cova.

Um horror assustador e deslizante se move pelo meu corpo quando entendo: Emmaline estava na minha cabeça. Ela queria ver se conseguiria fazer eu me matar.

E, quando penso nisso – olhando para a tentativa patética que fiz de me enterrar vivo – sinto uma compaixão contundente e dolorosa por Emmaline. Porque senti a dor dela e não era cruel.

Era desesperada.

Como se ela estivesse esperando que, se eu me matasse enquanto ela estivesse na minha cabeça, de alguma forma eu seria capaz de matá-la também.

J está gritando de novo.

Eu me levanto com dificuldade, o coração na boca, os céus se abrindo, liberando sua ira sobre mim. Não sei por que Emmaline tentou entrar na minha cabeça – *corajoso, mas fraco* –, mas sei o suficiente para entender que, seja lá o que diabos esteja acontecendo, está além de mim conseguir lidar com isso sozinho. No momento, só espero que todos no Santuário estejam bem – e que Nazeera volte em breve. Até lá, meu corpo ferido terá que fazer o melhor possível.

Eu avanço.

Enquanto o sangue frio e velho seca nas minhas orelhas e no meu peito, eu me forço adiante, me fortalecendo contra as intempéries cada vez mais voláteis. A sucessão constante de terremotos. Os relâmpagos. A tempestade furiosa intensificando-se rapidamente em um furacão.

Quando finalmente chego perto o suficiente, Warner olha para cima.

Ele parece atordoado.

Ocorre-me então que ele acaba de me ver – depois de tudo isso –, ele acaba de perceber que estou aqui. Um lampejo de alívio brilha em seus olhos, muito rapidamente substituído por dor.

E então ele diz duas palavras – duas palavras que eu nunca pensei que eu o inspiraria a dizer:

– *Me ajuda.*

O pedido é levado pelo vento, mas a agonia em seus olhos permanece. E desse ponto de vista privilegiado, finalmente entendo a profundidade do que ele sofreu. No começo, pensei que Warner a estivesse mantendo firme, tentando dar apoio.

Eu estava errado.

J está vibrando de poder, e Warner mal está conseguindo se segurar a ela. Segurando-a no lugar. Algo – *alguém* – está animando fisicamente o corpo de Juliette, articulando seus membros, tentando forçá-la a ficar ereta e possivelmente a ir embora daqui, e é apenas por causa de Warner que Emmaline não conseguiu.

Não tenho ideia de como ele está fazendo isso.

A pele de J ficou translúcida, com veias brilhantes e esquisitas no rosto pálido. A pele quase azul, pronta para rachar. Um zumbido grave emana de seu corpo, o crepitar da energia, o zumbido do poder. Eu agarro seu braço e, no meio segundo em que Warner se move para distribuir seu peso entre nós, nós três somos arremessados para a frente. Colidimos no chão com tanta força que mal posso respirar e, quando finalmente consigo levantar a cabeça, olho para Warner, meus próprios olhos arregalados de terror desvelado.

– Isso é coisa da Emmaline! – grito as palavras para ele.

Ele concorda balançando a cabeça, o rosto sombrio.

– O que podemos fazer? – exclamo. – Como ela pode continuar gritando assim?

Warner apenas olha para mim.

Ele apenas *olha* para mim, e sua expressão torturada me diz tudo o que preciso saber. J *não pode* continuar gritando assim. Ela não pode ficar de joelhos gritando por um século. Essa merda vai matá-la. Jesus Cristo. Eu sabia que era ruim, mas por algum motivo não achei que fosse tão ruim.

J parece prestes a morrer.

– Devemos tentar pegá-la? – Nem sei por que pergunto. Duvido que eu pudesse levantar o braço dela acima da minha cabeça, que dirá seu corpo todo. Meu próprio corpo ainda está tremendo tanto que mal posso fazer a minha parte de impedir que essa garota levite diretamente do chão. Não tenho ideia de que tipo de merda louca está bombeando em suas veias agora, mas J está em outro planeta. Ela parece meio viva, principalmente alienígena. Seus olhos estão fechados com força; sua mandíbula, desencaixada. Ela está *irradiando* energia. É aterrorizante pra cacete.

E eu mal consigo acompanhar.

A dor nos meus braços começou a subir pelos ombros e minhas costas e tremo violentamente quando um vento forte atinge minha pele nua e superaquecida.

– Vamos tentar – diz Warner.

Eu concordo balançando a cabeça.

Respiro fundo.

Imploro a mim mesmo para ser mais forte do que sou.

Não sei como faço, mas, como que por um milagre, eu me levanto. Warner e eu conseguimos segurar Juliette entre nós e, quando olho para ele, fico pelo menos aliviado ao descobrir que ele também parece estar com dificuldade. Nunca vi Warner com dificuldade, não de verdade, e tenho certeza de que nunca o vi suar. Mas, por mais que eu adorasse rir um pouco agora, a visão dele se esforçando tanto para segurá-la apenas faz disparar uma nova onda de medo em mim. Não tenho ideia de quanto tempo faz que ele está tentando contê-la sozinho. Não tenho ideia do que teria acontecido com ela se ele não estivesse lá para suportar. E não tenho ideia do que aconteceria com ela agora, se a deixássemos à própria sorte.

Algo sobre essa conclusão me dá força renovada. Tira a "escolha" da equação. J precisa de nós agora, ponto final.

O que significa que tenho que ser mais forte.

Ficar de pé assim nos tornou um alvo fácil em toda essa loucura. Solto um grito de aviso enquanto um pedaço de alguma coisa grande voa em nossa direção. Giro bruscamente para proteger J, mas levo um golpe na minha espinha, e a dor é tão impressionante que estou vendo estrelas. Minhas costas já estavam feridas esta noite, e as contusões devem piorar agora. Mas quando Warner me olha, em pânico repentino e aterrorizado, aceno com a cabeça, deixando que ele saiba que estou bem. Ela está segura comigo.

Centímetro a centímetro angustiante, seguimos na direção do Santuário.

Estamos carregando J como se ela fosse Jesus entre nós, a cabeça jogada para trás, os pés se arrastando no chão. Ela finalmente parou de gritar, mas agora está em convulsão, seu corpo se contorcendo incontrolavelmente, e Warner parece estar se apegando à sua sanidade mental por um único fio desgastado.

Parece que séculos se passam antes de vermos Nazeera novamente, mas a parte racional do meu cérebro suspeita de que devem ter sido apenas vinte, trinta minutos. Quem sabe? Tenho certeza de que ela estava tentando o seu melhor para voltar para cá com pessoas que pudessem ajudar, mas parece que é tarde demais. Tudo parece ser tarde demais.

Não faço mais ideia do que diabos está acontecendo.

Ontem, esta manhã – uma hora atrás –, eu estava preocupado com James e Adam. Achei que nossos problemas eram simples e diretos: recuperar as crianças, matar os comandantes supremos, ter um bom almoço.

Mas agora...

Nazeera, Castle, Brendan e Nouria vêm correndo e param repentinamente diante de nós. Eles nos olham de um para o outro.

Eles olham além de nós.

Seus olhos se arregalam, seus lábios se abrem, eles ofegam. Giro o pescoço para ver o que eles estão vendo e percebo que há uma onda de fogo vindo diretamente em nossa direção.

Acho que vou desabar.

Meu corpo está menos do que instável. A essa altura, minhas pernas são feitas de borracha. Mal posso suportar meu próprio peso, e é um milagre que eu sequer esteja segurando J. De fato, basta uma rápida olhada no corpo contrito e insanamente tenso de Warner para perceber que ele provavelmente está fazendo a maior parte do trabalho no momento.

Não sei como algum de nós sobreviverá a isso. Não consigo me *mexer*. Com toda a certeza não consigo correr mais que uma onda de fogo.

E eu realmente não entendo tudo o que acontece a seguir.

Ouço um grito sobre-humano, e Stephan está subitamente correndo em nossa direção. *Stephan*. Ele está de repente na nossa frente, de repente entre nós. Ele pega J nos braços como se ela fosse uma boneca de pano e começa a gritar para todos nós corrermos. Castle fica para trás para redirecionar a água de um poço próximo e, embora seus esforços para apagar as chamas não sejam totalmente bem-sucedidos, é suficiente para nos dar a vantagem de que precisamos para fugir. Warner e eu nos arrastamos de volta ao acampamento com os outros e, no minuto em que cruzamos o limiar para o Santuário, nos deparamos com um mar frenético de rostos. Incontáveis figuras avançam, seus gritos e berros, sua comoção histérica se fundindo em uma única tempestade sonora ininterrupta. Logicamente, eu entendo por que as pessoas estão aqui fora, preocupadas, gritando, berrando perguntas sem respostas umas para as outras – mas neste exato momento, eu só quero que todas saiam do meu caminho.

Nouria e Sam parecem ler minha mente.

Eles emitem ordens para a multidão, e os corpos sem nome começam a sair da frente. Stephan não está mais correndo, mas caminhando apressado, afastando as pessoas do caminho, conforme o necessário, e sou grato a ele. Mas quando Sonya e Sara vêm correndo em nossa direção, gritando para segui-las até a tenda médica, eu quase me lanço para a frente e beijo as duas.

Não o faço.

Em vez disso, levo um momento para procurar Castle, me perguntando se ele conseguiu sair de lá bem. Mas quando olho para trás, examinando nosso trecho de terra protegida, experimento um momento repentino e sóbrio de consciência. A disparidade entre o que há *aqui* e o que há *lá fora* é irreal.

Aqui, o céu está limpo.

O tempo se acalmou. O chão parece ter se suturado novamente. O paredão de fogo que tentou nos perseguir de volta ao Santuário agora não passa de fumaça. As árvores estão na posição vertical; o furacão é pouco mais que uma névoa fina. A manhã parece quase bonita. Por um segundo, eu poderia jurar que ouvi um pássaro cantando.

Provavelmente estou louco.

Desabo no meio de um caminho bem desgastado que leva de volta às nossas barracas, meu rosto batendo contra a grama molhada. O cheiro de terra fresca e úmida enche minha cabeça e eu respiro, todo ele. É um bálsamo. Um milagre. *Talvez*, eu penso. Talvez nós fiquemos bem. Talvez eu possa fechar os olhos. Descansar um momento.

Warner passa por meu corpo caído, seus movimentos tão intensos que levo um susto e me sento.

Não tenho ideia de como ele ainda está se movendo.

Ele nem está usando sapatos. Sem camisa, sem meias, sem sapatos. Apenas uma calça de moletom. Percebo pela primeira vez que ele tem um enorme corte no peito. Vários cortes nos braços. Um arranhão feio no pescoço. O sangue está pingando lentamente em seu tronco, e Warner nem parece perceber. Cicatrizes por toda a extensão de suas costas, sangue manchando a frente de seu corpo. Ele parece insano. Mas ainda está se movendo, seus olhos quentes de raiva e algo mais... Algo que me deixa apavorado.

Ele alcança Stephan, que ainda está segurando J – que ainda está tendo convulsões – e eu rastejo em direção a uma árvore, usando o tronco para me levantar do chão. Eu me arrasto atrás deles, vacilando involuntariamente com uma brisa repentina. Eu me viro muito rápido, vasculhando com os olhos a floresta aberta em busca de objetos voadores ou pedras, e encontro apenas Nazeera, que pousa a mão no meu braço.

– Não se preocupe – diz ela. – Estamos seguros dentro das fronteiras do Santuário.

Eu pisco para ela. E depois, para as barracas brancas familiares que cobrem todas as estruturas sólidas e independentes do acampamento glorificado que é este lugar de refúgio.

Nazeera faz um sinal afirmativo com a cabeça.

– Sim, é para isso que servem as barracas. Nouria aprimorou todas as suas proteções luminosas com algum tipo de antídoto que nos torna imunes às ilusões que Emmaline cria. Os dois acres de terra estão protegidos, e o material refletivo que cobre as barracas fornece uma proteção mais garantida em ambientes fechados.

– Como você sabe de tudo isso?

– Eu perguntei.

Pisco para ela mais uma vez. Eu me sinto estúpido. Adormecido. Como se algo dentro do meu cérebro tivesse se quebrado. Nas profundezas do meu corpo.

– Juliette – eu digo.

É a única palavra que tenho nesse momento e Nazeera nem se incomoda em me corrigir, em dizer que o nome verdadeiro é Ella. Apenas pega minha mão e aperta.

~~Ella~~ ~~Juliette~~

Quando sonho, eu sonho com som.

Chuva, caindo com calma, estalando suavemente no concreto. Chuva, acumulando-se, tamborilando, até o som se tornar estática. Chuva, tão repentina, tão forte, que assusta a si mesma. Sonho com água escorrendo pelos lábios e pontas de nariz, chuva caindo de galhos em poças rasas e turvas. Ouço a morte quando as poças estilhaçam, agredidas por pés pesados.

Ouço folhas…

Folhas, tremendo sob o peso da resignação, unidas a galhos dobrados com facilidade demais. Sonho com o vento, comprimentos de vento. Metros de vento, acres de vento, sussurros infinitos se fundindo para criar uma única brisa. Ouço o vento pentear a grama selvagem de montanhas distantes, ouço o vento uivar confissões em planícies vazias e solitárias. Eu ouço o chiado de rios desesperados tentando silenciar o mundo em um esforço infrutífero de se silenciar.

Mas

enterrado

no ruído indistinto

está um único grito tão constante que, em todos os dias, passa sem ser ouvido. Vemos, mas não entendemos como isso palpita corações, aperta bocas, curva os dedos em punhos. É uma surpresa, sempre uma surpresa, quando finalmente para de gritar por tempo suficiente para falar.

Dedos tremem.

Flores morrem.

O sol pisca, as estrelas expiram.

Você está em uma sala, um armário, um cofre, sem chave…

Apenas uma única voz que diz

Me mate

Kenji

J está dormindo.

Ela parece tão próxima da morte que mal consigo olhar para ela. Pele tão branca que é azul. Lábios tão azuis que são roxos. De alguma forma, nas últimas duas horas, ela perdeu peso. Parece um passarinho, jovem, pequeno e frágil. Seus longos cabelos estão espalhados pelo rosto e ela está imóvel, uma pequena boneca azul com o rosto apontado diretamente para o teto. Ela poderia estar deitada em um caixão.

Não digo nada disso em voz alta, é claro.

O próprio Warner parece bem próximo da morte. Sua aparência é pálida, desorientada. Doentia.

E se tornou impossível conversar com ele.

Os últimos meses de camaradagem forçada quase fizeram uma lavagem cerebral em mim; quase esqueci como Warner era.

Frio. Cortante. Estranhamente quieto.

Ele parece um eco de si mesmo agora, sentado rigidamente em uma cadeira ao lado da cama dela. Arrastamos J de volta para cá horas atrás e ele ainda não olha para ninguém. O corte em seu peito parece ainda pior agora, mas ele não faz nada a respeito. Ele desapareceu em dado momento, mas apenas por alguns minutos, e voltou usando suas botas. Não se deu ao trabalho de limpar o sangue do corpo. Não parou por tempo suficiente para vestir uma camisa. Ele poderia facilmente roubar os poderes de Sonya e Sara para se curar, mas não faz nenhum esforço. Ele se recusa a ser tocado. Ele se recusa a comer. As poucas palavras que saíram de sua boca foram tão ácidas que fizeram três pessoas diferentes chorar. Nouria finalmente lhe disse que, se ele não parasse de atacar os companheiros da equipe dela, ela o levaria para fora e atiraria nele. Acho que foi a falta de protesto de Warner que a impediu de seguir adiante com a ameaça.

Ele só atira farpas.

O antigo Kenji teria dado de ombros e revirado os olhos. O antigo Kenji jogaria um dardo no Otário Warner e, sinceramente, é provável que ficaria feliz em vê-lo sofrer assim.

Mas eu não sou mais esse cara.

Conheço Warner muito bem agora. Sei o quanto ele ama J. Sei que viraria a pele do avesso só para fazê-la feliz. Ele queria se casar com ela, pelo amor de Deus. E acabei de observá-lo quase se matar para salvá-la, sofrer por horas nos piores níveis do inferno apenas para mantê-la viva.

Quase duas horas, para ser exato.

Warner disse que ele estava lá com J por quase uma hora antes de eu aparecer, e se passaram pelo menos mais 45 minutos antes de as meninas conseguirem estabilizá-la. Ele passou quase duas horas lutando fisicamente para impedir Juliette de se machucar, protegendo-a com seu próprio corpo enquanto era açoitado por árvores caídas, pedras voadoras, fragmentos errantes e rajadas de vento violentas. As meninas perceberam, só de olhar, que ele tinha pelo menos duas costelas quebradas. Uma fratura no braço direito. Um ombro deslocado. Provavelmente hemorragia interna. Elas se enfureceram tanto que ele finalmente se sentou em uma cadeira, passou a mão boa pelo pulso do braço machucado e encaixou o próprio ombro no lugar. A única prova de sua dor foi uma brusca inspiração única.

Sonya gritou, avançando, tarde demais para detê-lo.

E então ele abriu a costura no tornozelo da calça de moletom, arrancou uma tira de tecido e fez uma tipoia para o braço cujo ombro havia sido recém-encaixado. Só depois disso ele finalmente olhou para as meninas.

– Agora me deixem em paz – disse ele, sombrio.

Sonya e Sara pareciam tão frustradas – seus olhos ardendo com uma raiva rara – que eu quase não as reconheci.

Eu sei que ele está sendo um cretino.

Eu sei que ele está sendo teimoso, estúpido e cruel. Mas não consigo encontrar forças para ficar bravo com ele agora. Não consigo.

Estou sofrendo junto com o cara.

Estamos todos em pé ao redor da cama de J, apenas olhando para ela. Um monitor apita suavemente no canto. A sala cheira a produtos químicos. Sonya e Sara tiveram que injetar sérios tranquilizantes em J para que seu corpo se acalmasse, mas pareceu ajudar: quando ela desacelerou, o mundo lá fora também desacelerou.

O Restabelecimento foi rápido em tomar medidas, implementando um controle de danos tão meticuloso e com aparente naturalidade que eu quase não consegui acreditar. Eles capitalizaram sobre o problema, alegando que o que aconteceu hoje de manhã foi uma amostra da devastação futura. Alegaram que conseguiram controlar o evento antes que piorasse e lembraram ao povo de sentir gratidão pelas proteções fornecidas pelo sistema; que, sem o Restabelecimento, o mundo seria muito pior. Os acontecimentos deram um belo susto em todo mundo. As coisas parecem muito mais tranquilas agora. Os civis parecem estar subjugados de uma maneira que não costumavam estar antes. É realmente impressionante a forma como o Restabelecimento conseguiu convencer as pessoas de que o céu desabando e o sol *desaparecendo* por um minuto inteiro eram coisas normais que poderiam acontecer no mundo.

É inacreditável que alimentem as pessoas com esse tipo de besteira, e é inacreditável que as pessoas engulam.

Se bem que, sendo super-honesto comigo mesmo, admito que o que mais me assusta é que, se não soubesse mais sobre a verdade, eu também poderia ter engolido essa merda.

Suspiro forte. Passo a mão pelo meu rosto.

Esta manhã parece um sonho estranho.

Surreal, como uma daquelas pinturas do relógio derretido que o Restabelecimento destruiu. E estou tão cansado, tão destroçado que nem tenho energia para ficar com raiva. Só tenho energia suficiente para ficar triste.

Só estamos todos muito, muito tristes.

Os poucos de nós que conseguimos nos enfiar nesta sala: eu, Castle, Nouria, Sam, Super-Homem (meu novo apelido para Stephan), Haider, Nazeera, Brendan, Winston, Warner. Todos nós, sacos tristes e patéticos. Sonya e Sara saíram um pouco, mas voltarão em breve e, quando voltarem, também ficarão tristes.

Ian e Lily queriam estar aqui, mas Warner os expulsou. Ele simplesmente os mandou dar o fora, por razões que ele não se ofereceu para divulgar. Ele não levantou a voz. Nem sequer olhou para Ian. Apenas disse para dar meia-volta e sair. Brendan ficou tão atordoado que seus olhos quase caíram das órbitas, mas todos nós estávamos com muito medo de Warner para dizer qualquer coisa.

Uma parte pequena e culpada de mim se perguntou se talvez Warner soubesse que Ian tinha falado merda sobre ele daquela vez, se Warner tinha conhecimento (sabe-se lá como) de que Ian não queria fazer um esforço para ir atrás dele e de J quando os perdemos no simpósio.

Eu não sei. É apenas uma teoria, mas é óbvio que Warner parou de jogar. Ele parou com cortesia, parou com paciência, parou de dar a mínima a qualquer um além de J. O que significa que a tensão aqui é insana agora. Até Castle parece um pouco nervoso perto de Warner, como se não tivesse mais certeza sobre ele.

O problema é que todos ficamos confortáveis demais.

Por alguns meses, esquecemos que Warner era assustador. Ele sorriu quatro vezes e meia e decidimos esquecer que ele era basicamente um psicopata com uma longa história de assassinatos cruéis. Pensamos que ele havia se reformado. Amolecido. Esquecemos que ele estava apenas tolerando qualquer um de nós por causa de Juliette.

E agora, sem ela...

Ele não parece mais pertencer ao grupo.

Sem Juliette, estamos sofrendo cisões. A energia na sala mudou de forma palpável. Nós realmente não nos sentimos mais como uma equipe, e é assustadora a rapidez com que isso aconteceu. Se ao menos Warner não estivesse tão determinado a ser um babaca... Se ele não estivesse tão ansioso para vestir sua antiga pele, para alienar a todos nesta sala. Se ao menos ele pudesse reunir o mínimo de boa vontade, poderíamos mudar tudo isso.

Parece improvável.

Não estou tão aterrorizado quanto os outros, mas também não sou idiota. Eu sei que as ameaças de violência dele não são um blefe.

As únicas pessoas imperturbáveis são os filhos dos comandantes supremos, que parecem se sentir à vontade com essa versão dele. Haider, talvez mais do que todos. Esse cara sempre pareceu tenso, como se não tivesse ideia de em quem Warner havia se transformado e não soubesse como assimilar a mudança. Mas agora? Sem problemas. Superconfortável com o psicopata Warner. Velhos amigos.

Nouria finalmente quebra o silêncio.

Com delicadeza, ela clareia a garganta antes de falar. Algumas pessoas levantam a cabeça. Warner olha fixo para o chão.

– Kenji – ela diz em voz baixa –, posso falar com você por um minuto? Lá fora?

Meu corpo endurece.

Olho em volta, incerto, como se ela estivesse me confundindo com outra pessoa. Castle e Nazeera se viram bruscamente em minha direção, surpresos, arregalando seus olhos. Sam, por outro lado, está olhando para a esposa, lutando para esconder sua frustração.

– Hum... – coço a cabeça – ... talvez devêssemos conversar aqui – eu digo. – Como um grupo?

– Lá fora, Kishimoto. – Nouria está em pé, a suavidade desapareceu de sua voz, de seu rosto. – Agora, por favor.

Relutante, eu me levanto.

Olho para Nazeera, imaginando se ela tem uma opinião sobre a situação, mas sua expressão é ilegível.

Nouria chama meu nome novamente.

Balanço a cabeça, mas a sigo porta afora. Ela me leva a uma esquina, para um corredor estreito.

O cheiro de água sanitária é opressor.

J está dentro da *BM* – um apelido óbvio para a barraca médica – que parece um nome impróprio, na verdade, porque o elemento "barraca" é inteiramente superficial. O interior do edifício se parece muito mais com um verdadeiro hospital, com suítes individuais e salas de cirurgia. Isso me impressionou um pouco na primeira vez que entrei aqui, pois esse espaço é superdiferente do que tínhamos no Ponto Ômega e no Setor 45. Mas, antes que Sonya e Sara aparecessem, o Santuário não tinha ninguém com poderes de cura. O trabalho médico era muito mais tradicional: praticado por um punhado de médicos e cirurgiões autodidatas. Há algo em suas práticas médicas antiquadas e que provoca riscos de vida que fazem com que este lugar se pareça muito mais com uma relíquia do nosso mundo antigo. Um edifício cheio de medo.

Aqui fora, no corredor principal, ouço mais claramente os sons comuns de um hospital – máquinas apitando, carrinhos deslizando, gemidos ocasionais, gritos, mensageiros em um interfone. Eu me encosto na parede enquanto uma equipe de pessoas passa, empurrando uma maca pelo corredor. Seu ocupante é um homem idoso conectado a um acesso intravenoso; está usando uma máscara de oxigênio. Quando ele vê Nouria, levanta a mão em um aceno fraco. Tenta um sorriso.

Nouria lhe dá um sorriso amplo e alegre em troca, mantendo-o firme até que o homem seja levado para outra sala. No momento em que ele está fora de vista, ela me encurrala. Seus olhos brilham, sua pele marrom-escura reluzindo na penumbra como um aviso. Minha coluna se endireita.

Nouria é surpreendentemente aterrorizante.

– O que diabos aconteceu lá fora? – ela questiona. – O que você fez?

– Ok, primeira coisa... – eu levanto as duas mãos – ... eu não *fiz* nada. E eu já disse a vocês exatamente o que aconteceu...

– Você nunca me disse que Emmaline tentou acessar sua mente.

Isso me detém.

– O quê? Sim, eu disse. Eu literalmente te disse isso. Eu usei exatamente essas palavras.

– Mas você não forneceu os detalhes necessários – retruca ela. – Como começou? Como foi? Por que ela parou?

– Não sei – eu digo, franzindo a testa. – Não entendo o que aconteceu… tudo o que eu tenho são palpites.

– Então me *dê um palpite* – insiste, estreitando os olhos. – A menos que… Ela não continua na sua cabeça, continua?

– O quê? Não.

Nouria suspira, mais irritação do que alívio. Ela toca os dedos nas têmporas em uma demonstração de resignação.

– Não faz sentido – diz ela, quase para si mesma. – Por que ela tentaria se infiltrar na mente de Ella? Por que na *sua*? Eu pensei que ela estava lutando contra o Restabelecimento; parece mais que ela está trabalhando para eles.

Balanço a cabeça.

– Acho que não. Quando Emmaline estava na minha cabeça, me pareceu mais um esforço desesperado, como um último recurso… como se ela estivesse preocupada que J não fosse ter coragem de matá-la, e esperasse que eu fizesse isso mais rápido. Ela me chamou de corajoso, mas fraco. Tipo, eu não sei, talvez pareça loucura, mas foi quase como se Emmaline pensasse, por um segundo, que, se eu tinha chegado tão longe na presença dela, poderia ser forte o suficiente para contê-la. Mas então ela pulou na minha cabeça e percebeu que estava errada. Eu não era forte o suficiente para suportar sua mente, e definitivamente não era forte o bastante para matá-la. – Dou de ombros. – Então ela se mandou.

Nouria se endireita. Quando ela olha para mim, parece atordoada.

– Você acha que ela está realmente tão desesperada para morrer? Você acha que ela não lutaria se alguém tentasse matá-la?

– Sim, é horrível – eu digo, desviando o olhar. – Emmaline está em uma situação muito ruim.

– Mas ela pode existir, pelo menos parcialmente, no corpo de Ella. – Nouria franze a testa. – Ambas as consciências em uma pessoa. Como?

– Não sei. – Dou de ombros novamente. – J disse que Evie trabalhou bastante em seus músculos, ossos e outras coisas enquanto estava na Oceania... preparando-a para a Operação Síntese... para basicamente se tornar o novo corpo de Emmaline. Então acho que, no fim das contas, J servir como hospedeira de Emmaline é o que Evie planejou desde o início.

– E Emmaline devia saber – diz Nouria, em voz baixa.

É a minha vez de franzir a testa.

– Aonde você quer chegar?

– Não sei exatamente, mas essa situação complica as coisas. Porque, se nosso objetivo era matar Emmaline, e Emmaline agora está vivendo no corpo de Ella...

– Espere. – Meu estômago dá um salto apavorante. – É por isso que estamos aqui fora? É por isso que você está mantendo tanto segredo?

– Baixe a voz – ordena Nouria, ríspida, olhando para algo atrás de mim.

– Eu não vou baixar porra nenhuma – declaro. – Que diabos você está pensando? O que você está... Espere, o que é isso que você não para de olhar? – Giro o pescoço, mas vejo apenas uma parede vazia atrás da minha cabeça. Meu coração está acelerado; minha mente, trabalhando muito rápido. Eu me viro para encará-la.

– Me diga a verdade – exijo. – É por isso que você me encurralou? Porque você está tentando descobrir se podemos matar J enquanto ela está com Emmaline dentro dela? É isso? *Você está maluca?*

Nouria olha para mim.

– É maluquice querer salvar o mundo? Emmaline está no centro de tudo o que há de errado com o nosso universo agora, e ela está presa dentro de um corpo deitado em uma sala no final do *corredor*. Você sabe há quanto tempo estamos esperando por um momento como esse? Não me interprete mal, eu não amo essa linha de pensamento, Kishimoto, mas não sou...

– *Nouria.*

Ao som da voz de sua esposa, Nouria fica visivelmente imóvel. Ela dá um passo para trás em relação a mim e eu finalmente relaxo. Um pouco.

Nós dois nos viramos.

Sam não está sozinha. Castle está ao lado dela, os dois parecendo mais do que um pouco irritados.

– Deixe-o em paz – diz Castle. – Kenji já passou por coisas o suficiente. Ele precisa de tempo para se recuperar.

Nouria tenta responder, mas Sam a interrompe.

– Quantas vezes vamos falar sobre isso? – ela questiona. – Você não pode simplesmente me deixar de fora quando está estressada. Você não pode sair por conta própria sem me avisar. – Seus cabelos loiros caem nos olhos e, frustrada, Sam os afasta do rosto. – Eu sou sua *parceira*. Este é o nosso Santuário. Nossa vida. Construímos isso juntas, esqueceu?

– Sam. – Nouria suspira, fechando os olhos. – Você sabe que não estou tentando deixar você de fora. Você sabe que não é...

– Você está literalmente me deixando de fora. Você literalmente fechou a porta.

Minhas sobrancelhas disparam para o alto da minha testa. Castle e eu conectamos olhares: parece que entramos em uma discussão particular.

Que bom.

– Ei, Sam – digo –, sabia que sua esposa quer matar a Juliette?

Castle solta uma exclamação de espanto.

O corpo de Sam perde a força. Ela olha para Nouria, atordoada.

– Verdade – insisto, assentindo. – Nouria quer matá-la agora, na verdade, enquanto ela ainda está em coma. O que você acha? – Inclino a cabeça para Sam. – Boa ideia? Péssima ideia? Talvez a gente possa pensar um pouco mais?

– Isso não pode ser verdade – diz Sam, ainda olhando para a esposa. – Me fala que ele está brincando.

– Não é assim tão simples – diz Nouria, que me lança um olhar tão venenoso que quase me sinto mal por dar o troco. Na verdade, não quero que Nouria e Sam briguem, mas também não estou nem aí. Ela não pode sugerir casualmente assassinar minha melhor amiga e esperar que eu fique de boa. – Eu estava apenas apontando a...

– *Ok, chega.*

Levanto os olhos ao som da voz de Nazeera. Não tenho ideia de quando foi que ela apareceu, mas de repente ela está na nossa frente, os braços cruzados.

– Não vamos fazer nada disso. Nada de conversas paralelas. Nada de subgrupos. Todos precisamos conversar sobre a iminente merda que vai bater no ventilador e vir em nossa direção, e se tivermos alguma chance de descobrir como combater isso, temos que ficar juntos.

– Que merda é essa? – eu pergunto. – Por favor, seja específica.

– Eu concordo com a Nazeera – diz Sam, estreitando os olhos para a esposa. – Vamos todos voltar para dentro e conversar. Um com o outro. Ao mesmo tempo.

– Sam... – Nouria tenta novamente. – Não estou...

– Puta merda. – Stephan para quando nos vê, os sapatos chiando no piso. Ele parece elevar-se sobre o nosso grupo; refinado e civilizado demais para pertencer a este lugar. – O que vocês estão fazendo aqui fora?

Então, calmamente, acrescenta para Nazeera:

– E por que você nos deixou sozinhos com ele? Ele está sendo um babaca. Quase fez Haider chorar agora.

Nazeera suspira, fechando os olhos e apertando a ponta do nariz.

– Haider faz isso com ele mesmo. Não entendo por que ele se iludiu achando que Warner fosse o melhor amigo dele.

– Isso, ele pode muito bem ser – diz Stephan, franzindo a testa. – Mas é que as expectativas são muito baixas, como você sabe.

Nazeera suspira novamente.

– Se isso faz Haider se sentir melhor, Warner está sendo igualmente horrível para quase todo mundo – diz Sam. Ela olha para Nouria. – Aliás, Amir ainda não quer me dizer o que Warner falou para ele.

– Amir? – Castle fecha a cara. – O jovem que supervisiona a unidade de patrulha?

Sam confirma.

– Ele se demitiu hoje de manhã.

– Não. – Nouria pisca, atordoada. – Você está brincando.

– Quem me dera estar. Tive que dar o trabalho dele para Jenna.

– Isso é loucura. – Nouria balança a cabeça. – Apenas três dias e já estamos nos desmantelando.

– Três dias? – questionou Stephan. – Três dias desde que *nós* chegamos, é isso? Não é uma coisa muito agradável de se dizer.

– Não estamos nos desmantelando – diz Nazeera de repente. Furiosa. – Não podemos nos dar ao luxo de nos desmantelar. Não agora. Não com o Restabelecimento batendo à nossa porta.

– Espere… o quê? – Sam faz uma careta. – O Restabelecimento não tem ideia de onde nós…

– Deus, isso é tão deprimente – digo com um gemido, passando as duas mãos pelos meus cabelos. – Por que estamos um pulando na garganta do outro? Se Juliette estivesse acordada, ela ficaria muito irritada com todos nós. E ficaria totalmente irritada com Warner por agir assim, por nos dividir. Ele não percebe?

– Não – responde Castle, calmo. – Claro que não percebe.

Um *toc-toc* forte…

E todos olhamos para cima.

Winston e Brendan estão virando pelo corredor, o punho fechado de Brendan erguido a dois centímetros da parede. Ele bate mais uma vez contra o gesso.

Nouria expira alto.

– Podemos ajudar?

Eles marcham até nós, com expressões tão diferentes que é quase – *quase* – engraçado. Como claro e escuro, esses dois.

– Olá, pessoal – diz Brendan, um grande sorriso.

Winston tira os óculos do rosto. Olha feio para nós.

– O que diabos está acontecendo? Por que vocês estão fazendo uma conferência particular aqui? E por que vocês nos deixaram sozinhos com ele?

– Nós não deixamos – eu tento dizer.

– Nós não deixamos – Sam e Nazeera dizem ao mesmo tempo.

Winston revira os olhos. Empurra os óculos no lugar.

– Estou ficando velho demais para isso.

– Você só precisa de um café – afirma Brendan, batendo levemente no ombro de Winston. – Winston não dorme muito bem à noite – explica ele para o resto de nós.

Winston leva um susto. Fica instantaneamente rosa.

Eu sorrio.

Eu juro, é tudo o que faço. Apenas sorrio, e, em uma fração de segundo, os olhos de Winston travam com os meus, seu olhar de morte gritando: *Cale a boca, Kishimoto*, e eu nem tenho chance de me ofender antes que ele se afaste abruptamente, suas orelhas muito vermelhas.

Um silêncio desconfortável toma conta de tudo.

Pergunto-me, pela primeira vez, se é realmente possível que Brendan não tenha ideia de como Winston se sente em relação a ele. Ele parece não ter consciência, mas quem sabe? Definitivamente, não é um segredo para o resto de nós.

– Muito bem. – Castle respira fundo, bate palmas. – Estávamos prestes a voltar para dentro da sala para ter uma discussão adequada. Então, senhores – ele acena para Winston e Brendan –, se não se importam, vamos voltar pelo caminho por onde vocês vieram? Estamos ficando um pouco apertados no corredor.

– Certo. – Brendan olha rapidamente atrás dele. – Mas, hum, você acha que podemos esperar mais um minuto? Haider estava chorando, sabe, e acho que ele apreciaria um pouco de privacidade.

– Oh, pelo amor de Deus – eu resmungo.

– O que aconteceu? – Nazeera pergunta, preocupação vincando sua testa. – Devo entrar lá?

Brendan encolhe os ombros, seu rosto extremamente branco brilhando quase como neon no corredor escuro.

– Ele disse algo para Warner em árabe, eu acredito. E não sei exatamente o que Warner respondeu, mas tenho certeza de que ele disse a Haider para se mancar, de uma maneira ou de outra.

– Imbecil – Winston murmura.

– É verdade, infelizmente. – Brendan faz uma careta.

Balanço a cabeça.

– Tudo bem, tudo bem, eu sei que ele está sendo um idiota, mas acho que podemos dar uma folga ao Warner, não podemos? Ele está arrasado. Não vamos esquecer o inferno pelo qual ele passou esta manhã.

– Conta outra. – Winston cruza os braços, a raiva parecendo tirá-lo do constrangimento. – Haider está *chorando*. Haider Ibrahim. Filho do comandante supremo da Ásia. Ele está sentado em uma cadeira de hospital *chorando* porque Warner o magoou. Não sei como você pode justificar isso.

– Para ser justo – interrompe Stephan –, Haider sempre foi um pouco sensível.

– Ouça, não estou defendendo Warner, apenas...

– *Basta*. – A voz de Castle é alta. Cortante. – Já chega. – Algo puxa suavemente no meu pescoço, me assustando, e noto que as mãos de Castle estão no ar; é como se ele tivesse acabado de fisicamente nos fazer virar a cabeça de frente para ele. Ele aponta de volta pelo corredor, em direção à sala de recuperação de J. Sinto um leve empurrão nas minhas costas.

– De volta para dentro. Todos vocês. Agora.

Haider não parece diferente quando voltamos para dentro da sala. Não há evidência de lágrimas. Ele está parado em um canto, sozinho, com o olhar fixo a uma distância média. Warner está exatamente na mesma posição em que o deixamos, sentado rígido ao lado de J.

Olhando para ela.

Olhando para ela como se pudesse fazê-la voltar à consciência.

Nazeera bate palmas, com força.

– Muito bem – ela diz –, chega de interrupções. Precisamos conversar sobre estratégia antes de fazer qualquer outra coisa.

Sam faz uma careta.

– Estratégia para quê? Agora, precisamos discutir Emmaline. Precisamos entender os eventos desta manhã antes que possamos pensar em discutir os próximos passos adiante.

– Nós *vamos* falar sobre Emmaline e os eventos desta manhã – diz Nazeera. – Mas, para discutir a situação de Emmaline, precisamos conversar sobre a situação de Ella, o que vai exigir uma conversa sobre uma estratégia maior e abrangente... uma estratégia que se encaixe perfeitamente no plano de recuperar os filhos dos comandantes supremos.

Castle a encara, parecendo tão confuso quanto Sam.

– Você quer discutir os filhos dos comandantes supremos agora? Não é melhor se começar...

– Idiotas – Haider murmura para si mesmo.

Nós o ignoramos.

Bem, a maioria o ignora. Nazeera está balançando a cabeça, lançando à sala o mesmo olhar que direciona a mim tantas vezes: aquele que expressa sua exaustão geral por estar rodeada de idiotas.

– Como vocês são tão incapazes de ver como essas coisas se relacionam? O Restabelecimento está nos procurando. Mais especificamente, estão procurando Ella. Deveríamos estar escondidos, lembra? Mas a exibição flagrante de Emmaline nesta manhã simplesmente destruiu a proteção que encobria a capa da nossa localização. Todos vimos as notícias... todos leram os relatórios de emergência. O Restabelecimento fez um sério controle de danos para subjugar os cidadãos. Isso significa que sabem o que aconteceu aqui.

Mais uma vez, mais olhares vazios.

– Emmaline os levou direto para Ella – diz Nazeera. Ela diz essa última frase bem devagar, como se temesse pela nossa inteligência coletiva. – Seja de propósito ou por acidente, o Restabelecimento agora tem uma ideia aproximada de nossa localização.

Nouria parece chocada.

– O que significa – diz Haider, extraindo as palavras de sua própria condescendência irritante – que eles estão muito mais próximos de nos encontrar agora do que há algumas horas.

Todos se sentam eretos em suas cadeiras. O ar está subitamente diferente, intenso de uma nova maneira. Nouria e Sam trocam olhares preocupadas.

É Nouria quem diz:

– Você realmente acha que eles sabem onde estamos?

– Eu sabia que isso iria acontecer – diz Sam, balançando a cabeça.

Castle endurece.

– O que isso deveria significar?

Sam se irrita, mas suas palavras são calmas quando ela diz:

– Corremos um risco enorme ao deixar sua equipe ficar aqui. Arriscamos nosso sustento e a segurança dos nossos homens e mulheres para permitir que vocês se abrigassem entre nós. Vocês estão aqui há três dias e já conseguiram divulgar nossa localização para o mundo.

– Não divulgamos nada. E o que aconteceu hoje não foi culpa de ninguém...

Nouria levanta a mão.

– Pare – interrompe ela, lançando um olhar para Sam, um olhar tão breve que quase não vejo. – Estamos perdendo o foco outra vez. Nazeera estava certa quando disse que estávamos todos juntos nisso. De fato, nos reunimos com o propósito expresso de derrotar o Restabelecimento. É para isso que sempre trabalhamos. Nunca foi nosso propósito viver para sempre em gaiolas e comunidades criadas por nós mesmos.

– Eu entendo isso – diz Sam, sua voz firme desmentindo a raiva em seus olhos. – Mas se eles realmente souberem em qual setor procurar, poderemos ser descobertos em questão de dias. O Restabelecimento aumentará a presença militar dentro de uma hora, se ainda não o fizeram.

– Eles já fizeram – diz Stephan, parecendo tão exasperado quanto Nazeera. – Claro que fizeram.

– Tão ingênuas ... – diz Haider, lançando um olhar sombrio para a irmã.

Nazeera suspira.

Winston solta um palavrão.

Sam balança a cabeça.

– Então, o que você propõe? – questiona Winston, ele não está olhando para Nouria, Sam ou Castle. Ele está olhando para Nazeera.

Nazeera não hesita.

– Nós vamos esperar. Esperar Ella acordar. Precisamos saber o máximo possível sobre o que aconteceu com ela e precisamos priorizar sua segurança acima de tudo. Há uma razão pela qual Anderson a quer tão desesperadamente, e precisamos descobrir qual é esse motivo antes de darmos qualquer outro passo.

– Mas que tal um plano para recuperar os outros filhos? – Winston pergunta. – Se esperarmos Ella acordar antes de fazermos um movimento para salvá-los, pode ser que seja tarde demais.

Nazeera balança a cabeça e diz:

– O plano para os outros filhos tem que estar vinculado ao plano de salvar Ella. Estou certa de que Anderson está usando o sequestro dos filhos dos comandantes supremos como isca. Uma isca mentirosa projetada para nos levar a campo aberto. Além disso, ele projetou esse esquema antes que tivesse alguma ideia de que acidentalmente viríamos a público, o que apenas embasa minha teoria de que essa era uma isca mentirosa. Ele só esperava que saíssemos de nossas proteções por tempo suficiente para revelar nossa localização aproximada.

– O que fizemos agora – diz Brendan, discretamente horrorizado.

Eu largo a cabeça nas minhas mãos.

– *Merda.*

– Parece claro que Anderson não estava planejando fazer nenhum tipo de troca honesta por reféns – diz Nazeera. – Como poderia? Ele nunca nos disse onde estava. Nunca nos disse onde encontrá-lo. E o mais interessante: ele nem pediu o resto dos filhos dos comandantes supremos. Quaisquer que sejam seus planos, não parece exigir todos nós. Ele não queria Warner, nem eu, nem Haider, nem Stephan. Só queria Ella, certo? – Nazeera olha para Nouria. – Foi o que você disse. Que ele só queria Ella?

– Sim – responde Nouria. – Isso é verdade. Mas ainda acho que não entendo. Você acabou de apresentar todas as razões para entrarmos em guerra, mas seu plano de ataque envolve não fazer nada.

Nazeera não pode esconder sua irritação.

– Nós ainda deveríamos estar fazendo planos para lutar – diz ela. – Precisamos de um plano para encontrar os filhos, roubá-los de volta e depois, quando chegar o momento, matar nossos pais. Mas estou propondo que esperemos por Ella antes de tomarmos alguma atitude. Estou sugerindo fazermos um bloqueio completo aqui no Santuário até Ella recobrar a consciência. Não entrar nem sair até Ella acordar. Se vocês precisarem de suprimentos de emergência, Kenji e eu podemos usar nossa invisibilidade para realizar missões discretas e encontrar o que vocês precisam. O Restabelecimento terá soldados avançados em todos os lugares, monitorando todos os movimentos nesta área, mas enquanto permanecermos isolados, poderemos ganhar algum tempo.

– Só que não temos ideia de quanto tempo Ella vai levar para acordar – diz Sam. – Pode levar semanas... pode não ser *nunca*...

– Nossa missão – interrompe Nazeera – tem que ser proteger Ella a todo custo. Se a perdemos, perdemos tudo. É isso. Esse é todo o plano que temos agora. Manter Ella viva e segura é a prioridade. Salvar os filhos é secundário. Além disso, os filhos vão ficar bem. A maioria de nós já passou por simulações piores de treinamento básico.

Haider ri.

Stephan faz um som divertido de concordância.

– Mas e James? – eu protesto. – E Adam? Eles não são como vocês. Eles nunca foram preparados para essa merda. Pelo amor de Deus, James tem apenas dez anos.

Nazeera olha para mim então e, por um momento, vacila.

– Faremos o melhor – diz ela. E embora as palavras pareçam genuinamente solidárias, é tudo o que ela me oferece. *O melhor.*

É isso.

Sinto meus batimentos cardíacos começarem a acelerar.

– Então devemos arriscar deixá-los morrer? – Winston pergunta. – Devemos simplesmente apostar na vida de uma criança de dez anos? Deixar que ele permaneça preso e torturado pelas mãos de um sociopata e torcer pelo melhor? Você está falando sério?

– Às vezes, sacrifícios são necessários – diz Stephan.

Haider apenas encolhe os ombros.

– De jeito nenhum, de jeito nenhum – contesto, em pânico. – Precisamos de outro plano. Um plano melhor. Um que salve a todos, e rápido.

Nazeera me olha como se estivesse com pena de mim.

Isso é o suficiente para endireitar minha coluna.

Eu giro, meu pânico se transformando rapidamente em raiva. Dirijo minha mira contra Warner, sentado no canto como um saco de carne inútil.

– E você? – digo a ele. – O que você pensa sobre isso? Você está confortável em deixar seus próprios irmãos morrerem?

O silêncio é subitamente sufocante.

Warner não me responde por um longo tempo, e todos os presentes na sala estão atônitos demais com a minha estupidez para interferir. Acabei de quebrar um acordo tácito de fingir que Warner não existe, mas agora que provoquei a fera, todo mundo quer ver o que vai acontecer a seguir.

Chega um momento que Warner suspira.

Não é um som calmo e relaxante. É um som áspero e raivoso que parece apenas deixá-lo mais tenso. Ele nem levanta a cabeça quando diz:

– Estou confortável com muitas coisas, Kishimoto.

Mas já avancei demais para voltar agora.

– Isso é besteira – afirmo, meus punhos se fechando. – É besteira, e você sabe disso. Você é melhor do que isso.

Warner não diz nada. Ele não move um músculo, não para de olhar para o mesmo ponto no chão. E sei que não devo antagonizá-lo – eu *sei* que ele está em um estado frágil no momento –, mas não posso evitar. Não posso deixar isso passar, não assim.

– Então é isso? Depois de tudo… é isso? Você vai simplesmente deixar James morrer? – Meu coração está batendo forte e pesado no peito. Sinto a frustração chegando ao ápice, espiralando. – O que você acha que J diria agora, hein? Como você acha que ela se sente por você deixar alguém matar uma criança?

Warner se levanta.

Rápido, rápido demais. Warner está em pé e estou repentinamente arrependido. Eu estava me sentindo um pouco corajoso, mas agora não sinto nada além de arrependimento. Dou um passo incerto para trás. Warner segue. De repente, ele está parado na minha frente, estudando meus olhos, mas acontece que não consigo sustentar seu olhar por mais de um segundo. Seus olhos são de um verde tão claro que são desorientadores nos dias bons. Mas hoje… agora…

Ele parece louco.

Percebo, quando me afasto, que ele ainda tem sangue nos dedos. Manchas de sangue na garganta. Sangue escorrendo pelos cabelos dourados.

– *Olhe para mim* – ordena.

– Hum, não, obrigado.

– Olhe para mim – ele diz novamente, dessa vez em voz baixa.

Não sei por que faço isso. Não sei por que desisto. Não sei por que ainda há uma parte de mim que acredita em Warner e espera ver algo humano em seus olhos. Mas quando finalmente olho, perco essa esperança. Warner parece frio. Desapegado de tudo. Completamente errado.

Eu não entendo.

Quero dizer, também estou arrasado. Eu *também* estou chateado, mas não me tornei uma pessoa completamente diferente. E, nesse momento, Warner parece uma pessoa completamente diferente. Onde está o cara que ia pedir minha melhor amiga em casamento? Onde está o cara que teve um ataque de pânico no chão da sala? Onde está o cara que riu tanto que suas bochechas formaram covinhas? Onde está o cara que pensei que fosse meu amigo?

– O que aconteceu com você, cara? – eu sussurro. – Para onde você foi?

– Para o inferno – diz ele. – Finalmente encontrei o inferno.

~~Ella~~
~~Juliette~~

Acordo em ondas, a consciência me banhando lentamente. Quebro a superfície do sono, ofegando em busca de ar antes de ser puxada para baixo

outra corrente

outra corrente

outra

Memórias me envolvem, atam meus ossos. Eu durmo. Quando durmo, sonho que estou dormindo. Nesses sonhos, sonho que estou morta. Não sei distinguir o real da ficção, não sei distinguir os sonhos da verdade, não sei mais dizer as horas, já podem ter se passado dias ou anos quem sabe quem sabe eu começo a me

m

e

x

e

r

Sonho até acordada, sonho com lábios vermelhos e dedos finos, sonho com olhos, centenas de olhos, sonho com ar e raiva e morte.

Sonho os sonhos de Emmaline.

Ela está aqui.

Ela ficou quieta quando se estabeleceu aqui, na minha mente. Ela parou, recuou. Escondeu-se de mim, do mundo. Sinto-me pesada com a presença dela, mas ela não fala, apenas apodrece, sua mente se decompõe lentamente, deixando resíduos em seu rastro. Estou pesada com isso, pesada com o lixo dela. Sou incapaz de carregar esse peso; por mais forte que Evie me tenha feito, sou incapaz, incompatível. Não sou suficiente para conter nossas mentes combinadas. Os poderes de Emmaline são grandes demais. Eu me afogo neles, eu me afogo neles, eu...

ofego

quando minha cabeça rompe a superfície novamente.

Arrasto o ar para dentro dos meus pulmões, imploro que meus olhos se abram e eles riem. Olhos rindo de pulmões ofegando com a dor que ricocheteia pela minha espinha.

Hoje há um menino.

Não é um dos meninos comuns. Não é Aaron, Stephan ou Haider. Esse é um menino novo, um menino que nunca vi antes.

Percebo, só de ficar ao lado dele, que ele está aterrorizado.

Ficamos na sala grande e larga, cheia de árvores. Ficamos olhando os pássaros brancos, os pássaros com faixas amarelas e as coroas na cabeça. O garoto olha para os pássaros como se nunca tivesse visto nada parecido com eles. Ele olha para tudo com surpresa. Ou medo. Ou preocupação. Isso me faz perceber que ele não sabe esconder suas emoções. Sempre que o sr. Anderson olha para ele, ele inspira bruscamente como se tivesse levado um susto. Sempre que eu olho, ele fica vermelho-vivo. Sempre que mamãe fala com ele, ele gagueja.

– O que você acha? – o sr. Anderson pergunta para minha mãe. Ele tenta sussurrar, mas esta sala é tão grande que faz um pouco de eco.

Minha mãe inclina a cabeça para o garoto. Estuda-o.

– Ele tem o quê? Seis anos agora? – Mas ela não espera a resposta. Minha mãe apenas balança a cabeça e suspira. – Realmente faz tanto tempo assim?

O sr. Anderson olha para o garoto.

– Infelizmente.

Lanço um olhar para ele, para o garoto ao meu lado, e vejo como ele endurece. Lágrimas brotam de seus olhos; dói de ver, machuca muito. Eu detesto o sr. Anderson. Não sei por que mamãe gosta dele; não sei por que alguém gosta dele. O sr. Anderson é uma pessoa horrível e machuca Aaron o tempo todo. Aliás... Agora que estou pensando, há algo nesse garoto que me lembra Aaron. Algo nos olhos.

– Oi – sussurro, e viro de frente para ele.

Ele engole em seco. Enxuga as lágrimas com a ponta da manga.

– Oi. – Tento novamente. – Sou Ella. Qual é o seu nome?

O garoto olha para cima nesse momento. Seus olhos são de um azul profundo e escuro. Ele é o garoto mais triste que eu já vi, e fico triste só de olhar para ele.

– Eu sou A-Adam – ele diz baixinho. Ele fica vermelho novamente.

Pego a mão dele na minha. Sorrio.

– Nós vamos ser amigos, tá? Não se preocupe com o sr. Anderson. Ninguém gosta dele. Ele é malvado com todo mundo, eu juro.

Adam ri, mas seus olhos ainda estão vermelhos. Sua mão treme na minha, mas ele não solta.

– Eu não sei – ele sussurra. – Ele é muito malvado pra mim.

Eu aperto sua mão.

– Não se preocupe – eu digo. – Vou proteger você.

Adam sorri para mim então, sorri um sorriso de verdade, mas quando finalmente olhamos para cima novamente, o sr. Anderson está olhando para nós.

Ele parece zangado.

Há um zumbido dentro de mim, uma massa de som que consome pensamentos, devora conversas.

Somos moscas – nos reunindo, formando um enxame –, olhos esbugalhados e ossos frágeis flutuando nervosamente em direção a destinos imaginados. Atiramos nossos corpos nas vidraças de janelas tentadoras, desejando o mundo prometido do outro lado. Dia após dia, arrastamos asas, olhos e órgãos feridos pelas mesmas quatro paredes; abertas ou fechadas, as saídas parecem fugir de nós. Esperamos ser resgatados por uma brisa, esperamos uma chance de ver o sol.

Décadas passam. Séculos se empilham.

Nossos corpos machucados ainda permanecem no ar. Continuamos a nos lançar em promessas. Há loucura na repetição, na repetição, na repetição que sublinha nossas vidas. É apenas nos segundos desesperados antes da morte que percebemos que as janelas contra as quais quebramos nossos corpos eram apenas espelhos, o tempo todo.

Kenji

Faz quatro dias.

Quatro dias de nada. J ainda está dormindo. As gêmeas estão chamando de coma, mas estou chamando de sono. Estou escolhendo acreditar que J está muito, muito cansada. Ela só precisa dormir para se livrar de um pouco do estresse e ficará bem. É isso que continuo dizendo a todos.

Ela vai ficar bem.

– Ela está apenas cansada – digo para Brendan. – E quando ela acordar, vai ficar feliz por saber que a esperamos antes de ir buscar James. Vai ficar tudo bem.

Estamos na BS, a abreviação para barraca do silêncio, o que é estúpido, porque nunca fica silencioso aqui. A BS é o padrão para sala comunal. É uma sala de jogos onde os membros do Santuário se reúnem à noite e relaxam. Estou na área da cozinha, encostado no frágil balcão. Brendan, Winston, Ian e eu estamos esperando a chaleira elétrica ferver.

Chá.

Isso foi ideia de Brendan, é claro. Por alguma razão, nunca conseguíamos colocar nossas mãos em chá lá no Ponto Ômega. Só tomávamos café e ainda assim era seriamente racionado. Somente depois que nos mudamos para a base no Setor 45, foi que Brendan percebeu que podíamos conseguir chá; mesmo assim ele não era tão militante.

Mas aqui...

A missão de Brendan é forçar chá quente em nossas gargantas todas as noites. Ele nem precisa da cafeína do chá preto – sua capacidade de manipular a eletricidade sempre mantém seu corpo carregado –, mas ele diz que gosta porque acha o ritual relaxante. Então tanto faz. Agora nos reunimos à noite e bebemos chá. Brendan coloca leite no chá. Winston adiciona uísque. Ian e eu bebemos puro.

– Certo? – eu digo, quando ninguém me responde. – Quero dizer, um coma é basicamente só uma soneca muito longa. J vai ficar bem. As meninas vão fazê-la melhorar, e então ela vai ficar bem, e tudo vai ficar bem. E James e Adam vão ficar bem, obviamente, porque Sam os viu e ela diz que eles estão bem.

– Sam os viu e disse que eles estavam inconscientes – diz Ian, abrindo e fechando armários. Quando ele encontra o que está procurando, um pacote de biscoitos, ele rasga a embalagem. Ele nem tem chance de liberar um deles antes que Winston o roube. – Esses biscoitos são para o nosso chá – diz ele bruscamente.

Ian olha feio.

Todos olhamos para Brendan, que parece alheio aos sacrifícios sendo feitos em sua homenagem.

– Sim, Sam disse que eles estavam inconscientes – continua ele, pegando pequenas colheres de uma gaveta. – Mas também disse que eles pareciam estáveis. Vivos.

– Exatamente – eu digo, apontando para Brendan. – Obrigado. *Estáveis. Vivos.* Essas são as palavras mais importantes.

Brendan pega o pacote resgatado de biscoitos da mão estendida de Winston e começa a arrumar pratos e talheres com uma confiança que deixa a todos nós perplexos. Ele não levanta os olhos quando diz:

– É realmente incrível, não é?

Winston e eu trocamos um olhar confuso.

– Eu não chamaria isso de incrível – responde Ian, ao pegar uma colher da bandeja. Ele a examina. – Mas acho que garfos e essas merdas são bem legais, se a gente for pensar em invenções.

Brendan faz uma careta e olha para cima.

– Estou falando sobre Sam. Sua capacidade de ver através de longas distâncias. – Ele pega a colher da mão de Ian e a recoloca na bandeja. – Uma habilidade notável.

A capacidade sobrenatural de Sam de ver através de longas distâncias foi o que nos convenceu das ameaças de Anderson, antes de qualquer outra coisa. Alguns dias atrás – quando recebemos as notícias sobre o sequestro –, ela havia usado dados e sua pura determinação para localizar Anderson em nossa antiga base no Setor 45. Ela então havia passado catorze horas seguidas pesquisando, e embora não tivesse conseguido imagens dos outros filhos de comandantes supremos, conseguiu ver lampejos de James e Adam, os únicos com quem eu me preocupo. Esses lampejos de vida – inconscientes, mas vivos e estáveis – não são uma grande garantia, mas estou disposto a aceitar qualquer coisa neste momento.

– Enfim, sim. Sam é ótima – digo, esticando-me contra o balcão. – O que me traz de volta ao meu ponto original: Adam e James vão ficar bem. E J vai acordar em breve e ficar bem. O mundo me deve pelo menos isso, não é mesmo?

Brendan e Ian trocam olhares. Winston tira os óculos e os limpa, lentamente, com a barra da camisa.

A chaleira elétrica estala e solta vapor. Brendan coloca alguns saquinhos de chá em um verdadeiro bule e enche o bojo de porcelana com a água quente da chaleira. Em seguida, envolve o bule em uma toalha e o entrega a Winston, e os dois levam tudo para o cantinho da sala que reivindicamos para nós recentemente. Não é grande coisa, apenas um conjunto de assentos com duas mesas baixas no meio. O resto da sala está cheio de atividades. Muita conversa e muita socialização.

Nouria e Sam estão sozinhas em um canto, compenetradas conversando. Castle está falando baixinho com as meninas Sonya e Sara. Todos nós passamos muito tempo aqui – praticamente todo mundo passa – desde que o isolamento do Santuário foi declarado oficialmente. Estamos todos neste limbo estranho agora; há muita coisa acontecendo, mas não temos permissão para deixar o local. Não podemos ir a lugar algum ou fazer qualquer coisa. Ainda não, pelo menos. Apenas esperar J acordar.

A qualquer minuto.

Há uma infinidade de outras pessoas aqui também – mas apenas algumas que estou começando a reconhecer. Eu aceno um cumprimento para duas pessoas que conheço apenas pelo nome e caio em uma poltrona macia e bem gasta. Aqui cheira a café e madeira velha, mas estou começando a gostar. Está se tornando uma rotina familiar. Brendan, como sempre, termina de arrumar tudo na mesa de centro. Xícaras de chá, colheres, pratinhos e guardanapos dobrados em triângulo. Uma pequena jarra de leite. Ele está realmente envolvido nessa coisa toda. Ele reajusta os biscoitos que já tinha arrumado em um prato e alisa os guardanapos de papel. Ian olha para ele com a mesma expressão todas as noites – como se Brendan fosse louco.

– Ei – diz Winston com rispidez. – Pare com isso.

– Parar com o quê? – questiona Ian, incrédulo. – Vamos lá, cara, você não acha isso meio estranho? Fazer reuniões para o chá todas as noites?

Winston abaixa a voz para um sussurro.

– Eu vou te matar se você estragar isso pra ele.

– Tudo bem, chega. Você sabe muito bem que eu não sou surdo. – Brendan estreita os olhos para Ian. – E eu não me importo se vocês acham que é estranho. Sobrou muito pouco da Inglaterra em mim, exceto isso.

A resposta nos cala.

Olho para o bule de chá. Brendan diz que estamos esperando a infusão.

E então, de repente, ele bate palmas. Ele olha diretamente para mim, seus olhos azul-gelo e cabelo loiro-esbranquiçado fazendo me lembrar de Warner. Mas, de alguma forma, mesmo com todos os seus tons claros, brancos e frios, Brendan é o oposto de Warner. Ao contrário de Warner, Brendan brilha. Ele é quente. Gentil. Naturalmente esperançoso e supersorridente.

Pobre Winston.

Winston, que está secretamente apaixonado por Brendan e tem medo demais de arruinar sua amizade para fazer algo a respeito. Winston se acha velho demais para Brendan, mas a questão é: ele também não está ficando mais jovem. Eu continuo dizendo a Winston que se ele quiser tomar a iniciativa, deve fazer isso agora, enquanto ainda tem seus quadris originais, e ele diz: *Ha-ha, vou te matar, imbecil*, e me lembra de que ele está esperando o momento certo. Mas eu não sei. Às vezes, acho que ele vai manter o amor platônico para sempre, e estou preocupado que isso possa matá-lo.

– Então, ouça – Brendan diz com cautela. – Queríamos conversar com você.

Eu pisco, focando novamente.

– Quem? Comigo?

Olho em volta para os rostos deles. De repente, todos parecem sérios. Muito sérios. Tento rir quando pergunto:

– O que está acontecendo? Isso é algum tipo de intervenção?

– É – diz Brendan. – Tipo isso.

De repente, fico rígido.

Brendan suspira.

Winston coça uma espinha na testa.

Ian diz:

– Juliette provavelmente vai morrer, você sabe disso, não sabe?

Alívio e irritação me invadem simultaneamente. Consigo revirar os olhos e balançar a cabeça ao mesmo tempo.

– Pare de fazer isso, Sanchez. Não seja esse cara. Não é mais engraçado.

– Não estou tentando ser engraçado.

Reviro os olhos novamente, dessa vez olhando para Winston em busca de apoio, mas ele apenas balança a cabeça em negativa para mim. Suas sobrancelhas franzem tanto que seus óculos escorregam pelo nariz. Ele os tira do rosto.

– Isso é sério – diz ele. – Ela não está bem. E mesmo se acordar de novo... quero dizer, seja lá o que tenha acontecido com ela...

– Ela não será a mesma – Brendan termina para ele.

– Quem disse? – Enrugo a testa. – As meninas falaram...

– Cara, as meninas falaram que algo na química dela mudou, por isso estão fazendo testes nela há dias. Emmaline fez algo estranho com ela... algo que alterou fisicamente o DNA. Além disso, o cérebro dela fritou.

– Eu sei o que disseram – falo em tom exaltado. – Eu estava lá quando disseram isso. Mas as meninas estavam apenas sendo cautelosas. Elas acham que é *possível* que o que aconteceu com ela tenha deixado algum dano permanente, mas estamos falando de Sonya e Sara. Elas podem curar qualquer coisa. Só precisamos esperar J acordar.

Winston balança a cabeça novamente.

– Elas não seriam capazes de curar algo assim – diz ele. – As meninas não conseguem reparar esse tipo de devastação neurológica. Elas podem mantê-la viva, mas não tenho certeza de que possam...

– Ela pode nem acordar – diz Ian, interrompendo-o. – Nunca mais. Ou, na melhor das hipóteses, ela pode ficar em coma por anos. Ouça, a questão aqui é que precisamos começar a fazer planos sem ela. Se vamos salvar James e Adam, precisamos ir agora. Eu sei que Sam de tempos em tempos verifica como eles estão e sei que ela diz que estão estáveis por enquanto, mas não podemos esperar mais. Anderson não sabe o que aconteceu com Juliette, o que significa que ele ainda está esperando que a gente vá abrir mão dela. O que significa que Adam e James ainda estão correndo risco... O que significa que nosso tempo está acabando. E, pela primeira vez – conclui ele, inspirando –, não sou o único que se sente assim.

Eu me sento, atordoado.

– Vocês estão me zoando, não estão?

Brendan serve chá.

Winston tira um frasco do bolso e o pesa na mão antes de estendê-lo para mim.

– Talvez você devesse ficar com isso esta noite – diz ele.

Lanço um olhar fulminante.

Ele encolhe os ombros e esvazia metade do frasco em sua xícara de chá.

– Escute – diz Brendan, de modo gentil. – Ian é um monstro sem modos, mas ele não está errado. É hora de pensar em um novo plano. Todos nós ainda amamos Juliette, é só que… – Ele se interrompe, franzindo a testa. – Espere, é Juliette ou Ella? Chegamos a entrar em algum consenso?

Ainda estou de cara feia quando digo:

– Eu vou chamá-la de Juliette.

– Mas pensei que ela queria se chamar Ella – diz Winston.

– Ela está em coma – Ian afirma, e toma um gole grande de chá. – Ela não se importa com o nome que a chamam.

– Não seja tão bruto – diz Brendan. – Ela é nossa amiga.

– *Sua* amiga – ele murmura.

– Espere… o lance é esse? – Eu me sento mais para a frente. – Você está com ciúmes de ela nunca ter sido sua melhor amiga, Sanchez?

Ian revira os olhos e desvia o olhar.

Winston está observando tudo com interesse fascinado.

– Tudo bem, beba seu chá – diz Brendan, mordendo um biscoito. Ele gesticula para mim com o biscoito meio comido. – Está esfriando.

Disparo um olhar cansado para ele, mas tomo um gole obrigado e quase engasgo. Esta noite tem um gosto estranho. E estou prestes a afastá-lo para longe de mim quando percebo que Brendan ainda está me olhando, então tomo um longo e repugnante gole do líquido escuro antes de devolver a xícara ao pires. Tento não engasgar.

– Ok – eu digo, batendo as palmas das mãos nas coxas. – Vamos fazer uma votação: quem aqui acha que Ian está com raiva por J não ter se apaixonado por ele quando ela apareceu no Ponto Ômega?

Winston e Brendan trocam um olhar. Lentamente, os dois levantam as mãos.

Ian revira os olhos novamente.

– *Pendejos* – ele murmura.

– A teoria faz pelo menos um pouco de sentido – diz Winston.

– Eu tenho namorada, seu idiota. – E como se fosse uma deixa, Lily olha do outro lado da sala, cruzando um olhar com Ian. Ela está sentada com Alia e outra garota que não reconheço.

Lily acena.

Ian acena de volta.

– Sim, mas você está acostumado a um certo nível de atenção – diz Winston, pegando um biscoito. Ele olha para cima e examina a sala. – Como aquelas garotas, logo ali – continua, indicando com a cabeça. – Estão olhando para você desde que você entrou.

– Não estão – retruca Ian, mas não consegue deixar de dar uma olhada.

– É verdade. – Brendan encolhe os ombros. – Você é um rapaz bonito.

Winston engasga com o chá.

– Ok, chega. – Ian levanta as mãos. – Eu sei que vocês acham isso hilário, mas estou falando sério. No fim das contas, Juliette é amiga de *vocês*, não minha.

Dou um suspiro dramático.

Ian me lança um olhar.

– Quando ela apareceu no Ponto Ômega, tentei falar com ela, oferecer minha amizade e ela nunca retribuiu. E mesmo depois de termos sido feitos reféns por Anderson – ele acena com reconhecimento para Brendan e Winston –, ela demorou um bom tempo tentando obter informações de Warner. Ela nunca deu a mínima para o resto de nós, e só o que fizemos foi colocar tudo em risco para protegê-la.

– Ei, isso não é justo – diz Winston, balançando a cabeça. – Ela estava em uma posição terrível...

– Tanto faz – Ian murmura. Ele olha para o chá. – Toda essa situação é algum tipo de balela.

– Um brinde a isso – diz Brendan, enchendo sua xícara. – Agora tome mais chá.

Ian murmura um "obrigado" silencioso e irritado e leva a xícara aos lábios. De repente, ele endurece.

– E depois tem isso – diz ele, erguendo uma sobrancelha. – Como se tudo isso não bastasse, temos que lidar com *esse* mané. – Ian gesticula, com a xícara de chá, em direção à entrada.

Merda.

Warner está aqui.

– Ela o trouxe aqui – Ian diz, mas tem o bom senso de, pelo menos, manter a voz baixa. – É por causa dela que temos que tolerar esse idiota.

– Vamos ser justos: isso foi originalmente ideia do Castle – ressalto.

Ian mostra o dedo do meio pra mim.

– O que ele está fazendo aqui? – Brendan pergunta em voz baixa.

Balanço a cabeça e tomo outro gole inconsciente do meu chá nojento. Há algo no gosto horrível que está começando a parecer familiar, mas não consigo identificar.

Eu olho para cima novamente.

Não troquei uma palavra com Warner desde o primeiro dia. O dia em que J foi atacada por Emmaline. Ele parece um fantasma desde então. Ninguém realmente o viu, ninguém além dos filhos dos comandantes supremos, eu acho.

Ele voltou direto para suas raízes.

Porém, parece que finalmente tomou banho. Não tem mais sangue. E acho que ele se curou, embora eu não tenha como saber com certeza, porque ele está completamente vestido com uma roupa que só posso imaginar que foi emprestada por Haider. Muito couro.

Observo, por apenas alguns segundos, enquanto ele caminha pela sala – passando no meio de grupos e de conversas, sem se desculpar com ninguém – em direção a Sonya e Sara, que ainda estão conversando com Castle.

Tanto faz.

O cara nem olha mais na minha cara. Nem reconhece minha existência. Não que eu me importe. Não é como se fôssemos amigos.

Pelo menos, é o que eu continuo dizendo a mim mesmo.

De alguma forma, já esvaziei minha xícara de chá, porque Brendan a encheu de novo. Mando a xícara nova para dentro em alguns goles rápidos e enfio um biscoito seco na boca. Em seguida, balanço a cabeça.

– Tudo bem, estamos nos desviando – eu digo, e as palavras soam um pouco altas demais, até para meus próprios ouvidos. – Foco, por favor.

– Certo – diz Winston. – Foco. Em que estamos nos focando?

– Nova missão – responde Ian, recostando-se na cadeira. Ele conta com os dedos: – Salvar Adam e James. Matar os outros comandantes supremos. Finalmente dormir um pouco.

– Fácil e tranquilo – diz Brendan. – Eu gosto disso.

– Sabem de uma coisa? – questiono. – Acho que devo falar com ele.

Winston levanta uma sobrancelha.

– Falar com quem?

– Com o Warner, obviamente. – Minha cabeça está quente. Um pouco confusa. – Eu deveria falar com ele. Ninguém fala. Por que o estamos simplesmente deixando voltar a ser um idiota? Eu deveria falar com ele.

– Essa é uma ótima ideia – diz Ian, sorrindo e se sentando mais para a frente na cadeira. – Vai lá.

– Não ouse dar ouvidos a ele – diz Winston, empurrando Ian de volta em sua cadeira. – Ian só quer presenciar o seu assassinato.

– Falta de educação pra cacete, Sanchez.

Ian encolhe os ombros.

– Aliás, mudando de assunto – Winston diz para mim. – Como está sua cabeça?

Eu franzo o cenho, tocando meu crânio com dedos cautelosos.

– O que você quer dizer?

– Quero dizer – começa Winston –, que este provavelmente é um bom momento para falar que batizei seu chá com uísque a noite inteira.

– Que diabos? – Eu me endireito na poltrona rápido demais. Má ideia. – Por quê?

– Você parecia estressado.

– Não estou estressado.

Todo mundo olha para mim.

– Tudo bem, tanto faz – eu digo. – Estou estressado, mas não bêbado.

– Não. – Ele olha para mim. – Mas você provavelmente precisa de todas as células cerebrais que puder reunir se quiser falar com Warner. Era o que eu faria no seu lugar. Não tenho muito orgulho de admitir que o acho genuinamente aterrorizante.

Ian revira os olhos.

– Não há nada de assustador nesse cara. O único problema dele é que ele é um *hijo de puta* arrogante, que só olha pro próprio umbigo e...

– Espere – eu digo, piscando. – Para onde ele foi?

Todo mundo vira, procurando por ele.

Eu juro, cinco segundos atrás, ele estava parado bem ali. Giro a cabeça de um lado para o outro como um personagem de desenho animado, entendendo apenas vagamente que estou me movendo um pouco rápido demais e um pouco lento demais por causa do Winston, o idiota/amigo bem-intencionado número um. Mas, no processo de vasculhar a sala visualmente em busca de Warner, localizo a única pessoa que eu estava fazendo um esforço para evitar:

Nazeera.

Eu me arremesso na cadeira com muita força, quase caindo no chão. Eu me abaixo, respirando um pouco esquisito, e então, sem motivo racional, começo a rir. Winston, Ian e Brendan estão todos olhando para mim como se eu fosse louco, e não os culpo. Não sei o que há de errado comigo. Nem sei por que estou me escondendo de Nazeera. Não há nada de assustador nela, não exatamente. Nada mais assustador do que o fato de não termos realmente discutido a última conversa emocional que tivemos, logo depois que ela me chutou pelas costas e eu quase a matei por isso.

Ela me disse que eu fui seu primeiro beijo.

E então o céu derreteu e Juliette foi possuída por sua irmã e o momento romântico foi interrompido para sempre. Faz cerca de cinco dias que ela e eu tivemos essa conversa e, desde então, tem sido muito estresse, trabalho e mais estresse, e Anderson é um idiota e James e Adam estão sendo mantidos como reféns.

Além disso: fiquei puto com ela.

Há uma parte de mim que realmente gostaria de levá-la para um canto discreto em algum lugar, mas há outra parte de mim que não permite. Porque eu estou muito bravo com ela. Ela sabia o quanto significava para mim ir atrás de James, e ela apenas deu de ombros com pouca ou nenhuma compreensão. Um pouco de compreensão, eu acho. Mas não muita. Enfim, estou pensando demais? Acho que estou pensando demais.

– O que diabos há de errado com você? – Ian está olhando para mim, atordoado.

– Nazeera está aqui.

– E daí?

– E daí que eu não sei; Nazeera está aqui – respondo, mantendo a voz baixa. – E não quero falar com ela.

– Por que não?

– Porque minha cabeça está burra agora, é por isso que eu não quero. – Olho para Winston. – Você fez isso comigo. Você deixou minha cabeça burra, e agora tenho que evitar a Nazeera, porque se eu não evitar, é quase certeza que vou fazer ou dizer alguma coisa extremamente idiota e estragar tudo. Então eu preciso me esconder.

– Droga – diz Ian, e encolhe os ombros. – Isso é muito ruim, porque ela está vindo direto para cá.

Fico tenso. Olho para ele e depois para Brendan:

– Ele está mentindo?

Brendan balança a cabeça.

– Receio que não, companheiro.

– Merda. Merda. Merda, merda, merda.

– É bom ver você também, Kenji.

Eu olho para cima. Ela está sorrindo.

Argh, tão linda.

– Oi – cumprimento. – Tudo bem?

Ela olha em volta. Tenta segurar uma risada.

– Tudo – responde. – Como… você está?

– Bem. Bem. Obrigado por perguntar. Foi bom ver você.

Nazeera olha de mim, para os outros caras e para mim de novo.

– Eu sei que você odeia quando pergunto isso, mas… Você está bêbado?

– Não – eu digo alto demais. Afundo mais no meu lugar. – Não bêbado. Só um pouco… alegre. – O uísque está começando a bater agora, dedos quentes e líquidos chegando ao redor do meu cérebro e apertando.

Ela levanta uma sobrancelha.

– Culpa do Winston – eu acuso e aponto.

Ele balança a cabeça e suspira.

– Tudo bem – diz Nazeera, mas eu posso ouvir a leve irritação em sua voz. – Bem, essa não é a situação ideal, mas vou precisar de você de pé.

– O quê? – Eu levanto a cabeça. Olho para ela. – Por quê?

– Houve uma evolução com Ella.

– Que tipo de evolução? – Eu me sento, sentindo-me subitamente sóbrio. – Ela está acordada?

Nazeera inclina a cabeça de lado.

– Não exatamente – diz ela.

– Então o quê?

– Você deveria vir ver com seus próprios olhos.

~~Ella~~ ~~Juliette~~

Adam parece próximo.

Quase posso vê-lo na minha mente, uma forma borrada, aquarelas sangrando através de membrana, manchando o branco dos meus olhos. Ele é um rio alagado, azul em lagos tão escuros, água em oceanos tão pesados que afundo, eu me rendo ao peso do mar.

Respiro fundo e encho os pulmões de lágrimas, penas de pássaros estranhos farfalhando contra meus olhos fechados. Vejo um lampejo de cabelo loiro-escuro, escuridão e pedra, vejo azul e verde e

Calor, de repente, uma expiração em minhas veias...

Emmaline.

Ainda aqui, ainda nadando.

Ela ficou cada vez mais quieta ultimamente, o fogo de sua presença reduzido a brasas incandescentes. Ela lamenta por me tirar de mim mesma. Lamenta pela inconveniência. Lamenta por ter perturbado meu mundo tão profundamente. Ainda assim, ela não quer sair. Ela gosta daqui, gosta de se esticar dentro dos meus ossos. Ela gosta do ar seco e do sabor do oxigênio de verdade. Ela gosta da forma dos meus dedos, do corte dos meus dentes. Ela está arrependida, mas não arrependida o suficiente para voltar, então está tentando ser muito pequena e muito quieta. Ela espera me compensar ocupando o mínimo de espaço possível.

Não sei como entendo isso tão claramente, exceto que a mente dela parece ter se fundido à minha. A conversa não é mais necessária. Explicações são redundantes.

No começo, ela inalava tudo.

Animada, ansiosa – ela agarrava tudo. Pele nova. Olhos e boca. Eu a senti se maravilhar com a minha anatomia, com os sistemas que faziam o ar ser puxado pelo meu nariz. Eu parecia existir aqui quase como uma reflexão tardia, o sangue bombeando através de um órgão que funcionava apenas para passar o tempo. Eu era pouco mais que uma passageira em meu próprio corpo, não fazendo nada enquanto ela explorava e apodrecia em sobressaltos e faíscas, aço raspando contra si mesmo, contrações impressionantes de dor como garras cavando, cavando. É melhor agora que ela se acomodou, mas sua presença diminuiu para quase uma tristeza dolorida. Ela parece desesperada para encontrar apoio enquanto se desintegra, inconscientemente levando consigo pedaços da minha mente. Alguns dias são melhores que outros. Alguns dias o fogo de sua existência é tão intenso que esqueço de respirar.

Mas, na maioria dos dias, sou uma ideia e nada mais.

Sou espuma e fumaça funcionando como pele. Dentes-de-leão se reúnem na minha caixa torácica, musgo cresce constantemente ao longo da minha espinha. A água da chuva inunda meus olhos, empoça na minha boca aberta, escorre pelas articulações que seguram meus lábios.

Eu

continuo

a

afundar.

E então…

por que agora?

de repente

surpreendente

peito subindo, pulmões trabalhando, punhos se fechando, joelhos flexionando, pulso acelerando, sangue bombeando

eu flutuo

– Srta. Ferrars… quer dizer, Ella…

– O nome dela é Juliette. Apenas chame-a de Juliette, pelo amor de Deus.

– Por que não a chamamos do que ela *quer* ser chamada?

– Certo. Exatamente.

– Mas eu pensei que ela queria ser chamada de Ella.

– Nunca houve um consenso. Houve consenso?

Lentamente, minhas pálpebras se abrem tremulando.

O silêncio explode, revestindo bocas, paredes, portas e fragmentos de poeira. Paira no ar, ocultando tudo, por dois segundos inteiros.

Então

Gritos, gritos, um milhão de sons. Tento contar todos eles, e minha cabeça gira, nadando. Meu coração está batendo forte e rápido no peito, sacudindo-me imprudente, sacudindo minhas mãos, tocando meu crânio. Olho em volta rápido, rápido demais, a cabeça balançando para a frente e para trás e tudo gira ao redor e ao redor e

Tantos rostos, borrados e estranhos.

Estou respirando com dificuldade demais, manchas pontilhando minha visão e coloco as duas mãos na – olho para baixo – cama embaixo de mim e fecho os olhos com força

O que sou eu
Quem sou eu
Onde estou eu

Silêncio de novo, rápido e completo, como mágica, mágica, um silêncio cai sobre todos, tudo, e eu expiro, o pânico escorrendo de mim e me sento, absorvendo o que há em volta quando

Mãos quentes
tocam as minhas.

Familiares.

Fico subitamente imóvel. Meus olhos ficam fechados. O sentimento se move através de mim como um incêndio selvagem, chamas devoram a poeira no meu peito, o fogo nos meus ossos. Mãos se tornam braços ao meu redor, e o fogo arde. Minhas próprias mãos estão presas entre nós e sinto as linhas duras de seu corpo através do algodão macio de sua camisa.

Um rosto aparece, desaparece, atrás dos meus olhos.

Há algo muito seguro aqui na sensação dele, no cheiro dele – algo inteiramente dele. Estar perto dele faz algo comigo, algo que nem consigo explicar, não consigo controlar. Sei que não devo, sei que não devo, mas não posso deixar de arrastar as pontas dos meus dedos pelas linhas perfeitas de seu torso.

Eu o ouço inspirar bruscamente.

Labaredas saltam em mim, pulam nos meus pulmões e inspiro, arrastando oxigênio para dentro do meu corpo, que atiça ainda mais as chamas. Uma das mãos dele aperta minha nuca, a outra agarra na minha cintura. Um lampejo de calor sobe pela minha espinha, atinge meu crânio. Seus lábios estão no meu ouvido sussurrando, sussurrando

Volte à vida, meu amor
Estarei aqui quando você acordar

Meus olhos se abrem de repente.

O calor é impiedoso. Confunde. Consome. Isso me acalma, apazigua meu coração furioso. Suas mãos se movem ao longo do meu corpo, a luz toca nos meus braços, nas laterais do meu tronco. Cravo as unhas pelo caminho de volta até ele de memória, minhas mãos trêmulas traçam a forma familiar de suas costas, minha bochecha ainda pressionada nos batimentos familiares de seu coração. O cheiro dele, tão familiar, tão familiar, e então eu olho para cima...

Seus olhos, algo nos seus olhos

Por favor, ele diz, *por favor não atire em mim por isso*

A sala entra em foco aos poucos, minha cabeça apoiada no meu pescoço, minha pele pousando nos meus ossos, meu olhar encarando os olhos desesperadamente verdes que parecem saber demais, bem demais. Aaron Warner Anderson está curvado sobre mim, seus olhos preocupados me inspecionando, sua mão suspensa no ar como se ele estivesse prestes a me tocar.

Ele recua com um sobressalto.

Ele me encara sem piscar, o peito subindo e descendo.

– Bom dia – digo, sem saber se acertei. Não tenho certeza da minha voz, da hora e de que dia é hoje, dessas palavras saindo dos lábios e desse corpo que me contém.

Seu sorriso parece doer.

– Tem algo de errado – ele sussurra. Ele toca minha bochecha. Suave, tão suave, como se não tivesse certeza se sou real, como se tivesse medo de que, se fosse chegar perto demais eu simplesmente, oh, olhe, ela se foi, ela simplesmente desapareceu. Seus quatro dedos roçam a lateral do meu rosto, lentamente, tão lentamente antes de deslizarem atrás da minha cabeça, detidos naquele ponto intermediário logo acima do meu pescoço. Seu polegar roça a maçã do meu rosto.

Meu coração implode.

Ele fica me olhando, olhando nos meus olhos em busca de ajuda, de orientação, de algum sinal de protesto como se tivesse plena certeza de que vou começar a gritar, chorar ou fugir, mas não vou. Acho que não, mesmo que quisesse, porque não quero. Quero ficar aqui. Bem aqui. Quero ficar paralisada por esse momento.

Ele se aproxima, apenas dois centímetros. Sua mão livre chega até o outro lado do meu rosto.

Warner está me segurando como se eu fosse feita de penas. Como se eu fosse um pássaro. Branca com faixas de ouro assemelhadas a uma coroa no topo da cabeça.

Eu vou voar.

Uma respiração suave e trêmula sai de seu corpo.

– Há algo de errado – ele diz novamente, mas distante, como se estivesse conversando com outra pessoa. – A energia dela está diferente. Maculada.

O som de sua voz serpenteia através de mim, espirala em volta da minha espinha. Eu me endireito mesmo me sentindo estranha, com *jet-lag*, como se tivesse viajado no tempo. Eu me coloco em uma posição sentada e Warner se mexe para me acomodar. Estou cansada e fraca de fome, mas além de algumas dores em geral, parece que estou bem. Eu estou viva. Estou respirando, piscando e me sentindo humana e sei exatamente o porquê.

Encontro seus olhos.

– Você salvou minha vida.

Ele inclina a cabeça para mim.

Ele ainda está me estudando, seu olhar tão intenso que fico ruborizada, confusa e me afasto. No momento em que faço isso, quase pulo da minha pele. Castle, Kenji, Winston, Brendan e muitas outras pessoas que não reconheço estão todas olhando para mim, para as mãos de Warner em mim, e de repente estou tão mortificada que nem sei o que fazer comigo mesma.

– Oi, princesa. – Kenji acena. – Você está bem?

Tento me levantar e Warner procura me ajudar. Quando sua pele roça na minha, outra repentina e desestabilizadora sensação me atropela. Eu cambaleio, de lado, em seus braços e ele me puxa, seu calor ateando fogo ao meu corpo mais uma vez. Estou tremendo, coração batendo forte, prazer nervoso pulsando através de mim.

Eu não entendo.

Sou tomada por uma súbita e inexplicável necessidade de tocá-lo, pressionar minha pele contra a dele até que o atrito incendeie nós dois. Porque há algo nele – *sempre* houve algo nele que me intrigou e eu não entendo. Eu me afasto, assustada com a intensidade dos meus próprios pensamentos, mas seus dedos seguram meu queixo. Ele inclina meu rosto para ele.

Olho para cima.

Seus olhos têm um tom de verde muito estranho: claro, cristalino, penetrante da maneira mais alarmante. Seu cabelo é cheio, da fatia mais rica do ouro. Tudo nele é meticuloso. Impecável. Seu hálito é refrescante. Eu o sinto no meu rosto.

Meus olhos se fecham automaticamente. Eu o respiro, sentindo-me zonza de repente. Uma bolha de riso escapa dos meus lábios.

– Algo definitivamente está errado – alguém diz.

– Sim, ela não parece estar bem – fala alguma outra pessoa.

– Ah, tudo bem, então estamos todos só dizendo coisas realmente óbvias em voz alta? É isso que estamos fazendo? – diz Kenji.

Warner não fala nada. Sinto seus braços apertarem em volta de mim e meus olhos se abrem. Seu olhar está fixo no meu, seus olhos são chamas verdes que não se extinguem e seu peito está subindo e descendo tão rápido, tão rápido, tão rápido. Seus lábios estão lá, bem acima dos meus.

– Ella? – ele sussurra.

Enrugo a testa.

Meus olhos saltam para os olhos dele e depois para os lábios.

– Meu amor, você me ouve?

Quando não respondo, o rosto dele muda.

– Juliette – ele diz suavemente –, você pode me ouvir?

Eu pisco para ele. Eu pisco e pisco e pisco para ele e acho que ainda estou fascinada por seus olhos. Um tom tão surpreendente de verde.

– Vamos precisar que todos evacuem a sala – alguém diz de repente. Alto. – Precisamos começar os exames imediatamente.

As meninas, eu percebo. São as meninas. Elas estão aqui. Elas estão tentando afastá-lo de mim, tentando fazê-lo se afastar de mim. Mas os braços de Warner são como tiras de aço ao redor do meu corpo.

Ele se recusa.

– Ainda não – ele diz com urgência. – Ainda não.

E por algum motivo elas ouvem.

Talvez vejam algo nele, algo em seu rosto, em seus traços. Talvez vejam o que eu vejo dessa perspectiva desconexa e nebulosa. O desespero em sua expressão, a angústia esculpida em suas feições, a maneira como ele olha para mim, como se ele fosse morrer se eu morresse.

Timidamente, levanto a mão, toco seu rosto com os dedos. Sua pele é lisa e fria. Porcelana. Ele não parece real.

– O que foi? – pergunto. – O que aconteceu?

Warner fica ainda mais pálido, o que parece impossível. Ele balança a cabeça e pressiona o rosto na minha bochecha.

– Por favor – ele sussurra. – Volte para mim, meu amor.

– Aaron?

Ouço o pequeno engasgo em sua respiração. A hesitação. É a primeira vez que uso o nome dele de forma tão casual.

– Sim?

– Quero que você saiba – digo – que não acho que você seja louco.

– O quê? – ele pergunta, surpreso.

– Eu não acho que você seja louco – repito. – E não acho que você seja um psicopata. Não acho que você seja um assassino sem coração. Não ligo para o que os outros digam sobre você. Eu acho que você é uma boa pessoa.

Warner está piscando rápido agora. Eu posso ouvi-lo respirando.

Dentro e fora.

Desigual.

Um lampejo de dor atordoante e abrasadora, e meu corpo fica repentinamente mole. Vejo o brilho do metal. Sinto o ardor da seringa. Minha cabeça começa a nadar e todos os sons começam a derreter uns nos outros.

– Vamos, filho – diz Castle, sua voz se expandindo, ficando mais lenta. – Sei que isso é difícil, mas precisamos que você dê um passo para trás. Nós temos qu...

Um som abrupto e violento me dá um momento repentino de clareza.

Um homem que não reconheço está na porta, a mão no batente, ofegando.

– Estão aqui – diz ele. – Eles nos encontraram. Eles estão aqui. Jenna está morta.

Kenji

O cara que ofega na porta ainda está terminando a frase quando todos entram em ação. Nouria e Sam passam correndo por ele no corredor, gritando ordens e comandos – algo sobre iniciar o protocolo para o Sistema Z, algo sobre reunir crianças, idosos e doentes. Sonya e Sara pressionam algo nas mãos de Warner, olham uma última vez para a figura lânguida e inconsciente de J e perseguem Nouria e Sam porta afora.

Castle se agacha, fechando os olhos ao pressionar as palmas no chão, ouvindo. Sentindo.

– Onze... não; doze elementos. A uns cento e cinquenta metros daqui. Acho que temos cerca de dois minutos antes de chegarem até nós. Farei o meu melhor para atrasar a aproximação deles até que possamos sair daqui. – Ele olha para cima. – Sr. Ibrahim?

Nem percebo que Haider está aqui conosco até que ele diz:

– É tempo mais que suficiente.

Ele caminha pelo recinto em direção à parede em frente à cama de Juliette, passando as mãos pela superfície lisa, arrancando molduras e monitores enquanto segue. Vidro e madeira estilhaçam-se e formam pilhas no chão. Nazeera fica boquiaberta e subitamente imóvel. Eu me viro apavorado para encará-la.

– Preciso contar a Stephan – diz ela. E sai correndo porta afora.

Warner está tirando Juliette da cama, removendo as agulhas, enfaixando suas feridas. Quando ela está livre, ele envolve seu corpo adormecido no roupão azul macio pendurado nas proximidades e, quase no mesmo momento, ouço o indicador tique-taque de uma bomba.

Olho de volta para a parede onde Haider ainda está. Dois explosivos cuidadosamente espaçados estão agora afixados no gesso, e eu mal tenho tempo de digerir tudo isso antes que Haider grite para sairmos para o corredor. Warner já está no meio da porta, segurando J cuidadosamente embrulhada nos braços. Ouço a voz de Castle – um grito repentino – e meu próprio corpo é levantado e arremessado porta afora também.

A sala explode.

As paredes tremem tanto que chocalham meus dentes, mas quando os tremores se acalmam, eu corro de volta para o quarto.

Haider explodiu uma única parede.

Um retângulo perfeito e exato da parede. Já era. Eu nem sabia que tal feito era possível. Pedaços de tijolo, madeira e *drywall* estão espalhados no espaço aberto além da sala onde J se recuperava. Os ventos frios da noite entram, me dando um tapa. A lua está excessivamente cheia e brilhante esta noite, um holofote brilhando direto nos meus olhos.

Fico atordoado.

Haider explica sem preâmbulos:

– O hospital é grande demais, complicado demais; precisávamos de uma saída eficiente. O Restabelecimento não se importará com danos colaterais quando eles vierem até nós. Na verdade, eles podem estar desejando justamente isso; mas, se quisermos ter alguma esperança de poupar vidas inocentes, precisamos nos afastar o máximo possível dos prédios centrais e espaços comuns. Agora, pra fora! – ele grita. – Vamos!

Mas estou zonzo.

Pisco para Haider, ainda me recuperando da explosão, o sussurro persistente do uísque no meu cérebro, e agora isto:

Uma prova de que Haider Ibrahim tem consciência.

Ele e Warner passam por mim através da parede aberta e começam a correr para dentro da floresta reluzente, Warner com J nos braços. Nenhum deles se incomoda em explicar o que está pensando, nem para onde está indo. O que diabos vai acontecer a seguir.

Bem, na verdade, acho que a última parte é óbvia.

O que vai acontecer a seguir é que Anderson vai aparecer e tentar nos matar.

Castle e eu nos encaramos – somos as últimas pessoas ainda paradas no que resta do quarto de hospital de J – e perseguimos Warner e Haider em direção a uma clareira no extremo do Santuário, o mais longe possível das barracas. Em determinado ponto, Warner se afasta do nosso grupo e desaparece por um caminho tão escuro que não consigo ver o fim. Quando dou um passo para seguir, Haider vocifera para eu deixá-lo em paz. Não sei o que Warner faz com Juliette, mas quando ele se junta a nós, ela não está mais em seus braços. Ele diz algo brevemente para Haider, mas parece francês. Não árabe. *Francês.*

Dane-se. Não tenho tempo para pensar nisso.

Já faz cinco minutos, pela minha estimativa. Cinco minutos, o que significa que eles devem estar aqui a qualquer momento. Há doze elementos se aproximando. Há apenas quatro de nós aqui.

Eu, Haider, Castle, Warner.

Estou congelando.

Ficamos quietos na escuridão, esperando a morte, e cada segundo individual parece passar com uma lentidão excruciante. O cheiro de terra molhada e vegetação em decomposição enche minha cabeça e eu olho para baixo, sentindo, mas não vendo, a camada grossa de folhas embaixo dos meus pés. São macias e levemente úmidas, farfalhando um pouco quando mudo meu peso de uma perna para a outra.

Tento não me mexer.

Qualquer som me incomoda. Um súbito estremecimento de galhos. Uma brisa inocente. Minhas próprias respirações irregulares.

Está escuro demais.

Mesmo a lua brilhante e robusta não é suficiente para penetrar adequadamente nessa floresta. Não sei como lutaremos com alguém aqui se não conseguirmos enxergar o que está por vir. A luz é irregular, espalhando-se através dos galhos, estilhaçando-se pela terra macia. Olho para baixo, examinando um estreito raio de luz que ilumina a parte de cima das minhas botas e vejo uma aranha subir correndo e dar a volta no obstáculo dos meus pés.

Meu coração está batendo forte.

Não há tempo. Se ao menos tivéssemos mais tempo...

Só consigo pensar nisso. Repetidamente. Eles nos pegaram desprevenidos, não estávamos preparados. Não precisava ter chegado a isso. Minha cabeça está girando com uma série de "e se" e "talvez" e "poderia ter sido", ao mesmo tempo em que encaro a realidade que está bem diante de mim. Mesmo olhando diretamente para o buraco negro que devora meu futuro, não posso deixar de me perguntar se poderíamos ter feito isso de maneira diferente.

Os segundos se acumulam. Minutos se passam.

Nada.

A rápida batida do meu coração diminui para uma gagueira doentia. Perdi os pontos de referência – minha noção de tempo fica distorcida no escuro –, mas juro que parece que estamos aqui há muito tempo.

– Tem algo de errado – diz Warner.

Ouço uma inspiração brusca. Haider.

Warner diz em voz baixa:

– Nós calculamos mal.

– Não! – Castle exclama.

É quando eu ouço os gritos.

Corremos sem hesitar, todos nós, nos lançando em direção aos sons. Saímos arrancando galhos, torcendo tornozelos em raízes levantadas, nos propelimos na escuridão com a força do puro e concentrado pânico. *Fúria.*

Pranto de soluçar rasga o céu. Gritos violentos ecoam à distância. Vozes desarticuladas, gemidos guturais, arrepios subindo pela minha carne. Estamos correndo em direção à morte.

Sei que estamos perto quando vejo a luz.

Nouria.

Ela lançou um brilho etéreo por cima da cena, colocando os remanescentes de um campo de batalha em intenso foco.

Nós desaceleramos.

O tempo parece se expandir, fragmentando-se quando me vejo testemunha de um massacre. Anderson e seus homens fizeram um desvio. Esperávamos que fossem direto atrás de Warner, direto atrás de Juliette. Tínhamos esperanças. Nós tentamos. Fizemos uma aposta.

Apostamos errado.

E conhecemos o Restabelecimento bem o suficiente para entender que eles puniram essas pessoas inocentes por nos abrigarem. Massacraram famílias inteiras por nos fornecer ajuda e alívio. Náusea me atinge com a força de uma lâmina, me atordoando, me derrubando de lado. Desabo contra uma árvore. Posso sentir minha mente se desconectando, ameaçando a inconsciência e, de alguma forma, eu me forço a não desmaiar de horror. Terror. Tristeza.

Mantenho os olhos abertos.

Sam e Nouria estão de joelhos, segurando corpos quebrados e ensanguentados junto ao peito, seus gritos torturados perfurando a estranha seminoite. Castle está ao meu lado, com o corpo sem forças. Eu ouço seu choro meio engasgado.

Sabíamos que era possível – Haider disse que eles poderiam fazer isso –, mas, de alguma forma, ainda não consigo acreditar nos meus olhos. Quero desesperadamente que isso seja um pesadelo. Eu cortaria meu braço direito por um pesadelo, mas a realidade persiste.

O Santuário é pouco mais que um cemitério agora.

Homens e mulheres desarmados foram ceifados. De onde estou, conto seis crianças mortas. Olhos abertos, bocas abertas, sangue fresco ainda escorrendo por corpos sem vida. Ian está de joelhos, vomitando. Winston tropeça para trás, bate em uma árvore. Seus óculos deslizam pelo rosto e ele só se lembra de pegá-los no último momento. Apenas os filhos dos comandantes supremos ainda parecem manter a cabeça erguida, e há algo nessa constatação que causa medo no meu coração. Nazeera, Haider, Warner, Stephan. Eles andam calmamente pelos destroços, rostos inalterados e solenes. Não sei o que eles viram – do que já fizeram parte – que os tornam capazes de permanecer aqui, ainda relativamente frios diante de tanta devastação humana, e acho que não quero saber.

Ofereço minha mão a Castle e ele a pega, se firma. Trocamos um único olhar antes de mergulharmos no combate.

Anderson é fácil de detectar, destacando-se alto no meio do inferno, mas difícil de alcançar. Sua Guarda Suprema nos envolve como um enxame, armas em punho. Ainda assim, nos aproximamos. Não importa o que venha a seguir, lutaremos até a morte. Esse sempre foi o plano, desde o início. E é o que faremos agora.

É o segundo *round.*

Os guerreiros ainda vivos em campo se elevam com a nossa aproximação, diante da cena que começa a se armar, e trocam olhares. Estamos cercados por poder de fogo, é verdade, mas quase todos aqui têm um dom sobrenatural. Não há razão para não podermos lutar. Uma multidão se reúne aos poucos em torno de nós – metade Santuário, metade Ponto Ômega –, corpos saudáveis se afastando da destruição para formar um novo batalhão. Sinto a nova esperança se movendo pelo ar. O tentador *talvez.* Com cuidado, tiro uma arma do meu coldre lateral.

E bem quando estou prestes a tomar uma atitude...

– Não.

A voz de Anderson é alta. Clara. Ele rompe através de seu muro de soldados e vem caminhando em nossa direção casualmente, parecendo tão refinado como sempre. Não entendo, a princípio, por que tantas pessoas soltam exclamações de espanto com sua aproximação. Eu não vejo. Não percebo o corpo que ele está arrastando com ele e, quando finalmente o percebo, não o reconheço. Não imediatamente.

Só quando Anderson levanta o pequeno corpo com um solavanco, empurrando a cabeça com uma arma, que sinto o sangue sair do meu coração. Anderson pressiona a arma na garganta de James, e meus joelhos quase cedem.

– Isso é muito simples – diz Anderson. – Você entrega a garota e, em troca, não vou executar o garoto.

Ficamos todos congelados.

– Devo esclarecer, no entanto, que isso não é uma troca. Não estou me oferecendo para devolvê-lo a vocês. Só estou fazendo uma oferta de não matá-lo aqui e agora. Mas, se você entregar a garota sem lutar, vou considerar deixar a maioria de vocês desaparecer nas sombras.

– A maioria de nós? – questiono.

Os olhos de Anderson passam rapidamente pelo meu rosto e pelos rostos de vários outros.

– Sim, a maioria de vocês – ele responde, seu olhar persistente em Haider. – Seu pai está muito decepcionado com você, rapaz.

Um único tiro explode sem aviso, abrindo um buraco na garganta de Anderson. Ele agarra seu pescoço e, com um grito engasgado, cai sobre um joelho, procurando pelo agressor.

Nazeera.

Ela se materializa na frente dele bem a tempo de pular para o céu. Os soldados supremos começam a disparar para o alto, lançando saraivada após saraivada com impunidade. Embora eu tenha pavor de Nazeera, percebo que ela assumiu esse risco por mim. Por James.

Faremos o nosso melhor, ela disse. Não percebi que ela incluía arriscar sua vida por aquele garoto. Por *mim*. Deus, eu a amo, porra.

Fico invisível.

Anderson está lutando para estancar o fluxo de sangue em sua garganta, ainda segurando James, que parece inconsciente.

Dois guardas permanecem ao seu lado.

Disparo dois tiros.

Os dois soldados caem, gritando e agarrando braços e pernas, e Anderson quase ruge. Ele tenta agarrar o ar à sua frente, depois procura sua arma com a mão vermelha, o sangue ainda escorrendo de seus lábios. Aproveito a oportunidade para dar um soco na cara dele.

Ele cambaleia para trás, mais surpreso do que ferido, mas Brendan se aproxima rapidamente, batendo palmas para criar um raio de eletricidade com o qual envolve as pernas de Anderson, paralisando-o temporariamente.

Anderson larga James.

Eu o pego antes que ele atinja o chão e corro em direção a Lily, que está esperando do lado de fora do anel de luz de Nouria. Deixo o corpo inconsciente em seus braços, e Brendan constrói um escudo elétrico em torno deles. Um segundo depois, eles se foram.

O alívio me inunda.

Rápido demais. Rouba meu equilíbrio. Minha invisibilidade vacila por menos de um segundo e, em menos de um segundo, sou atacado pelas costas.

Atinjo o chão, com força, o ar deixando meus pulmões. Faço um esforço para me virar, para me levantar, mas um soldado supremo já está apontando uma espingarda para o meu rosto. Ele atira.

Castle aparece do nada, derrubando o soldado, contendo as balas com um único gesto. Ele redireciona a munição destinada ao meu corpo, e eu nem percebo o que aconteceu até ver o cara cair de joelhos. Ele é uma peneira humana, sangrando o resto de sua vida bem na minha frente. Tudo parece subitamente surreal.

Eu me arrasto, minha cabeça latejando na garganta. Castle já está se movendo, arrancando uma árvore de suas raízes enquanto segue. Stephan está usando sua força para atacar o maior número possível de soldados, mas eles não param de atirar, e ele se move devagar, com respingos de sangue em quase cada centímetro de sua roupa. Eu o vejo oscilar. Corro em direção a ele, tento gritar um aviso, mas minha voz se perde no barulho e minhas pernas não se movem rápido o suficiente. Outro soldado investe contra ele, descarregando balas, e dessa vez eu grito.

Haider vem correndo.

Ele mergulha na frente de seu amigo com um berro, derrubando Stephan no chão, protegendo o corpo dele com o seu, jogando algo no ar enquanto faz isso.

Provoca uma explosão.

Sou jogado para trás, meu crânio zunindo. Levanto a cabeça, delirando, e vejo Nazeera e Warner, cada um travando um combate corpo a corpo. Ouço um grito horripilante e me forço a virar em direção ao som.

É Sam.

Nouria chega antes de mim, caindo de joelhos para levantar o corpo de sua esposa do chão. Ela passa faixas ofuscantes de luz ao redor das duas, espirais protetoras tão brilhantes que são torturantes de se olhar. Um soldado próximo joga o braço sobre os olhos enquanto atira, gritando e se mantendo firme, mesmo quando a força da luz de Nouria começa a derreter a carne de suas mãos.

Coloco uma bala entre seus dentes.

Mais cinco guardas aparecem do nada, vindo de todos os lados e, por meio segundo, não posso deixar de me surpreender. Castle disse que havia apenas doze elementos, sendo que dois eram Anderson e James, e eu pensei que tínhamos matado pelo menos vários outros até agora. Olho ao redor do campo de batalha, para as dezenas de soldados ainda atacando ativamente nossa equipe e depois de novo para os cinco que estão vindo em minha direção.

Minha cabeça está à deriva com tanta confusão.

E então, quando todos começam a atirar... terror.

Fico invisível, percorrendo sorrateiramente os trinta centímetros que nos separam deles, virando apenas por tempo suficiente para abrir fogo. Alguns dos meus disparos encontram os alvos; outros são desperdiçados. Recarrego o pente, jogando o que agora está vazio no chão e, quando estou prestes a atirar de novo, ouço a voz dela.

– Espere – ela sussurra.

Nazeera envolve os braços na minha cintura e pula.

Para cima.

Uma bala zumbe passando pela minha panturrilha. Sinto a queimadura quando pega de raspão na pele, mas o céu noturno é frio e revigorante, e me permito respirar com firmeza, fechar os olhos por um segundo total e completo. Aqui em cima, os gritos são silenciados, o sangue poderia ser água, os gritos poderiam ser risos.

O devaneio dura apenas um momento.

Nossos pés tocam o chão novamente e meus ouvidos se enchem com os sons da guerra. Aperto a mão de Nazeera como forma de agradecimento e nos separamos. Avanço em direção a um grupo de homens e mulheres que apenas reconheço vagamente – pessoas do Santuário – e me jogo na carnificina, instando a um dos guerreiros feridos que se afaste e se abrigue. Logo me perco nos movimentos de batalha, defesa e ataque, armas disparando. Gemidos guturais. Nem penso em olhar para cima até sentir o chão tremer sob meus pés.

Castle.

Seus braços estão apontados para cima, em direção a um prédio próximo. A estrutura começa a tremer violentamente, pregos voando, as janelas tremendo. Um grupo de guardas supremos pega suas armas, mas se detém de repente com o som da voz de Anderson. Não consigo ouvir o que diz, mas ele parece ser quase ele mesmo novamente, e sua ordem soa chocante o suficiente para inspirar um momento de hesitação em seus soldados. Por nenhuma razão que eu possa entender, os guardas com os quais eu estava lutando subitamente desaparecem.

Tarde demais.

O telhado do prédio próximo cai com um grito e, com um empurrão violento e definitivo, Castle arranca uma parede. Usando um braço, ele afasta os poucos companheiros de equipe que estão em perigo e, com o outro, faz cair a tonelada de parede no chão, provocando um estrondo explosivo. Cacos de vidro voam por toda parte, vigas de madeira rangendo quando se dobram e se quebram. Alguns soldados supremos escapam, mergulhando para se esconder, mas pelo menos três deles são pegos sob os escombros. Todos nós nos preparamos para um ataque de retaliação...

Mas Anderson levanta um único braço.

Seus soldados ficam instantaneamente imóveis, com as armas frouxas nas mãos. Quase ao mesmo tempo, eles estão em posição de sentido.

Esperando.

Olho para Castle em busca de uma diretiva, mas ele está de olho em Anderson, como todos nós. Todos parecem paralisados por uma esperança delirante de que essa guerra possa acabar. Observo Castle se virar e encarar Nouria, que ainda está segurando Sam junto ao peito. Um momento depois, Castle levanta o braço. Uma trégua temporária.

Eu não confio.

O silêncio encobre a noite enquanto Anderson cambaleia para a frente, seus lábios de um vermelho violento e líquido, a mão segurando casualmente um lenço no pescoço. Ouvimos falar disso, é claro – de seu fator de cura –, mas ver acontecer de verdade em tempo real é algo completamente diferente. É *insano*.

Quando ele fala, sua voz quebra o silêncio. Quebra o feitiço.

– Basta – diz ele. – Onde está meu filho?

Murmúrios se movem através da multidão de combatentes ensanguentados. Um mar vermelho vai se abrindo lentamente com a sua aproximação. Não demora muito para que Warner apareça, avançando no silêncio, com o rosto manchado de vermelho. Uma metralhadora presa na mão direita.

Ele olha para o pai; não diz nada.

– O que você fez com ela? – Anderson pergunta em tom baixo, e cospe sangue no chão. Ele limpa os lábios com o mesmo pano que está usando para conter a ferida aberta no pescoço. A cena toda é nojenta.

Warner continua sem dizer nada.

Acho que nenhum de nós sabe onde ele a escondeu. J parece ter *desaparecido*, eu percebo.

Segundos transcorrem em um silêncio tão intenso que todos começamos a nos preocupar com o destino de nossa paralisação. Vejo alguns soldados supremos levantando as armas na direção de Warner, e nem um segundo depois um único raio fratura o céu acima de nós.

Brendan.

Olho para ele, depois para Castle, mas Anderson mais uma vez levanta o braço para deter seus soldados. Mais uma vez, eles se afastam.

– Só vou perguntar mais uma vez. – Anderson se dirige ao filho, sua voz tremendo à medida que se eleva. – *O que você fez com ela?*

Ainda assim, Warner o encara impassível.

Ele está salpicado de sangue desconhecido, segurando uma metralhadora como se fosse uma valise e olhando para o pai como se pudesse estar olhando para o teto. Anderson não consegue controlar o ímpeto da mesma maneira que Warner – e é óbvio para todos que essa é uma batalha de vontades que ele vai perder.

Anderson já parece meio fora de si.

Seu cabelo está emaranhado e espetado em alguns lugares. O sangue está secando em seu rosto, seus olhos estão injetados. Ele parece tão perturbado – tão diferente do que é – que sinceramente não tenho ideia do que vai acontecer a seguir.

E então ele investe contra Warner.

Ele é um ébrio beligerante, selvagem e raivoso, desequilibrado de uma maneira que nunca vi antes. Seus movimentos são descontrolados, mas fortes; instáveis, mas estudados. Ele me lembra, num repentino e assustador *flash* de entendimento, o pai que Adam tantas vezes me descreveu. Um bêbado violento alimentado pela raiva.

Só que Anderson não parece estar bêbado no momento. Não. Isso é raiva pura e concentrada.

Anderson parece ter perdido a cabeça.

Ele não quer apenas atirar em Warner. Ele não quer que outra pessoa atire em Warner. Ele quer espancá-lo até a morte. Quer satisfação física. Quer quebrar ossos e romper órgãos com as próprias mãos. Anderson quer o prazer de saber que ele, e apenas ele, foi capaz de destruir o próprio filho.

Mas Warner não vai lhe dar essa satisfação.

Ele contém Anderson, golpe por golpe, em movimentos fluidos e precisos, abaixando-se e se esquivando, e girando e se defendendo. Ele nunca perde um segundo.

É quase como se ele pudesse ler a mente de Anderson.

Não sou o único que está atônito. Nunca vi Warner se mover assim e quase não acredito que nunca tinha visto isso antes. Sinto uma repentina e inesperada onda de respeito por ele enquanto o vejo bloquear ataque após ataque. Fico esperando Warner nocautear o cara, mas ele não faz nenhum esforço para bater em Anderson; apenas se defende. E somente quando noto a crescente fúria no rosto de Anderson é que percebo que Warner está fazendo isso de propósito.

Ele não está revidando porque sabe que é o que Anderson quer. A expressão fria e sem emoção no rosto de Warner está deixando Anderson louco. E quanto mais ele falha em abalar o filho, mais furioso Anderson fica. O sangue ainda escorre, lentamente, do ferimento semicurado em seu pescoço, quando ele grita, furioso, e tira uma arma do bolso do paletó.

– *Basta!* – ele berra. – Já basta.

Warner dá um passo cuidadoso para trás.

– Me dê a garota, Aaron. Me dê a garota e pouparei o resto desses idiotas. Eu só quero a garota.

Warner é um objeto imóvel.

– Está bem – diz Anderson com raiva. – Prendam-no.

Seis guardas supremos começam a avançar contra Warner, e ele nem se abala. Troco olhares com Winston e é o suficiente; jogo minha invisibilidade sobre Winston no momento em que ele joga os braços para a frente em sua capacidade de esticar os membros, derrubando três dos guardas. No mesmo momento, Haider puxa um facão de algum lugar dentro da cota de malha ensanguentada que está vestindo debaixo do casaco e o joga para Warner, que deixa cair a metralhadora e pega a lâmina pelo cabo sem sequer olhar.

Uma porra de um *facão.*

Castle está de joelhos, os braços voltados para o céu, destruindo mais pedaços do prédio meio devastado; mas dessa vez os homens de Anderson não lhe dão chance. Corro, mas é tarde demais para ajudar quando vejo Castle ser nocauteado por trás, e ainda assim me jogo na luta, brigando pela posse da arma do soldado com habilidades que desenvolvi na adolescência: um único e sólido soco no nariz. Um cruzado para cima perfeito. Um chute forte no peito. Um bom e velho estrangulamento.

Olho para cima, ofegando, esperando boas notícias...

E dou uma olhada dupla.

Dez homens se aproximaram de Warner, e eu não entendo de onde vieram. Pensei que estavam reduzidos a três ou quatro. Eu giro, confuso, voltando bem a tempo de ver Warner cair de joelhos e golpear para cima com o facão em um arco repentino e perfeito, estripando o homem como um peixe. Warner se vira, outro forte golpe corta o sujeito à sua esquerda, desconectando a espinha do cara em um movimento tão horrível que preciso desviar o olhar. No segundo que levo para me virar, outro guarda já avançou. Warner gira bruscamente, empurrando a lâmina direto na garganta do soldado e em sua boca escancarada com um grito. Com um puxão final, Warner solta a lâmina, e o homem cai no chão com um único baque.

Os demais membros da Guarda Suprema hesitam.

Percebo então que, quem quer que sejam esses novos soldados, receberam ordens específicas para atacar Warner e mais ninguém. De repente, o resto de nós está sem uma tarefa óbvia; estamos livres para afundar no chão, desaparecermos em exaustão.

É tentador.

Procuro por Castle, querendo ter certeza de que ele está bem, e percebo que parece ferido.

Ele está olhando para Warner.

Warner, que vê o sangue se acumulando sob seus pés, o peito arfando, os dedos ainda firmes ao redor do punho do facão. Durante todo esse tempo, Castle realmente achou que Warner era apenas um garoto legal que tinha cometido alguns erros simples. O tipo de garoto que ele poderia trazer de volta para o lado certo.

Hoje não.

Warner olha para o pai, seu rosto mais sangue que pele, o corpo tremendo de raiva.

– Era isso que você queria? – ele grita.

Mas até mesmo Anderson parece surpreso.

Outro guarda avança tão silenciosamente que nem vejo a arma que ele apontou na direção de Warner, até o soldado gritar e cair no chão. Seus olhos se arregalam quando ele aperta a garganta: um pedaço de vidro do tamanho da minha mão está espetado em sua jugular.

Viro a cabeça para Warner. Ele ainda está olhando para Anderson, mas agora sua mão livre está pingando sangue.

Nossa.

– Leve-me no lugar – diz Warner, sua voz perfurando o silêncio.

Anderson parece voltar a si.

– O quê?

– Deixe-a. Deixe todos eles. Me dê sua palavra de que você a deixará em paz e eu voltarei com você.

Fico subitamente imóvel. Em seguida, olho em volta, os olhos arregalados, buscando qualquer indicação de que vamos impedir esse idiota de fazer algo imprudente, mas ninguém encontra meus olhos. Todo mundo está hipnotizado.

Aterrorizado.

Mas quando sinto uma presença familiar de repente se materializar ao meu lado, o alívio flui pelo meu corpo. Pego a mão dela ao mesmo tempo em que ela pega a minha, apertando os dedos uma vez antes de interromper a breve conexão. No momento, basta saber que ela está aqui, parada ao meu lado.

Nazeera está bem.

Todos esperamos em silêncio a cena mudar, esperamos por algo a que nem sabemos qual nome dar.

Não vem.

– Eu gostaria que fosse assim tão simples – diz Anderson, por fim. – Eu realmente gostaria. Mas receio que precisamos da garota. Ela não pode ser substituída com tanta facilidade.

– Você disse que o corpo de Emmaline estava se deteriorando. – A voz de Warner é baixa, mas clara. Miraculosamente firme. – Você disse que, sem um corpo forte o suficiente para contê-la, ela se tornaria volátil.

Anderson fica visivelmente rígido.

– Você precisa de um substituto – diz Warner. – Um novo corpo. Alguém para ajudá-lo a concluir a Operação Síntese.

– Não! – exclama Castle. – Não... não faça isso...

– Leve-me – diz Warner. – Eu serei seu substituto.

Os olhos de Anderson ficam frios.

Sua calma é quase convincente quando diz:

– Você estaria disposto a se sacrificar, a sua juventude, sua saúde e a toda a sua vida, para permitir que aquela garota danificada e perturbada continue a andar pela Terra?

A voz de Anderson começa a se elevar. Ele parece de repente à beira de outro colapso.

– Você entende o que está dizendo? Você tem todas as oportunidades, todo o potencial, e estaria disposto a jogar tudo fora?

Em troca de *quê*? – Anderson grita. – Você conhece o tipo de vida a que está se sentenciando?

Uma expressão sombria passa pelo rosto de Warner.

– Acho que eu saberia melhor que a maioria.

Anderson empalidece.

– Por que você faria isso?

Ficou claro para mim que, mesmo agora, apesar de tudo, Anderson não quer perder Warner. Não assim.

Mas Warner não se mexe.

Ele não diz nada. Não trai nada. Só pisca enquanto o sangue de outra pessoa escorre pelo seu rosto.

– Quero sua palavra – diz Warner, ao fim. – Sua palavra de que você a deixará em paz para sempre. Quero que você a deixe desaparecer. Quero que pare de rastreá-la a cada movimento. Quero que você esqueça que ela já existiu. – Ele faz uma pausa. – Em troca, você pode ter o que resta da minha vida.

Nazeera solta uma exclamação.

Haider dá um passo repentino e raivoso para a frente e Stephan agarra seu braço, de alguma forma ainda forte o suficiente para conter Haider, mesmo quando seu próprio corpo sangra.

– Essa é a escolha dele – Stephan ofega, passando o braço livre em torno de uma árvore para apoio. – Deixem-no.

– Essa é uma escolha idiota! – grita Haider. – Você não pode fazer isso, *habibi*. Não seja idiota.

Mas Warner parece não ouvir mais ninguém. Ele olha apenas para Anderson, que parece genuinamente perturbado.

– Vou parar de brigar com você – diz Warner. – Farei exatamente o que você pede. O que você quiser. Apenas deixe-a viver.

Anderson fica em silêncio por tanto tempo que me arrepia. Então:

– Não.

Sem aviso, Anderson levanta o braço e dá dois tiros. O primeiro, em Nazeera, atingindo-a em cheio no peito. O segundo…

Em mim.

Várias pessoas gritam. Tropeço, depois balanço e começo a cair.

Merda.

– Encontrem-na – diz Anderson, com a voz potente. – Toquem fogo e ponham esse lugar abaixo se for necessário.

A dor me deixa cego.

Vai se movendo através de mim em ondas, elétricas e abrasadoras. Alguém está me tocando, movendo meu corpo. *Estou bem*, tento dizer. Estou bem. Estou bem. Mas as palavras não vêm. Ele me atingiu no ombro, eu acho. Errou meu peito por pouco. Não tenho certeza. Mas Nazeera… alguém precisa chegar até Nazeera.

– Tive a sensação de que você faria algo assim. – Ouço Anderson dizer. – E eu sei que você usou um desses dois… – imagino-o apontando para o meu corpo caído, para o de Nazeera – … para que isso acontecesse.

Silêncio.

– Oh, entendo – diz Anderson. – Você pensou que era inteligente. Você pensou que eu não sabia que você tinha poderes. – A voz de Anderson parece subitamente alta, muito alta. Ele ri. – Você pensou que eu não sabia? Como se você pudesse esconder algo assim de mim. Eu soube no dia em que te encontrei na cela dela. Você tinha dezesseis anos. Você acha que eu não fiz testes com você depois disso? Você acha que eu não sabia, durante todos esses anos, o que você mesmo não percebeu até seis meses atrás?

Uma nova onda de medo toma conta de mim.

Anderson parece muito satisfeito e Warner fica quieto novamente, e eu não sei o que isso significa para nós. Mas assim que começo a sentir o pânico, ouço um grito familiar.

É um som de agonia tão horrível que não consigo deixar de tentar ver o que está acontecendo, mesmo com os clarões esbranquiçados embaçando minha visão.

Capto um vislumbre manchado:

Warner de pé sobre o corpo de Anderson, com a mão direita apertada ao redor do cabo do facão que ele enterrou no peito do pai. Ele planta o pé direito na barriga do pai e, violentamente, puxa a lâmina.

O gemido de Anderson é tão animalesco, tão patético, que quase sinto pena dele. Warner limpa a lâmina na grama e a joga de volta para Haider, que a pega facilmente pelo cabo enquanto ele fica ali, atordoado, olhando para... *mim*, eu percebo. Para mim e para Nazeera. Nunca o vi tão desprovido de suas máscaras. Ele parece paralisado pelo medo.

– Cuidado com ele! – grita Warner para alguém. Ele examina uma arma que roubou do pai e, satisfeito, sai correndo atrás da Guarda Suprema. Tiros ecoam ao longe.

Minha visão começa a ficar manchada.

Os sons sangram e se fundem, mudando o foco. Por instantes, tudo o que ouço é o som da minha própria respiração, meu coração batendo. Pelo menos, espero que seja o som do meu coração batendo. Tudo tem um cheiro acre, como ferrugem e aço. Percebo então, num momento repentino e surpreendente, que não consigo sentir meus dedos.

Finalmente, ouço os sons abafados de movimento por perto, das mãos no meu corpo, tentando me mexer.

– Kenji? – Alguém me sacode. – Kenji, você pode me ouvir? – Winston.

Faço um som na garganta. Meus lábios parecem fundidos.

– Kenji? – Mais sacudidas. – Você está bem?

Com grande dificuldade, afasto os lábios, mas minha boca não faz barulho. Então, de uma só vez:

– Eeeaíííicaaaaraaa.

Esquisito.

– Ele está consciente – diz Winston –, mas desorientado. Não temos muito tempo. Eu carrego esses dois. Veja se você consegue encontrar uma maneira de transportar os outros. Onde estão as garotas?

Alguém lhe diz algo, e eu não entendo. Estendo a mão de repente, apertando o antebraço de Winston.

– Não deixe que eles peguem a J – tento dizer. – Não deixe…

~~Ella~~ ~~Juliette~~

Quando abro os olhos, sinto aço.

Amarrado e moldado em todo o meu corpo, grossas tiras prateadas pressionadas contra minha pele pálida. Estou em uma gaiola do tamanho e do formato exato da minha silhueta. Não consigo me mexer; mal posso separar os lábios ou piscar uma pálpebra; só sei qual é minha aparência porque consigo ver meu reflexo no aço inoxidável do teto.

Anderson está aqui.

Eu o vejo imediatamente, parado em um canto da sala, olhando para a parede como se estivesse satisfeito e zangado, um estranho sorriso de escárnio colado em seu rosto. Também há uma mulher aqui, alguém que nunca vi antes. Loira, muito loira. Alta, sardenta e esbelta, ela me lembra alguém que já vi antes, alguém de quem não consigo me lembrar no momento.

E então, de repente…

Minha mente me alcança com uma ferocidade que é quase paralisante. James e Adam, sequestrados por Anderson. Kenji, ficando doente. Novas memórias da minha própria vida, continuando a assaltar minha mente e levando consigo pedaços de mim.

E então, Emmaline.

Emmaline, invadindo minha consciência sorrateiramente. Emmaline, sua presença tão avassaladora que fui forçada ao quase completo esquecimento, persuadida a dormir. Lembro-me de acordar, em dado momento, mas minha lembrança desse momento é vaga. Lembro-me de sentir principalmente confusão. Bobinas distorcidas.

Levo um momento para fazer uma checagem de mim mesma. Meus membros. Meu coração. Minha mente. Intactos?

Não sei.

Apesar de um pouco de desorientação, sinto-me quase totalmente eu mesma. Ainda percebo bolsões de escuridão nas minhas memórias, mas sinto que finalmente rompi a superfície da minha própria consciência. E é só então que percebo que não sinto mais nem mesmo um sussurro de Emmaline.

Rapidamente, volto a fechar os olhos. Procuro minha irmã na minha mente com um pânico desesperado que me surpreende.

Emmaline? Você ainda está aqui?

Em resposta, um calor suave corre através de mim. Um único e suave tremor de vida. Ela deve estar perto do fim, eu percebo.

Quase se foi.

Uma dor dispara através do meu coração.

Meu amor por Emmaline é ao mesmo tempo novo e antigo, tão complicado que nem sei como articular adequadamente meus sentimentos. Só sei que não tenho nada além de compaixão por ela. Por sua dor, por seus sacrifícios, por seu espírito destruído, por seu desejo de tudo o que sua vida poderia ter sido. Não sinto raiva ou ressentimento por ela ter se infiltrado na minha mente, por ter violado meu mundo de forma violenta para abrir espaço para si na minha pele. De alguma forma, entendo que a brutalidade de seu ato não passava de um apelo desesperado para encontrar companhia nos últimos dias de sua vida.

Ela quer morrer sabendo que era amada.

E eu, eu a amo.

Pude ver, quando nossas mentes estavam fundidas, que Emmaline havia encontrado uma maneira de dividir sua consciência, deixando uma pequena parte necessária para trás para desempenhar seu papel na Oceania. A pequena parte dela que se descolou para me encontrar – essa era a pequena porção que ainda parecia humana, que sentia o mundo intensamente. E agora, ao que parece, esse seu pedaço humano está começando a desvanecer.

Os dedos calejados do sofrimento se curvam em volta da minha garganta.

Meus pensamentos são interrompidos pelo agudo *staccato* de saltos contra pedra. Alguém está se movendo na minha direção. Tenho cuidado de não vacilar.

– Ela já deveria estar acordada agora – diz a voz feminina. – Isso é estranho.

– Talvez o sedativo que você deu a ela fosse mais forte do que você pensava. – diz Anderson.

– Vou considerar que sua cabeça ainda está cheia de morfina, Paris, pois essa é a única razão para eu ignorar sua afirmação.

Anderson suspira. Rigidamente, ele diz:

– Tenho certeza de que ela acordará a qualquer momento.

O medo dispara alarmes na minha cabeça.

O que está acontecendo?, eu pergunto à Emmaline. *Onde estamos?*

Os resíduos de um calor suave se tornam um incêndio abrasador que queima meus braços. Arrepios se propagam pela minha pele.

Emmaline está com medo.

Mostre-me onde estamos, eu digo.

Leva mais tempo do que estou acostumada; mas, muito lentamente, Emmaline enche minha cabeça com imagens do meu quarto, de paredes de aço e vidro brilhante, mesas compridas dispostas com todo tipo de ferramentas e lâminas, equipamentos cirúrgicos. Microscópios do tamanho da parede. Padrões geométricos no teto brilham com luz quente e brilhante. E aí estou eu.

Mumificada em metal.

Estou deitada de costas sobre uma mesa brilhante, com grossas faixas horizontais me segurando no lugar. Estou nua, exceto pelas restrições cuidadosamente posicionadas que me impedem de ficar totalmente exposta.

A verdade cai sobre mim com uma velocidade dolorosa.

Eu reconheço essas salas, essas ferramentas, essas paredes. Até o cheiro – ar viciado, limão sintético, água sanitária e ferrugem. Um pavor rasteja através de mim lentamente no início, e depois cai de uma só vez.

Estou de volta à base na Oceania.

De repente, eu me sinto doente.

Estou a um mundo de distância. Um voo internacional longe da minha família escolhida, de volta à casa dos horrores onde cresci. Não me lembro de como cheguei aqui e não sei que devastação Anderson deixou no meu rastro. Não sei onde estão meus amigos. Não sei o que aconteceu com Warner. Não me lembro de nada útil. Só sei que algo deve estar terrivelmente errado.

Mesmo assim, meu medo parece diferente.

Meus captores – Anderson? Essa mulher? – obviamente fizeram algo comigo, porque não consigo sentir meus poderes do jeito que eu costumava sentir, embora haja algo nesse padrão horrível e familiar que é quase reconfortante. Acordei acorrentada mais vezes do que lembro e sempre descobri o caminho para me libertar. Também vou encontrar uma maneira de sair disso.

E pelo menos dessa vez não estou sozinha.

Emmaline está aqui. Pelo que sei, Anderson não faz ideia de que ela está comigo, e isso me dá esperança.

O silêncio é quebrado por um suspiro resignado.

– Por que precisamos que ela esteja acordada, afinal? – a mulher indaga. – Por que não podemos executar o procedimento enquanto ela está dormindo?

– Essas regras não são minhas, Tatiana. Você sabe tão bem quanto eu que foi Evie quem colocou tudo isso em movimento. O protocolo afirma que o espécime deve estar acordado quando a transferência for iniciada.

Eu retiro o que disse.

Eu retiro o que disse.

Terror puro e concentrado me atravessa, dissipando minha confiança anterior com um único golpe. Deveria ter me ocorrido imediatamente que eles tentariam fazer comigo o que Evie não fez certo na primeira vez. Claro que tentariam.

Meu pânico repentino quase me denuncia.

– Duas filhas com a mesma impressão digital de DNA – diz Tatiana de repente. – Qualquer um pensaria que era uma louca coincidência. Mas Evie sempre foi cuidadosa em ter um plano de *backup*, não é?

– Desde o início – Anderson responde calmamente –, ela garantiu que houvesse uma sobressalente.

As palavras são um golpe que eu não poderia ter previsto.

Uma sobressalente.

Isso é tudo que sempre fui, eu percebo. Uma peça de reposição mantida em cativeiro. Uma arma de reserva, caso todo o resto desse errado.

Estilhaçar-me.

Quebrar o vidro em caso de emergência.

É preciso todos os meus esforços para permanecer parada, para combater o desejo de engolir a repentina onda de emoção na minha garganta. Mesmo agora, mesmo do túmulo, minha mãe consegue me ferir.

– Que sorte para nós – diz a mulher.

– De fato – concorda Anderson, mas há uma tensão em sua voz. Tensão que estou apenas começando a perceber.

Tatiana começa a tagarelar.

Ela começa a falar sobre como Evie foi inteligente ao perceber que alguém havia interferido em seu trabalho, como ela era inteligente ao perceber imediatamente que Emmaline era a pessoa que alterava os resultados dos procedimentos que ela havia realizado em mim. Evie sempre soube, diz Tatiana, que havia um risco de me trazer de volta à base na Oceania – e o risco, segundo ela, era a proximidade física com Emmaline.

– Afinal – diz Tatiana –, as duas meninas não ficavam tão próximas em quase uma década. Evie estava preocupada que Emmaline tentasse fazer contato com sua irmã. – Uma pausa. – E ela fez.

– Aonde você quer chegar?

– O que eu quero dizer – responde Tatiana lentamente, como se estivesse conversando com uma criança – é que isso parece perigoso.

Você não acha que é um pouco imprudente colocar as duas garotas sob o mesmo teto novamente? Depois do que aconteceu da última vez? Isso não parece um pouco... imprudente?

Uma esperança estúpida floresce no meu peito.

É claro.

O corpo de Emmaline está próximo. Talvez o fato de a voz de Emmaline desaparecer da minha mente não tenha nada a ver com morte iminente – talvez ela se sinta mais afastada simplesmente porque *mudou de lugar*. É possível que, ao entrar novamente na Oceania, as duas partes de sua consciência tenham se reconectado. Talvez Emmaline pareça distante agora apenas porque está se conectando a mim de seu tanque – do jeito que ela fez da última vez em que estive aqui.

Um calor forte e abrasador lampeja atrás dos meus olhos, e meu coração pula com a resposta dela.

Não estou sozinha, digo a ela. *Você não está sozinha.*

– Você sabe tão bem quanto eu que essa era a única maneira – diz Anderson a Tatiana. – Eu precisava da ajuda de Max. Meus ferimentos foram muito graves.

– Você parece precisar muito da ajuda de Max atualmente – diz ela, fria. – E eu não sou a única que pensa que suas necessidades estão se tornando uma desvantagem.

– Não me pressione – ele diz com calma. – Este não é o dia.

– Eu não ligo. Você sabe tão bem quanto eu que seria mais seguro iniciar essa transferência de volta ao Setor 45, a milhares de quilômetros de Emmaline. Também tivemos que transportar o garoto, lembra? Uma extrema inconveniência. O fato de você precisar desesperadamente de Max para ajudar com sua vaidade é uma questão completamente diferente, que diz respeito tanto aos seus fracassos quanto à sua inaptidão.

O silêncio cai pesado e espesso.

Não tenho ideia do que está acontecendo acima da minha cabeça, mas só posso imaginar os dois se encarando.

– Evie tinha um fraquinho por você – diz Tatiana finalmente. – Nós todos sabemos disso. Todos sabemos como ela estava disposta a ignorar seus erros. Mas Evie está morta agora, não está? E a filha dela serviria a dois propósitos, se não fosse o esforço constante de Max para mantê-lo vivo. O resto de nós está ficando sem paciência.

Antes que Anderson tenha chance de responder, uma porta se abre.

– E então? – Uma nova voz. – Foi feito?

Pela primeira vez, Tatiana parece contida.

– Receio que ela ainda não esteja acordada.

– Então acorde-a – exige a voz. – Estamos sem tempo. Todos os filhos foram contaminados. Ainda temos que controlar o restante deles e limpar suas mentes o mais rápido possível.

– Mas não antes de descobrirmos o que eles sabem – diz Anderson rapidamente –, e a quem eles podem ter contado.

Passos pesados se movem para dentro da sala, rápido e com força. Ouço um farfalhar de movimento, um breve suspiro repentino.

– Haider me disse algo interessante quando seus homens o arrastaram de volta para cá – afirma o homem em voz baixa. – Ele diz que você atirou na minha filha.

– Foi uma decisão prática – diz Anderson. – Ela e Kishimoto eram possíveis alvos. Não tive escolha a não ser matar os dois.

Preciso de cada grama do meu autocontrole para não gritar.

Kenji.

Anderson atirou em Kenji.

Kenji e a filha deste homem. Ele deve estar falando sobre Nazeera. Minha nossa. Anderson atirou em Kenji e Nazeera. O que esse homem…

– Ibrahim, foi melhor assim. – Os saltos altos de Tatiana estalam no chão. – Tenho certeza de que ela está bem. Eles têm aquelas meninas que curam, você sabe.

O Comandante Supremo Ibrahim a ignora.

– Se minha filha não voltar para mim com vida – diz ele com raiva –, eu pessoalmente vou remover o cérebro do seu crânio.

A porta bate com força atrás dele.

– Acorde-a – diz Anderson.

– Não é tão simples… Existe um processo…

– Não vou falar de novo, Tatiana! – Anderson está gritando agora, sua temperatura subindo de repente. – Acorde-a agora. Quero acabar logo com isso.

– Paris, você tem que se acalm…

– Tentei matá-la *meses* atrás. – Metal bate contra o metal. – Eu disse a todos vocês para terminarem o trabalho. Se estamos nesta posição agora, se Evie está morta, é porque ninguém me ouviu quando deveria.

– Você é inacreditável. – Tatiana ri, mas o som não demonstra graça. – Que você algum dia tenha assumido que possuía autoridade para matar a filha de Evie me diz tudo o que preciso saber sobre você, Paris. Você é um idiota.

– Saia – diz ele entredentes, furioso. – Não preciso de você na minha cola. Vá dar uma olhada na sua própria filha insípida. Eu vou cuidar desta aqui.

– Sentindo-se paternal?

– Dê. O. Fora.

Tatiana não diz mais nada. Eu ouço o som de uma porta se abrindo e fechando. Os sons suaves e distantes e sinos de metal e vidro. Não tenho ideia do que Anderson está fazendo, mas meu coração está batendo loucamente. O Anderson indignado e raivoso não é algo que deva ser ignorado.

Eu saberia.

E quando sinto uma repentina e implacável onda de dor, eu grito. O pânico força meus olhos a se abrirem.

– Tive a sensação de que você estava fingindo – diz ele.

Com violência, ele arranca o bisturi da minha coxa. Eu sufoco outro grito. Mal tive chance de recuperar o fôlego quando, novamente, ele enterra o bisturi na minha carne – mais profundo desta vez. Eu grito de agonia, meus pulmões contraídos. Quando ele finalmente solta a ferramenta, quase desmaio de dor. Estou fazendo sons ofegantes e pesados, meu peito preso com tanta força que não consigo respirar direito.

– Eu esperava que você ouvisse essa conversa – diz Anderson calmamente, parando para limpar o bisturi no jaleco. O sangue está escuro. Grosso. Minha visão escurece e volta. – Eu queria que você soubesse que sua mãe não era estúpida. Eu queria que você soubesse que ela estava ciente de que algo havia dado errado. Ela não sabia as falhas exatas do procedimento, mas suspeitava de que as injeções não haviam feito tudo o que deveriam fazer. E quando ela suspeitou de jogo sujo, fez um plano de contingência.

Ainda estou sem fôlego, minha cabeça girando. A dor na minha perna é incandescente e nubla minha mente.

– Você não achou que ela era tão estúpida assim, não é? A Evie

Sommers? – Anderson quase ri. – Evie Sommers não foi estúpida em nem um dia em sua vida. Mesmo quando morreu, ela morreu com um plano em ação para salvar o Restabelecimento, porque havia dedicado sua vida a essa causa. Era isto – ele diz, cutucando minha ferida. – Você. Você e sua irmã. Você era o trabalho da vida dela e ela não estava prestes a deixar tudo ir pelos ares sem lutar.

Não entendo, tento dizer.

– Eu sei que você não entende – diz ele. – Claro que você não entende. Você nunca herdou a genialidade de sua mãe, não é? Você nunca teve a mente dela. Não, você só foi concebida para ser uma ferramenta, desde o início. Então, aqui está tudo o que você precisa entender: agora você pertence a mim.

– Não – eu suspiro. Luto inutilmente contra minhas amarras. – Não...

Sinto a picada e o fogo ao mesmo tempo. Anderson espetou alguma coisa em mim, algo que me queima inteira com uma dor tão insuportável que meu coração mal se lembra de bater. Minha pele é tomada pelo suor. Meu cabelo começa a grudar no rosto. Sinto-me imediatamente paralisada e como se estivesse caindo, caindo livremente, afundando nas profundezas mais frias do inferno.

Emmaline!, eu grito.

Minhas pálpebras tremem. Eu vejo Anderson, *flashes* de Anderson, seus olhos escuros e perturbados. Ele olha para mim como se finalmente tivesse me colocado exatamente onde me quer, onde sempre me quis, e entendo, sem entender o motivo, exatamente, que ele está animado. Sinto a felicidade dele. Não sei como eu sei. Posso afirmar simplesmente pelo jeito como ele para, pelo jeito como me olha. Ele está se sentindo alegre.

Isso me aterroriza.

Meu corpo faz outro esforço para se mover, mas a ação é inútil. Não há sentido em me mexer, não há sentido em lutar.

Isso acabou, algo me diz.

Eu perdi.

Perdi a batalha e a guerra. Perdi o garoto. Perdi meus amigos. Perdi minha vontade de viver, a voz me diz.

E então eu entendo: Anderson está na minha cabeça.

Meus olhos não estão abertos. Meus olhos podem nunca mais se abrir. Os lugares aonde eu vou não estão sob meu controle. Pertenço a Anderson agora. Pertenço ao Restabelecimento, ao qual sempre pertenci, *ao qual você sempre pertenceu*, ele me diz, *onde você permanecerá para sempre. Estou esperando esse momento há muito, muito tempo,* ele me diz, *e agora, finalmente, não há nada que você possa fazer.*

Nada.

Mesmo assim, eu não entendo. Não imediatamente. Não entendo mesmo enquanto ouço as máquinas ganharem vida. Não entendo, nem mesmo quando vejo o *flash* de luz atrás das minhas pálpebras. Ouço minha própria respiração, alta e estranha, reverberando no meu crânio. Posso sentir minhas mãos tremendo. Posso sentir o metal afundando na carne macia do meu corpo. Estou aqui, amarrada ao aço contra a minha vontade e não há ninguém para me salvar.

Emmaline!, eu grito.

Um sussurro de calor se move através de mim em resposta, um sussurro tão sutil, tão rapidamente extinto, que temo tê-lo imaginado.

Emmaline está quase morta, diz Anderson. *Depois que o corpo dela for removido do tanque, você o substituirá. Até lá, aqui é onde você mora. Até então, é aqui que você existe. É para isso que você sempre foi destinada,* ele me diz.

Isso é tudo que você será para sempre.

Kenji

Ninguém vem ao funeral.

Demorou dois dias para enterrarem todos os corpos. Castle usou a mente até quase adoecer de tanto escavar a terra. O resto de nós usou pás. Mas não havia mais muitos para fazer o trabalho, e não havia o suficiente para assistir a um funeral agora.

Ainda assim, estou sentado aqui, ao amanhecer, empoleirado no topo de um rochedo, acima do vale onde enterramos nossos amigos. Companheiros de equipe. Meu braço esquerdo está em uma tipoia, minha cabeça dói como o diabo, meu coração está permanentemente partido.

Fora isso, estou bem.

Alia vem atrás de mim, tão discreta que quase nem a noto. Eu quase *nunca* a noto. Mas há pouquíssimos corpos atrás dos quais ela possa se esconder agora. Eu me afasto na rocha e ela se senta ao meu lado, nós dois olhando para o mar de túmulos abaixo. Ela está segurando dois dentes-de-leão. Oferece um para mim. Eu pego.

Juntos, soltamos as flores, observando-as flutuarem suavemente no abismo. Alia suspira.

– Você está bem? – pergunto a ela.

– Não.

– Tipo isso. – Eu balanço a cabeça em afirmativa.

Segundos se passam. Uma brisa suave afasta o cabelo do meu rosto. Olho diretamente para o sol recém-nascido, desafiando-o a queimar meus olhos.

– Kenji?

– Sim?

– Onde está Adam?

Balanço a cabeça. Dou de ombros.

– Você acha que vamos encontrá-lo? – ela pergunta, sua voz praticamente um sussurro.

Olho para cima.

Há um anseio ali – algo mais que preocupação geral em seu tom. Eu me viro completamente para encontrar os olhos dela, mas ela não olha para mim.

Ela cora de repente.

– Não sei – respondo. – Acredito que sim.

– Eu também – ela diz suavemente.

Ela apoia a cabeça no meu ombro. Nós olhamos para longe. Deixamos o silêncio devorar nossos corpos.

– Você fez um trabalho incrível, a propósito. – Com a cabeça, indico o vale abaixo. – Isso é lindo.

Alia realmente se superou. Ela e Winston.

Os monumentos que eles criaram são simples e elegantes, feitos de pedra originária da própria região.

E há dois.

Um pelas vidas perdidas aqui, no Santuário, dois dias atrás. O outro pelas vidas perdidas lá, no Ponto Ômega, dois meses atrás.

A lista de nomes é longa. A injustiça de tudo passa por mim como um rugido.

Alia pega minha mão. Aperta.

Percebo que estou chorando.

Eu me viro, me sentindo idiota, e Alia solta, me dá espaço para me recompor. Limpo meus olhos com força excessiva, com raiva de mim mesmo por desmoronar. Irritado comigo mesmo por estar decepcionado. Irritado comigo mesmo por sempre me permitir ter esperança.

Perdemos J.

Nem sequer temos certeza do que aconteceu. Warner está praticamente em estado de coma desde aquele dia, e extrair informações dele é quase impossível. Mas parece que, para falar a verdade, no fim das contas, nunca tivemos uma chance. Um dos homens de Anderson tinha a capacidade sobrenatural de se clonar, e demoramos muito tempo para descobrir. Não conseguimos entender por que a defesa deles de repente dobrava e triplicava, bem quando pensávamos que os estávamos vencendo. Mas acontece que Anderson tinha um suprimento inesgotável de soldados de reposição. Warner não conseguia se conformar. Era a única coisa que ele repetia sem parar...

Eu deveria saber, eu deveria saber

... e apesar de Warner estar se matando pelo descuido, Castle diz que foi justamente por causa de Warner que alguns de nós ainda estamos vivos.

Não era para haver *nenhum* sobrevivente. Esse foi o decreto de Anderson. A ordem que ele deu depois que eu apaguei.

Warner desvendou o truque bem a tempo.

Sua capacidade de aproveitar os poderes de soldado e usá-los contra ele era nossa única salvação, aparentemente, e, quando o cara percebeu que tinha concorrência, ele pegou o que podia e correu.

O que significa que conseguiu apanhar Haider e Stephan inconscientes. Isso significa que Anderson escapou.

E J, é claro.

Isso significa que eles pegaram J.

– Devemos voltar? – Alia pergunta baixinho. – Castle estava acordado quando saí. Disse que queria falar com você.

– Sim. – Eu confirmo com um sinal da cabeça e me levanto. Me recomponho. – Aliás, alguma informação de James? Ele já está liberado para receber visitas?

Alia balança a cabeça. Também se levanta.

– Ainda não – responde. – Mas vai acordar em breve. As meninas são otimistas. Entre os poderes de cura dele e os delas, elas têm certeza de que conseguirão fazê-lo passar por isso.

– É – eu digo, respirando fundo. – Tenho certeza de que você está certa.

Errado.

Não tenho certeza de nada.

A devastação deixada como rastro após o ataque de Anderson chateou todos nós. Sonya e Sara estão trabalhando o tempo todo. Sam ficou gravemente ferida. Nazeera ainda está inconsciente. Castle está fraco. Centenas de outros estão tentando se curar.

Uma séria escuridão desceu sobre todos nós.

Lutamos muito, mas sofremos duros golpes. Éramos muito poucos para começar, e nossas possibilidades de ação eram limitadas.

É isso que fico repetindo para mim mesmo.

Começamos a andar.

– A sensação é pior, não é? – comenta Alia. – Pior que da última vez. – Ela para, de repente, e eu sigo sua linha de visão; estudo a cena diante de nós. Os edifícios destruídos, os escombros ao longo dos caminhos. Fizemos o nosso melhor para limpar o pior, mas se eu olhar no lugar errado na hora errada, ainda encontro sangue nos galhos quebrados das árvores. Estilhaços de vidro.

– Sim – eu digo. – De alguma forma, isso é muito pior.

Talvez porque as apostas fossem mais altas. Talvez porque nunca perdemos J antes. Talvez porque nunca vi Warner tão perdido ou arrasado. O Warner raivoso era melhor que isso. Pelo menos, o Warner raivoso ainda tinha alguma energia para brigar.

Alia e eu nos separamos quando entramos na barraca de jantar. Ela está oferecendo seu tempo como voluntária, indo de leito em leito para ver como estão as pessoas, oferecendo comida e água sempre que necessário, e essa barraca de jantar é atualmente o seu local de trabalho. O enorme espaço foi transformado em uma espécie de lar convalescente. Sonya e Sara estão priorizando ferimentos graves; pequenas feridas estão sendo tratadas da maneira tradicional, pelo que resta da equipe original de médicos e enfermeiros. Esta sala está lotada, de ponta a ponta, com aqueles de nós que estão se recuperando de ferimentos leves ou descansando após um procedimento mais sério.

Nazeera está aqui, mas ela está dormindo.

Sento-me ao lado de sua cama, vendo como ela está, do jeito que faço a cada hora. Nada mudou. Ela ainda está deitada, imóvel como pedra, a única prova de vida vem de um monitor próximo e dos movimentos suaves de sua respiração. O ferimento dela era muito pior que o meu. As meninas dizem que ela vai ficar bem, mas acham que vai dormir até pelo menos amanhã. Mesmo assim, me mata olhar para ela. Vê-la cair foi uma das coisas mais difíceis que já presenciei.

Eu suspiro, passando a mão pelo meu rosto. Ainda me sinto uma merda, mas pelo menos estou acordado. Poucos de nós estão.

Warner é um deles.

Ele ainda está coberto de sangue seco, recusando-se a receber ajuda. Ele está consciente, mas está deitado de costas, encarando o teto desde o dia em que foi arrastado para cá. Se eu não soubesse, acharia que era um cadáver. Eu também tenho dado uma olhada de vez em quando – certificando-me de notar aquele subir e descer suave de seu peito – apenas para ter certeza de que ele ainda estava respirando.

Acho que ele está em choque.

Ao que parece, quando ele percebeu que J não estava mais lá, ele dilacerou os soldados restantes com as próprias mãos.

Ao que parece.

É claro que não engulo essa, porque a história parece um pouco fora do que considero possível de acreditar, mas, por outro lado, tenho ouvido todo tipo de merda sobre Warner ultimamente. Ele deixou de ser apenas relativamente consequente, se tornou genuinamente aterrorizante, para então assumir o status de super-herói – tudo em trinta e seis horas. Em uma reviravolta na história que eu nunca poderia esperar, as pessoas aqui estão subitamente obcecadas por ele.

Acham que ele salvou nossas vidas.

Um dos voluntários que verificou meu ferimento ontem me disse que ouviu alguém dizer que viu Warner arrancar uma árvore inteira com apenas uma das mãos.

Tradução: ele provavelmente quebrou um galho de árvore.

Outra pessoa me disse que ouviu de um amigo que uma garota o viu salvar um grupo de crianças de serem atingidas por fogo amigo.

Tradução: ele provavelmente jogou um monte de crianças no chão.

Outra pessoa me disse que Warner havia assassinado sozinho quase todos os soldados supremos.

Tradução...

Ok, esse último é meio que verdade.

Mas sei que Warner não estava tentando fazer um favor a ninguém por aqui. Ele não dá a mínima para ser um herói.

Ele estava apenas tentando salvar a vida de J.

– Você deveria falar com ele – diz Castle, e eu levo um susto tão grande que ele pula para trás, surtando por um segundo também.

– Desculpe, senhor – eu digo, tentando diminuir minha frequência cardíaca. – Não o vi aí.

– Está tudo bem – diz Castle. Ele está sorrindo, mas seus olhos são tristes. Exaustos. – Como você está?

– Tão bem quanto se pode esperar – digo. – Como está Sam?

– Tão bem quanto se pode esperar – repete ele. – Nouria está com dificuldades, é claro, mas Sam deve conseguir se recuperar totalmente. As meninas dizem que foram principalmente ferimentos superficiais. Seu crânio foi fraturado, mas elas estão confiantes de que podem recuperá-lo quase do jeito que era antes. – Ele suspira. – Elas ficarão bem, as duas. Com o tempo.

Eu o observo por um momento, de repente vendo-o como nunca antes:

Velho.

Os temores de Castle estão expostos, pairando soltos em seu rosto, e algo sobre a quebra de seu estilo habitual – *dreadlocks* amarrados ordenadamente na base do pescoço – me faz perceber coisas que nunca tinha visto antes. Novos cabelos grisalhos. Novas rugas ao redor dos olhos, da testa. Leva um pouco mais de tempo para ele se endireitar como antes. Ele parece cansado. Parece que foi derrubado muitas vezes.

Como o resto de nós.

– Odeio que isso é o que parece ter superado a distância entre nós – diz ele após um período de silêncio. – Mas agora Nouria e eu, os dois líderes da resistência, sofremos grandes perdas. A coisa toda foi difícil para ela, assim como foi para mim. Ela precisa de mais tempo para se recuperar.

Eu respiro fundo.

Até a menção daquele momento sombrio inspira uma dor no meu coração. Não me permito pensar muito na concha vazia que Castle se tornou depois que perdemos o Ponto Ômega. Se eu paro e penso, os sentimentos me dominam tão completamente que dou uma guinada direta para a raiva. Eu sei que ele estava sofrendo. Sei que havia muita coisa acontecendo. Sei que foi difícil para todos. Mas para mim, perder Castle assim – ainda que temporariamente – foi pior do que perder todo mundo. Eu precisava dele, e parecia que ele tinha me abandonado.

– Não sei – digo, limpando a garganta. – Não é a mesma coisa, é? O que perdemos… quero dizer, perdemos literalmente tudo no bombardeio. Não apenas nosso pessoal e nossa casa, mas anos de pesquisa. Equipamento inestimável. Tesouros pessoais. – Eu hesito, tento ser delicado. – Nouria e Sam perderam apenas metade do seu povo, e sua base ainda está de pé. Essa perda não é nem de perto tão grande.

Castle se vira, surpreso.

– Mas isso não é uma competição.

– Eu sei disso – afirmo. – É só que…

– E eu não gostaria que minha filha conhecesse o tipo de sofrimento que experimentamos. Você não tem ideia da profundidade do que ela já sofreu em sua vida jovem. Ela certamente não precisa sentir mais dor para merecer sua compaixão.

– Eu não quis dizer isso – digo rapidamente, balançando a cabeça. – Estou apenas tentando apontar que...

– Você já viu James?

Olho para ele boquiaberto, minha boca ainda em forma de uma palavra não dita. Castle mudou de assunto tão rapidamente que quase foi uma chicotada. Ele não costuma agir assim. *Nós* não costumamos agir assim.

Nunca tive problemas para conversar com Castle. Nunca evitamos tópicos difíceis e conversas confidenciais. Mas as coisas estão parecendo fora dos eixos há algum tempo, para ser sincero. Talvez desde que percebi que Castle mentiu para mim, durante todos esses anos, a respeito de J. Talvez eu tenha sido um pouco menos respeitoso ultimamente. Limites cruzados. Talvez toda essa tensão esteja vindo de mim – talvez seja eu quem o afaste sem perceber.

Não sei.

Quero consertar o que está acontecendo entre nós, mas, no momento, estou muito confuso. Entre J e Warner, James e Nazeera inconscientes – minha cabeça está em um lugar tão estranho que não tenho certeza se tenho estrutura para muito mais.

Então deixei pra lá.

– Não, eu não vi James – respondo, tentando parecer otimista. – Ainda estou esperando o sinal verde. – Da última vez que verifiquei, James estava na barraca médica com Sonya e Sara. James tem suas próprias habilidades de cura, então ele deve estar bem, fisicamente, eu sei disso. A questão é que ele passou por muita coisa ultimamente.

As meninas queriam ter certeza de que ele estava completamente descansado, alimentado e hidratado antes que recebesse visitas.

Castle balança a cabeça afirmativamente.

– Warner se foi – diz ele depois de um momento, do nada, como se tivesse a ver com algo do que foi dito.

– O quê? Não, eu acabei de vê-lo. Ele... – Eu me interrompo quando olho para cima, esperando encontrar a visão familiar de Warner deitado em sua cama como uma carcaça. Porém, Castle está certo. Ele se foi.

Viro a cabeça bruscamente, vasculhando a sala para tentar encontrá-lo em movimento de retirada. Não encontro nada.

– Ainda acho que você deveria falar com ele – diz Castle, retornando à sua declaração de abertura.

Eu me arrepio.

– Você é o adulto – indico. – Foi você quem quis que ele se refugiasse entre nós. Você é quem acreditou que ele poderia mudar. Talvez você deva falar com ele.

– Não é disso que ele precisa, e você sabe. – Castle suspira. Olha pela sala. – Por que todo mundo tem tanto medo dele? Por que *você* tem tanto medo dele?

– Eu? – Meus olhos se arregalam. – Eu não tenho medo dele. Ou, seja como for, não sou o único com medo dele. Se bem que, vamos falar a real – murmuro –, qualquer pessoa com duas células cerebrais para esfregar uma na outra deve ter medo dele.

Castle levanta uma sobrancelha.

– Exceto você, é claro – acrescento apressadamente. – Que razão você teria para ter medo do Warner? Ele é um cara tão legal. Ama crianças. Muito falante. Ah, e bônus: ele não mata mais pessoas profissionalmente. Não, agora matar pessoas é apenas um hobby gratificante.

Castle suspira, visivelmente irritado.

Eu sorrio.

– Senhor, tudo o que estou dizendo é que realmente não o conhecemos, certo? Quando Juliette estava por perto...

– Ella. O nome dela é Ella.

– Uh-hum. Quando ela estava por perto, Warner era tolerável. Mais ou menos. Mas agora ela não está por perto, e ele está agindo como o cara que eu me lembro de quando me alistei, o cara que ele era quando trabalhava para o pai e dirigia o Setor 45. Que motivo ele tem para ser leal ou gentil com o resto de nós?

Castle abre a boca para responder, mas só então chega a minha salvação: o almoço.

Um voluntário sorridente aparece distribuindo saladas simples em embalagens de alumínio como aquelas de marmitex. Pego a comida oferecida e os talheres de plástico com um agradecimento superentusiasmado e puxo prontamente a tampa do marmitex.

– Warner recebeu um golpe muito duro – diz Castle. – Ele precisa de nós agora mais do que nunca.

Olho de relance para Castle. Coloco uma garfada de salada na boca. Mastigo devagar, ainda decidindo como responder, quando sou distraído por um movimento à distância.

Olho para cima.

Brendan, Winston, Ian e Lily estão no canto, reunidos em torno de uma pequena mesa improvisada, todos segurando os marmitex de papel alumínio. Estão acenando para nos juntarmos a eles.

Faço um gesto com uma garfada de salada. Falo com a boca cheia:

– Você quer se juntar a nós?

Castle suspira quando se levanta, alisando pregas invisíveis em suas calças pretas. Olho para a figura adormecida de Nazeera enquanto recolho minhas coisas. Eu sei, racionalmente, que ela vai ficar bem, mas está se recuperando de um golpe no peito – não muito diferente de J, certa vez – e dói vê-la tão vulnerável. Especialmente uma garota que uma vez riu na minha cara com a perspectiva de ser dominada.

Isso me assusta.

– Você vem? – Castle diz, olhando por cima do ombro. Ele já está a alguns passos de distância, e eu não tenho ideia de quanto tempo faz que estou parado aqui, olhando para Nazeera.

– Ah, sim – respondo. – Estou bem atrás de você.

No minuto em que nos sentamos à mesa deles, sei que algo está errado. Brendan e Winston estão rígidos, lado a lado, e Ian não faz mais do que olhar para mim quando me sento. Acho essa recepção especialmente estranha, considerando o fato de que *eles* é que me chamaram. Seria de se pensar que eles ficariam felizes em me ver.

Após alguns minutos de silêncio desconfortável, Castle fala:

– Eu estava dizendo ao Kenji agora mesmo que ele é que deveria falar com Warner.

Brendan olha para cima.

– Essa é uma ótima ideia.

Disparo um olhar sombrio para ele.

– Não, sério – continua ele, escolhendo cuidadosamente um pedaço de batata para espetar. Espere... onde eles conseguiram batatas? Tudo o que consegui foi salada. – Alguém definitivamente precisa falar com ele.

– *Alguém* definitivamente precisa – respondo, irritado. Estreito os olhos para as batatas de Brendan. – Onde você conseguiu isso?

– Foi isso que eles me deram – diz Brendan, parecendo surpreso. – É claro que fico feliz em dividir.

Eu me movo rapidamente, pulando da minha cadeira para arrancar um pedaço de batata de seu marmitex. Enfio o pedaço inteiro na boca antes mesmo de me sentar e ainda estou mastigando quando agradeço a ele.

Ele parece levemente repugnado.

Acho que sou um pouco como um homem das cavernas quando Warner não está por perto para me manter decente.

– De qualquer forma, Castle está certo – diz Lily. – Você deveria falar com ele, e logo. Acho que ele é meio que um canhão à solta agora.

Espeto uma folha de alface, reviro os olhos.

– Posso talvez almoçar antes que todo mundo comece a pular na minha garganta? Esta é a primeira refeição de verdade que recebi desde que levei um tiro.

– Ninguém está pulando na sua garganta. – Castle fecha a cara. – E eu achei que Nouria tinha dito que os horários normais de refeições tivessem voltado a vigorar ontem de manhã.

– E voltaram – eu digo.

– Mas você levou um tiro três dias atrás – diz Winston. – O que significa...

– Tudo bem, tudo bem, acalme-se, detetive Winston. Podemos mudar de assunto, por favor? – Dou outra mordida na alface. – Não estou gostando deste.

Brendan pousa a faca e o garfo. Com força.

Eu me endireito.

– Vá falar com ele – Brendan diz novamente, desta vez com um ar definitivo que me surpreende.

Engulo minha comida. Muito rápido. Quase engasgo.

– Estou falando sério – diz Brendan, franzindo a testa enquanto coloco os bofes pra fora de tanto tossir. – Todos nós estamos passando por momentos miseráveis, e você tem mais conexão com ele do que qualquer outra pessoa aqui. O que significa que você tem uma responsabilidade moral de descobrir o que ele está pensando.

– Uma responsabilidade moral? – Minha tosse se transforma em uma risada.

– Sim. Uma responsabilidade moral. E Winston concorda comigo.

Levanto os olhos, erguendo as sobrancelhas para Winston.

– Aposto que sim. Aposto que Winston concorda com você o tempo todo.

Winston ajusta os óculos. Ele apunhala cegamente a comida e murmura quase para si mesmo:

– Eu te odeio.

– Ah é? – Faço um gesto entre Winston e Brendan com o garfo. – Que diabos está acontecendo aqui? Essa energia é superestranha.

Quando ninguém me responde, chuto Winston debaixo da mesa. Ele se vira, resmungando coisas sem sentido antes de dar um longo gole no copo d'água.

– Ok – eu falo devagar. Pego meu próprio copo de água. Tomo um gole. – É sério agora. O que está acontecendo? Vocês dois estão brincando com os pés embaixo da mesa ou algo assim?

Winston fica da cor de um tomate.

Brendan pega seus talheres e, olhando para o prato, diz:

– Vá em frente. Conte a ele.

– Contar pra mim o quê? – questiono, olhando de um para o outro. Quando ninguém responde, olho para Ian, tipo, *Que porra é essa*?

Ian apenas encolhe os ombros.

Ian está mais quieto que o normal. Ele e Lily estão passando muito mais tempo juntos ultimamente, o que é compreensível, mas também significa que eu realmente não o vi muito nos últimos dias.

Castle de repente se levanta.

Ele me dá um tapa nas costas.

– Fale com o sr. Warner – diz ele. – Ele está vulnerável agora e precisa de seus amigos.

– Você está...? – Olho em volta de modo exagerado, por cima dos ombros. – Sinto muito, a quais amigos você está se referindo? Porque, até onde eu sei, Warner não tem amigo nenhum.

Castle estreita os olhos para mim.

– Não faça isso – diz ele. – Não negue sua própria inteligência emocional em nome de uma coisa sem importância. Você sabe que o caminho não é esse. Seja melhor que isso. Se você se importa com ele, sacrifique seu orgulho e fale com ele. Certifique-se de que ele esteja bem.

– Por que você tem que parecer tão dramático? – pergunto, desviando o olhar. – Não é grande coisa. Ele vai sobreviver.

Castle apoia a mão no meu ombro. Obriga-me a encontrar seus olhos.

– Não – ele diz para mim. – Ele pode não sobreviver.

Espero até Castle sair antes de finalmente largar o garfo. Estou irritado, mas sei que ele está certo. Murmuro um adeus geral para meus amigos enquanto me afasto da mesa, mas não antes de notar Brendan sorrindo triunfante em minha direção. Estou prestes a fazê-lo pagar por isso, mas percebo, com um sobressalto, que Winston assumiu um tom de rosa tão magnífico que você provavelmente poderia enxergá-lo do espaço.

E então, ali está: Brendan segurando a mão de Winston embaixo da mesa.

Meu suspiro é audível.

– Cale a boca – diz Winston. – Eu não quero ouvir isso.

Meu entusiasmo murcha.

– Você não quer me ouvir dizer parabéns?

– Não, eu não quero ouvir você dizer *Eu te falei*.

– Sim, mas eu te falei, não falei? – Uma onda de felicidade se move através de mim, evoca um sorriso. Eu não sabia que ainda tinha isso em mim.

Alegria.

– Estou muito feliz por vocês – eu digo. – De verdade. Vocês acabaram de tornar esse dia de merda muito melhor.

Winston olha para cima, desconfiado, mas Brendan sorri.

Aponto um dedo afiado na direção deles.

– Mas se vocês se transformarem em clones do Adam e da Juliette, eu juro por Deus que vou perder a cabeça.

Os olhos de Brendan se arregalam. Winston fica roxo.

– Brincando! – eu digo. – Estou apenas brincando! Obviamente, estou superfeliz por vocês dois! – Depois de um segundo, eu clareio a garganta. – Não, mas é sério.

– Porra, Kenji, se manda.

– Beleza. – Aponto uma arminha feita com o dedo para Winston. – Você entendeu.

– *Kenji.* – Ouço Castle chamar. – Sem palavrão.

Giro no lugar, surpreso. Pensei que Castle tinha saído.

– Não fui eu! – grito de volta. – Pela primeira vez, eu juro, não fui eu!

Vejo apenas a parte de trás da cabeça de Castle quando ele se vira; mas, de alguma forma, percebo que ele ainda está irritado.

Balanço a cabeça. Não consigo parar de sorrir.

É hora de reagrupar.

Recolher as peças. Continuar. Encontrar J. Encontrar Adam. Derrubar o Restabelecimento, de uma vez por todas. E a verdade é: vamos precisar da ajuda de Warner. O que significa que Castle está certo, preciso falar com Warner. Merda.

Olho de novo para meus amigos.

Lily está com a cabeça no ombro de Ian e ele está tentando esconder o sorriso. Winston me vira, mas está rindo. Brendan coloca outro pedaço de batata na boca e faz um gesto para eu cair fora.

– Então vai.

– Tudo bem, tudo bem – eu digo. No momento em que estou prestes a dar os passos necessários, sou salvo novamente.

Alia vem correndo em minha direção, com o rosto iluminado por uma expressão de felicidade que raramente vejo nela. É transformador. Diabos, ela está reluzente. É fácil esquecer que Alia existe; ela, que é silenciosa em voz e presença. Mas quando sorri assim...

Ela fica linda.

– James está acordado – diz ela, quase sem fôlego. Ela está apertando meu braço com tanta força que interrompe minha circulação.

Não ligo.

Estou carregando essa tensão há quase duas semanas. Preocupado todo esse tempo com James, querendo saber se ele estava bem. Quando o vi pela primeira vez no outro dia, amarrado e amordaçado por Anderson, senti meus joelhos cederem. Não tínhamos ideia de como ele estava ou que tipo de trauma ele tinha sofrido. Mas se as meninas estão deixando que ele receba visita...

Tem que ser um bom sinal.

Agradeço em silêncio a quem estiver ouvindo. Mãe. Pai. Fantasmas. Sou grato.

Alia está meio que me arrastando pelo corredor, e mesmo que seu esforço físico não seja necessário, eu a deixo fazê-lo. Ela parece tão animada que não tenho coragem de detê-la.

– James está oficialmente pronto para receber visita – diz ela –, e pediu para ver *você*.

~~Ella~~ Juliette

Quando acordo, estou com frio.

Eu me visto no escuro. Ponho uniforme militar de tecido firme e calço botas polidas. Puxo meu cabelo para trás em um rabo de cavalo firme e me lavo na pequena pia do meu quarto.

Dentes escovados. Rosto lavado.

Após três dias de treinamento rigoroso, fui selecionada como candidata a soldado supremo, honrada com a perspectiva de servir nosso comandante norte-americano. Hoje é minha oportunidade de provar que mereço a posição.

Amarro as botas dando dois nós.

Satisfeita, puxo a trava de liberação. A fechadura exala quando se abre, e a borda em volta da minha porta deixa passar um anel de luz que corta diretamente minha visão. Afasto-me do brilho apenas para encontrar meu próprio reflexo em um pequeno espelho acima da pia. Eu pisco, focando.

Pele pálida, cabelos escuros, olhos estranhos.

Eu pisco novamente.

Um *flash* de luz chama minha atenção no espelho. Eu viro. O monitor adjacente à minha unidade de dormir ficou escuro a noite toda, mas agora pisca com informações:

Juliette Ferrars, reporte-se
Juliette Ferrars, reporte-se

Minha mão vibra.

Abaixo os olhos para a palma voltada para cima, uma suave luz azul brilhando através da pele fina do meu pulso.

reporte-se

Abro a porta.

O ar fresco da manhã entra com uma lufada, estremecendo contra o meu rosto. O sol ainda está nascendo. A luz dourada banha tudo, distorcendo brevemente minha visão. Os pássaros cantam enquanto eu subo a encosta da colina íngreme que protege meu quarto particular dos ventos uivantes. Eu me puxo até a beirada.

Imediatamente, localizo o complexo à distância.

Montanhas pontilham no céu. Um lago enorme brilha nas proximidades. Forço caminho contra emaranhados de rajadas de vento selvagens e ferozes enquanto caminho em direção à base. Por nenhuma razão específica, uma borboleta pousa no meu ombro.

Eu paro de chofre.

Tiro o inseto da minha camisa, apertando suas asas entre os dedos. Ele vibra desesperadamente enquanto o analiso, examinando seu corpo hediondo, virando-o na minha mão. Lentamente, aumento a intensidade do meu toque, e suas vibrações ficam mais desesperadas, as asas batendo na minha pele.

Eu pisco. A borboleta se debate.

Um zumbido baixo sai de seu corpo de inseto, um zumbido suave que passa por um grito. Espero pacientemente que a criatura morra, mas ela só bate as asas com mais força, resistindo ao inevitável. Irritada, fecho os dedos, esmagando-a entre eles. Limpo seus restos em um caule alto de trigo e sigo em frente marchando.

Hoje é 5 de maio.

Tecnicamente, esse é o clima do outono na Oceania, mas as temperaturas são irregulares e inconsistentes. Hoje os ventos estão particularmente zangados, o que deixa o clima frio de um jeito incomum. Meu nariz fica entorpecido enquanto caminho pelo campo; quando encontro um insignificante feixe solar oblíquo, eu me inclino para dentro dele, me aquecendo sob seus raios. Todas as manhãs e todas as noites, faço essa caminhada de três quilômetros até a base. Meu comandante diz que é necessário.

Ele não explicou o porquê.

Quando finalmente chego à sede, o sol mudou no céu. Olho para a estrela que está morrendo quando abro a porta da frente e, no momento em que passo pela entrada, sou atacada pelo cheiro de café queimado. Silenciosamente, ando pelo corredor, ignorando os sons e olhares dos trabalhadores e soldados armados.

Uma vez fora de seu escritório, eu paro. Faltam apenas alguns segundos para a porta se abrir.

O Comandante Supremo Anderson olha para mim de sua mesa.

Ele sorri.

Faço uma saudação.

– Entre, soldado.

Eu entro.

– Como você está se ajustando? – ele pergunta, fechando uma pasta em sua mesa. Ele não me pede para sentar. – Faz alguns dias desde sua transferência do 241.

– Sim, senhor.

– E? – Ele se inclina para a frente e aperta as mãos diante do corpo. – Como você está se sentindo?

– Senhor?

Ele inclina a cabeça olhando para mim. Pega uma caneca de café. O aroma acre do líquido escuro queima meu nariz. Eu o observo tomar um gole, e a ação simples evoca um tremor de emoção dentro de mim. A sensação pressiona minha mente em *flashes* de memória: uma cama, um suéter verde, um par de óculos escuros e depois nada. Pederneira falhando ao acender uma chama.

– Está sentindo falta da sua família? – ele pergunta.

– Não tenho família, senhor.

– Amigos? Namorado?

Uma vaga irritação surge dentro de mim; eu a empurro de lado.

– Nenhum dos dois, senhor.

Ele relaxa na cadeira, seu sorriso cada vez mais amplo.

– É melhor assim, é claro. Mais fácil.

– Sim, senhor.

Ele se levanta.

– Seu trabalho nos últimos dias tem sido notável. Seu treinamento foi ainda mais bem-sucedido do que esperávamos. – Ele olha para mim nesse momento, aguardando uma reação.

Eu apenas fico olhando.

Ele toma outro gole de café antes de pousar a xícara ao lado de uma pilha de papéis. Ele dá a volta na mesa e para na minha frente, avaliando. Um passo mais perto e o cheiro de café me invade. Inspiro o aroma amargo e acastanhado que inunda meus sentidos e me deixa vagamente enjoada. Ainda assim, olho para a frente.

Quanto mais ele se aproxima, mais consciente dele eu fico.

Sua presença física é sólida. Categoricamente masculina. Uma parede de músculos diante de mim, e nem mesmo o traje que ele veste pode esconder as curvas sutis e esculpidas dos braços e das pernas. Seu rosto é rígido; a linha de sua mandíbula, tão afiada que eu posso enxergá-la mesmo fora de foco. Ele cheira a café e a algo mais, algo limpo e perfumado. É inesperadamente agradável; enche minha cabeça.

– Juliette – diz ele.

Uma agulha de inquietação penetra minha mente. É mais do que incomum o comandante supremo me chamar pelo meu primeiro nome.

– Olhe para mim.

Eu obedeço, levantando a cabeça e encontrando seus olhos.

Ele me fita, sua expressão abrasadora. Seus olhos são de um tom azul estranho e severo, e há algo nele – na testa pesada, no nariz afiado – que desperta sentimentos antigos dentro do meu peito. O silêncio se reúne ao nosso redor, curiosidades tácitas nos unindo. Ele vasculha meu rosto por tanto tempo que começo a fitá-lo também. De alguma forma, sei que isso é raro; que ele pode nunca mais me dar a oportunidade de olhar para ele assim.

Eu aproveito.

Catalogo as linhas fracas que vincam sua testa, as linha de expressão como raios de estrela ao redor de seus olhos. Estou tão perto que posso ver a textura de sua pele, áspera, mas ainda não com aspecto de couro. Seu barbear mais recente é evidenciado em um corte microscópico na base da mandíbula. Seu cabelo castanho é cheio e grosso; as maçãs do rosto são altas e os lábios têm um tom escuro de rosa.

Ele toca um dedo no meu queixo, levanta meu rosto.

– Sua beleza é excessiva – diz ele. – Não sei o que sua mãe estava pensando.

Surpresa e confusão incendeiam dentro de mim, mas, nesse momento, não me ocorre ter medo. Não me sinto ameaçada por ele. Suas palavras parecem superficiais. Quando ele fala, vislumbro uma pequena lasca no incisivo inferior.

– Hoje – diz ele. – As coisas vão mudar. Você vai me acompanhar daqui por diante. Seu dever é proteger e servir meus interesses, e somente os meus.

– Sim, senhor.

Seus lábios se curvam, mas apenas um pouco. Há algo por trás de seus olhos, algo mais, algo além.

– Você entende – diz ele –, que você me pertence agora.

– Sim, senhor.

– Minha ordem é sua lei. Você não obedecerá a nenhum outro.

– Sim, senhor.

Ele dá um passo à frente. Suas íris são muito azuis. Uma mecha de cabelo escuro se curva sobre seus olhos.

– Eu sou seu mestre – acrescenta.

– Sim, senhor.

Ele está tão perto que posso sentir sua respiração contra a minha pele. Café e menta e algo mais, algo sutil, fermentado. Álcool, eu percebo.

Ele dá um passo para trás.

– Fique de joelhos.

Eu olho para ele, paralisada. O comando foi claro o suficiente, mas parece um erro.

– Senhor?

– De joelhos, soldado. Agora.

Cuidadosamente, eu obedeço. O chão é duro e frio e meu uniforme é rígido demais para tornar essa posição confortável. Ainda assim, permaneço de joelhos por tanto tempo que uma aranha curiosa corre para a frente, me espiando por baixo de uma cadeira. Olho para as botas engraxadas de Anderson, as curvas musculosas de suas panturrilhas, perceptíveis mesmo através das calças. O chão cheira a água sanitária, limão e poeira.

Quando ele ordena, eu olho para cima.

– Agora diga – ele continua com suavidade.

Eu pisco para ele.

– Senhor?

– Diga-me que eu sou seu mestre.

Minha mente fica vazia.

Uma sensação quente e abafada toma conta de mim, uma paralisia que trava minha língua e congela minha mente. O medo impulsiona através de mim, me afoga, e luto para quebrar a superfície, arranhando meu caminho de volta ao momento presente.

Encontro seus olhos.

– Você é meu mestre – eu afirmo.

Seu sorriso duro se dobra, se curva. A alegria pega fogo nos olhos dele.

– Bom – ele diz suavemente. – Muito bom. Que estranho que você ainda possa vir a se tornar minha favorita.

Kenji

Paro na porta de repente.

Warner está aqui.

Warner e James, juntos.

James recebeu sua própria seção particular na BM – que normalmente está cheia e é apertada – e os dois estão aqui, Warner sentado em uma cadeira ao lado da cama de James, James encostado em uma pilha de travesseiros. Estou muito aliviado por vê-lo parecendo bem. Seu cabelo loiro-escuro está um pouco longo demais, mas seus olhos azuis, brilhantes e claros, estão abertos e animados. Ainda assim, ele parece um pouco cansado, o que provavelmente explica o acesso de soro ligado ao seu corpo.

Em circunstâncias normais, James deveria ser capaz de se curar, mas se seu corpo fica extenuado, o trabalho fica mais difícil. Ele deve ter chegado desnutrido e desidratado. As meninas provavelmente estão fazendo o que podem para ajudar a acelerar o processo de recuperação. Sinto uma onda de alívio.

James estará melhor em breve. Ele é um garoto muito forte. Depois de tudo o que passou…

Ele vai passar por isso também. E ele não estará sozinho.

Olho novamente para Warner, que parece apenas um pouco melhor do que a última vez em que o vi. Ele realmente precisava lavar esse sangue do corpo. Não é comum a Warner ignorar as regras básicas de higiene – o que deve ser uma prova suficiente de que o sujeito está próximo de um colapso total –, mas por enquanto, pelo menos, ele parece bem. Ele e James parecem estar compenetrados em conversa.

Permaneço na porta, ouvindo. Só me ocorre tardiamente que deveria dar privacidade a eles, mas quando isso acontece, estou envolvido demais para ir embora. Tenho quase certeza de que Anderson contou a James a verdade sobre Warner. Ou eu não sei exatamente. Na verdade, não consigo imaginar um cenário em que Anderson revele com alegria a James que Warner é seu irmão ou que Anderson é seu pai. Mas, de alguma forma, posso afirmar que James sabe. *Alguém* lhe contou. Percebo pela expressão em seu rosto.

Este é o momento revelador.

Este é o momento em que Warner e James finalmente se colocam cara a cara não como estranhos, mas como irmãos. Surreal.

Mas eles estão falando em voz baixa, e eu só consigo entender partes da conversa, então decido fazer algo verdadeiramente repreensível: fico invisível e entro um pouco mais na sala.

No momento em que o faço, Warner fica rígido.

Merda.

Eu o vejo olhar em volta com os olhos alertas. Seus sentidos são muito aguçados.

Em silêncio, dou alguns passos para trás.

– Você não está respondendo à minha pergunta – diz James, cutucando Warner no braço. Warner o sacode, seus olhos se estreitam em um ponto a apenas trinta centímetros de onde estou.

– Warner?

Relutante, Warner se vira para encarar o garoto de dez anos.

– Sim – diz ele, distraído. – Quero dizer... o que você estava dizendo?

– Por que nunca me contou? – James pergunta, sentando-se reto. Os lençóis caem e se acumulam no colo dele. – Por que você não me disse nada antes? Durante todo o tempo em que estávamos vivendo juntos...

– Eu não queria assustar você.

– Por que eu teria medo?

Warner suspira, olha pela janela e diz com a voz baixa:

– Porque eu não sou conhecido pelo meu charme.

– Isso não é justo – diz James. Ele parece genuinamente chateado, mas a exaustão visível o impede de reagir com muita força. – Eu já vi coisa muito pior que você.

– Sim. Eu percebo isso agora.

– E *ninguém* me contou. Não acredito que ninguém me contou. Nem mesmo Adam. Eu fiquei tão bravo com ele. – James hesita. – Todo mundo sabia? Kenji sabia?

Fico tenso.

Warner se vira novamente, desta vez olhando precisamente na minha direção quando diz:

– Por que você não pergunta a ele?

– Filho da puta – murmuro, minha invisibilidade derretendo-se.

Warner quase sorri. Os olhos de James se arregalam.

Essa não era a reunião que eu esperava.

Ainda assim, o rosto de James se abre para o maior dos sorrisos, que – eu não vou mentir – faz maravilhas pela minha autoestima. Ele joga as cobertas e tenta pular da cama, descalço e inconsciente da agulha presa no braço, e nesses dois segundos e meio eu consigo sentir alegria e terror.

Grito um aviso, correndo para impedi-lo de rasgar a carne do seu antebraço, mas Warner me derruba. Ele já está de pé, empurrando a criança de volta na cama de forma não tão gentil assim.

– Oh. – James cora. – Desculpa.

Contenho-o da mesma forma, puxando-o para um abraço longo e excessivo, e a maneira como ele se agarra a mim me faz pensar que sou o primeiro a fazê-lo. Tento lutar contra uma onda de raiva, mas não tenho sucesso. Ele é um garoto de dez anos, pelo amor de Deus. Passou pelo inferno. Como foi que ninguém lhe deu a garantia física de que quase certamente ele precisa agora?

Quando finalmente nos separamos, James tem lágrimas nos olhos. Ele enxuga o rosto e eu me afasto, tentando lhe dar privacidade, mas quando me sento ao pé da cama de James, vejo um lampejo de dor entrar e sair sorrateiramente dos olhos de Warner. Dura apenas meio segundo, mas é o suficiente para me fazer sentir mal pelo cara. E é o suficiente para me fazer pensar que ele pode ser um humano novamente.

– Ei – eu digo, falando com Warner diretamente pela primeira vez. – E aí, hein… O que você está fazendo aqui?

Warner olha para mim como se eu fosse um inseto. O olhar que é sua marca registrada.

– O que você acha que estou fazendo aqui?

– De verdade? – questiono, incapaz de esconder minha surpresa. – Isso é muito decente da sua parte. Não achei que você seria assim… emocionalmente… responsável. – Clareio a garganta. Sorrio para James. Ele está nos estudando curiosamente. – Mas estou feliz por estar errado, cara. E me desculpe por ter te julgado mal.

– Estou aqui para coletar informações – diz Warner friamente. – James é uma das únicas pessoas que podem nos dizer onde meu pai está localizado.

Minha compaixão rapidamente se transforma em pó.

Pega fogo.

Vira raiva.

– Você está aqui para interrogá-lo? – questiono, quase gritando. – Você está louco? O garoto mal se recuperou de um trauma inacreditável e você está aqui tentando arrancar informações dele? Ele provavelmente foi *torturado*. Caramba, ele é uma *criança*. Que diabos há de errado com você?

Warner é indiferente à minha teatralidade.

– Ele não foi torturado.

Isso me faz parar de repente.

Eu me viro para James.

– Você não foi?

James balança a cabeça.

– Não exatamente.

– Hã. – Enrugo a testa. – Quero dizer, não me entenda mal, estou muito contente, mas se ele não te torturou, o que Anderson fez com você?

James encolhe os ombros.

– Basicamente, ele me deixou em confinamento solitário. Eles não me bateram – diz ele, esfregando as costelas distraidamente –, mas os guardas eram bem duros. E eles não me alimentaram muito. – Ele encolhe os ombros mais uma vez. – Mas, para ser sincero, a pior parte foi não ver Adam.

Puxo James em meus braços novamente, seguro-o com força.

– Sinto muito – digo com delicadeza. – Isso parece horrível. E eles não deixariam você ver Adam? Nem uma vez? – Eu me afasto para trás. Olho nos olhos dele. – Sinto muito, muito mesmo. Tenho certeza de que ele está bem, carinha. Nós o encontraremos. Não se preocupe.

Warner faz um som. Um som que parece quase uma risada.

Eu giro no lugar com raiva.

– Que diabos há de errado com você? – pergunto. – Isso não é engraçado.

– Não é? Acho a situação hilária.

Estou prestes a dizer algo a Warner que realmente não devo dizer na frente de uma criança de dez anos, mas quando olho para James, paro de falar. James está sacudindo rapidamente a cabeça para mim, seu lábio inferior tremendo. Parece que ele está prestes a chorar de novo.

Volto para Warner.

– Ok, o que está acontecendo?

Warner quase sorri quando diz:

– Eles não foram sequestrados.

Minhas sobrancelhas voam para o alto da minha testa.

– O que você está dizendo agora?

– Eles não foram sequestrados.

– Não entendo.

– Claro que não.

– Não é a hora, cara. Me conte o que está acontecendo.

– Kent localizou Anderson sozinho – diz Warner, seu olhar mudando para James. – Ele ofereceu sua lealdade em troca de proteção.

Meu corpo inteiro fica mole. Quase caio da cama.

Warner continua:

– Kent não estava mentindo quando disse que tentaria anistia, mas deixou de fora a parte de ser um traidor.

– Não. De jeito nenhum. De jeito nenhum.

– Nunca houve um sequestro – diz Warner. – Nada de sequestro. Kent se entregou em troca da proteção de James.

Desta vez, eu chego a cair da cama.

– Se entregou... como? – Consigo me levantar do chão, tropeçando nos meus próprios pés. – Adam teve que trocar com o quê? Anderson já conhece todos os nossos segredos.

É James quem diz baixinho:

– Ele lhes deu seu poder.

Fico olhando fixo para o garoto, piscando como um idiota.

– Eu não entendo – digo. – Como se pode dar a alguém seu poder? Não é possível simplesmente dar seu poder a alguém. Certo? Não é como um par de calças que você pode tirar e entregar.

– Não – diz Warner. – Mas é algo que o Restabelecimento sabe colher. De que outra forma você acha que meu pai tomou os poderes curativos de Sonya e Sara?

– Adam contou a eles o que ele pode f-fazer – diz James, com a voz embargada. – Ele disse que pode usar seu poder para desligar os poderes de outras pessoas. Achou que poderia ser útil para eles.

– Imagine as possibilidades – diz Warner, fingindo admiração. – Imagine como eles poderiam transformar um poder desses em arma para uso global... como poderiam tornar uma coisa tão poderosa a ponto de efetivamente desligar todos os grupos rebeldes do mundo. Reduzir a oposição *não natural* a zero.

– Jesus Cristo, porra.

Sinto como se eu fosse desmaiar. Na verdade, sinto como se já estivesse desmaiando. Zonzo. Como se eu não conseguisse respirar. Como se fosse impossível.

– De jeito nenhum – estou dizendo. Estou praticamente respirando as palavras. – De jeito nenhum. Não é possível.

– Uma vez eu disse que a habilidade de Kent era inútil – diz Warner, em voz baixa. – Mas agora vejo que fui um idiota.

– Ele não queria fazer isso – diz James. Ele está chorando copiosamente agora, as lágrimas silenciosas percorrendo seu rosto. – Juro que ele só fez isso para me salvar. Ele ofereceu a única coisa que tinha, a única coisa que pensava que eles queriam, para me manter seguro. Eu sei que ele não queria. Estava simplesmente desesperado, pensou que estava fazendo a coisa certa. Ele ficava me dizendo que ia me manter seguro.

– Correndo para os braços do homem que o maltratou a vida toda? – Estou segurando meu cabelo nas mãos. – Isso não faz nenhum sentido. Como isso… *Como…? Como?*

Levanto os olhos de repente, percebendo.

– E então veja o que ele fez – digo, atordoado. – Depois de tudo, Anderson ainda usava você como isca. Ele trouxe você aqui como alavanca. Ele *mataria* você, mesmo depois de tudo aquilo de que Adam abriu mão.

– Kent era um idiota desesperado – diz Warner. – O fato de ele estar sempre disposto a confiar ao meu pai o bem-estar de James mostra exatamente do que ele era capaz.

– Ele estava desesperado, mas não é um idiota – James diz com raiva, seus olhos se enchendo de lágrimas. – Ele me ama e estava apenas tentando me manter seguro. Estou muito preocupado com ele, com muito medo de que algo tenha acontecido. E estou com muito medo de que Anderson tenha feito algo terrível com ele. – James engole em seco. – O que nós vamos fazer agora? Como vamos recuperar Adam e Juliette?

Fecho os olhos com força, tento respirar fundo.

– Escute, não se estresse, ok? Nós vamos recuperá-los. E quando o conseguirmos, eu mesmo vou matar Adam.

James ofega.

– Ignore-o – diz Warner. – Ele não está falando sério.

– Sim, eu realmente estou falando sério.

Warner finge não me ouvir.

– De acordo com as informações que reuni logo antes de você invadir aqui com tudo – ele diz com calma –, parece que meu pai estava fazendo uma reunião no Setor 45, exatamente como Sam previa. Mas ele não estará lá agora; disso tenho certeza.

– Como você pode ter certeza de *alguma coisa* neste exato momento?

– Porque eu conheço meu pai – diz ele. – Eu sei o que mais importa para ele. E sei que, quando ele saiu daqui, estava gravemente ferido. Só há um lugar para onde ele iria em um estado como esse.

Eu pisco para ele.

– Para onde?

– Oceania. De volta a Maximillian Sommers, a única pessoa capaz de consertá-lo.

Isso me detém na hora.

– *Oceania*? Por favor, me fala que você está brincando. Temos que voltar para a Oceania? – eu gemo. – Droga. Isso significa que nós temos que roubar outro avião.

– *Nós* não vamos fazer nada – diz ele, irritado.

– Claro que nós…

Nesse momento, as meninas entram. Elas param de repente ao me ver e ao ver Warner. Dois pares de olhos piscam para nós.

– O que vocês estão fazendo aqui? – elas perguntam ao mesmo tempo.

Warner está de pé em um instante.

– Eu estava saindo.

– Acho que você quer dizer que *nós* estávamos saindo – digo bruscamente.

Warner me ignora, acena com a cabeça para James e se dirige à porta. Estou seguindo-o para sair, mas então me lembro, de repente...

– James – eu chamo, girando. – Você vai ficar bem, você sabe disso, não sabe? Nós vamos encontrar Adam, trazê-lo para casa e resolver tudo isso. Seu trabalho daqui em diante é relaxar, comer chocolate e dormir. Beleza? Não se preocupe com nada. Está me entendendo?

James pisca para mim. Ele confirma balançando a cabeça.

– Que bom. – Dou um passo à frente para plantar um beijo no topo de sua cabeça. – Que bom – repito. – Você vai ficar bem. Tudo vai ficar bem. Vou me certificar de que esteja bem, ok?

James olha para mim.

– Ok – responde ele, enxugando as últimas lágrimas.

– Que bom – digo pela terceira vez, e aceno com a cabeça, ainda encarando seu rosto pequeno e inocente. – Ok, vou fazer isso acontecer agora. Beleza?

Finalmente, James sorri.

– Beleza.

Sorrio de volta, dando-lhe tudo o que tenho, e saio correndo porta afora, esperando alcançar Warner antes que ele tente resgatar J sem mim.

~~Ella~~ Juliette

É um alívio não falar.

Algo mudou entre nós esta manhã, algo se quebrou. Anderson aparenta estar relaxado na minha frente, de uma maneira que parece pouco ortodoxa, mas não é da minha conta questioná-lo. Estou honrada por ter essa posição, por ser seu soldado supremo mais confiável, e é isso que importa. Hoje é meu primeiro dia oficial de trabalho e fico feliz por estar aqui, mesmo quando ele me ignora por completo.

Na verdade, eu gosto.

Encontro conforto em fingir desaparecer. Existo apenas para ser sua sombra enquanto ele vai de uma tarefa para outra. Fico de canto, olhando para a frente. Não o observo trabalhar, mas o sinto constantemente. Ele ocupa todo o espaço disponível. Estou sintonizada com todos os seus movimentos, todos os seus sons. Meu trabalho agora é conhecê-lo completamente, antecipar suas necessidades e medos, protegê-lo com a minha vida e servir inteiramente a seus interesses.

Então eu escuto, por horas, os detalhes.

O rangido de sua cadeira quando ele se recosta, considerando alguma coisa. Os suspiros que escapam dele enquanto digita. Cadeira de couro e calças de lã se encontrando, se movimentando.

O baque surdo de uma caneca de cerâmica ao tocar a superfície de uma mesa de madeira. O tilintar de cristal, o líquido caindo rápido quando ele serve o bourbon. O aroma acre e doce de tabaco e o farfalhar de papel fino. Dedos teclando. Uma caneta arranhando. O súbito chiado de um fósforo riscando na caixa. Enxofre. Dedos teclando. Um estalo de um elástico. Fumaça, fazendo meus olhos lacrimejarem. Uma pilha de papéis batendo juntos sobre a mesa como um baralho de cartas. Sua voz, profunda e melodiosa em uma série de telefonemas tão breves que não posso diferenciá-los. Dedos teclando. Ele nunca parece exigir o uso do banheiro. Não penso nas minhas próprias necessidades, e ele não pergunta. Dedos teclando. Ocasionalmente, ele olha para mim, me estudando, e eu mantenho meus olhos voltados para a frente. De alguma forma, posso sentir seu sorriso.

Sou um fantasma.

Eu espero.

Ouço pouco. Fico sabendo de pouco.

Enfim…

– Venha.

Ele está em pé e sai porta afora. Eu me apresso a segui-lo. Estamos lá em cima, no último andar do complexo. Os corredores circulam em torno de um pátio interior, em cujo centro há uma grande árvore, galhos carregados de folhas alaranjadas e vermelhas. Cores de outono. Olho, sem mexer a cabeça, para fora de uma das muitas janelas altas que enfeitam os corredores, e minha mente registra a incongruência das duas imagens. Lá fora, as coisas são uma estranha mistura de verde e desolado. No interior, esta árvore é quente e tem tons rosados. Perfeita folhagem de outono.

Afasto o pensamento.

Tenho que andar duas vezes mais rápido para acompanhar os passos largos de Anderson. Ele não para por ninguém. Homens e mulheres de jaleco saltam para o lado quando nos aproximamos, murmurando desculpas em nosso rastro, e fico surpresa com a sensação vertiginosa que surge dentro de mim. Eu gosto do medo que eles têm. Gosto desse poder, desse sentimento de domínio sem desculpas.

A dopamina inunda meu cérebro.

Ganho velocidade, ainda me apressando para acompanhar. Então me ocorre que Anderson nunca olha para trás para ter certeza de que estou atrás dele, e isso me faz pensar no que faria se descobrisse que eu tinha desaparecido. E então, com a mesma rapidez, o pensamento me parece bizarro. Ele não tem motivos para olhar para trás. Eu nunca desapareceria.

Hoje o complexo está mais ocupado do que o normal. Anúncios soam pelos alto-falantes e o ar ao meu redor se enche de fervor. Nomes são chamados; demandas são feitas. Pessoas vêm e vão.

Pegamos as escadas.

Anderson nunca para, nunca parece sem fôlego. Ele se move com a força de um homem mais jovem, mas com o tipo de confiança adquirida apenas pela idade. Ele se comporta com uma certeza aterrorizante e aspiracional. Rostos empalidecem ao vê-lo. A maioria desvia o olhar. Alguns não conseguem deixar de olhar. Uma mulher quase desmaia quando o corpo dele passa junto ao dela de raspão, e Anderson nem diminui o passo quando ela faz uma cena.

Estou fascinada.

Os alto-falantes crepitam. Uma voz feminina suave e robótica anuncia uma situação código-verde com tanta calma que não consigo deixar de me surpreender com a reação coletiva. Testemunho algo semelhante ao caos quando portas se abrem por todo o prédio. Tudo parece acontecer em sincronia, um efeito dominó ecoando pelos corredores de cima para baixo do complexo. Homens e mulheres em jalecos de laboratório surgem e brotam em todos os níveis, obstruindo as passarelas conforme avançam.

Ainda assim, Anderson não para. O mundo gira em torno dele, abre espaço para ele. Retarda quando ele acelera. Ele não acomoda ninguém. Não acomoda nada.

Estou tomando nota.

Finalmente chegamos a uma porta. Anderson pressiona a mão no *scanner* biométrico e olha para uma câmera que lê seus olhos.

A porta se abre.

Sinto um cheiro estéril, como antisséptico, e, assim que entramos na sala, o odor queima meu nariz, fazendo meus olhos lacrimejarem. A entrada do lugar é incomum; um pequeno hall que esconde o resto da sala da vista imediata. À medida que nos aproximamos, ouço três monitores apitarem em três níveis diferentes de decibéis. Quando dobramos a esquina, a sala quadruplica de tamanho. O espaço é vasto e brilhante, luz natural combinada com o brilho abrasador de lâmpadas artificiais no alto.

Há pouco mais aqui além de uma cama de solteiro e a figura amarrada nela.

O sinal sonoro não vem de três máquinas, mas de sete, todas parecem estar afixadas no corpo inconsciente de um menino. Não o conheço, mas ele não pode ser muito mais velho do que eu. Seus cabelos estão cortados rente ao couro cabeludo, uma suave mecha castanha interrompida apenas pelos fios perfurados em seu crânio. Há um lençol puxado até o pescoço dele, para que eu não possa ver muito mais do que o rosto em repouso, mas a visão dele ali, amarrado assim, lembra algo.

Um lampejo de memória queima através de mim.

É vago, distorcido. Tento afastar as camadas nebulosas, mas quando consigo vislumbrar algo – uma caverna, um homem alto e negro, um tanque cheio de água –, sinto uma pontada aguda e eletrizante de raiva que deixa minhas mãos trêmulas. Isso me incomoda.

Dou um passo brusco para trás e balanço a cabeça uma fração de centímetro, tentando me recompor, mas minha mente está enevoada, confusa. Quando finalmente me recomponho, percebo que Anderson está me observando.

Lentamente, ele dá um passo à frente, seus olhos se estreitando na minha direção. Ele não diz nada, mas sinto, sem saber por que exatamente, que não posso desviar o olhar. Devo manter contato visual enquanto ele quiser. É brutal.

– Você sentiu algo quando entrou aqui – diz ele.

Não é uma pergunta. Não tenho certeza de que exija uma resposta. Ainda assim…

– Nada que tenha consequências, senhor.

– Consequências – diz ele, com uma pitada de sorriso brincando em seus lábios. Ele dá alguns passos em direção a uma das enormes janelas e fecha as mãos atrás das costas. Por um instante, ele fica em silêncio.

– Muito interessante – diz ele, por fim. – Nunca discutimos consequências.

O medo rasteja aos poucos, subindo pela minha espinha.

Ele ainda está olhando pela janela quando diz em voz baixa:

– Você não vai esconder nada de mim. Tudo o que você sente, todas as emoções que experimenta… pertencem a mim. Você entende?

– Sim, senhor.

– Você sentiu algo quando entrou aqui – ele diz novamente. Desta vez, sua voz está pesada com algo, algo sombrio e aterrorizante.

– Sim, senhor.

– E o que foi?

– Eu senti raiva, senhor.

Ele se vira com a resposta. Levanta as sobrancelhas.

– Depois da raiva, senti confusão.

– Mas raiva – diz ele, caminhando em minha direção. – Por que raiva?

– Não sei, senhor.

– Você reconhece esse garoto? – ele indaga, apontando para o corpo prostrado sem nem olhar para ele.

– Não, senhor.

– Não. – Sua mandíbula aperta. – Mas para você ele lembra alguém.

Eu hesito. Tremores ameaçam, e eu os expulso com minha força de vontade. O olhar de Anderson é tão intenso que mal consigo encontrar seus olhos.

Miro novamente para o rosto adormecido do garoto.

– Sim, senhor.

Os olhos de Anderson se estreitam. Ele espera mais.

– Senhor – eu digo baixinho. – Ele me lembra do senhor.

Inesperadamente, Anderson fica parado. Surpresa reorganiza sua expressão e de repente, de forma surpreendente…

Ele ri.

É uma risada tão genuína que parece chocá-lo ainda mais do que choca a mim. Instantes depois, o riso se acomoda em um sorriso. Anderson enfia as mãos nos bolsos e se inclina contra a moldura da janela. Ele me olha com uma expressão que parece fascínio, e é um momento tão puro, um momento tão intocado pela malícia, que ele me parece, de repente, muito bonito.

Mais que isso.

A visão dele – algo sobre seus olhos, algo sobre a maneira como ele se move, a maneira como ele sorri… A visão dele de repente mexe algo no meu coração. Calor antigo. Um caleidoscópio de borboletas despertas por uma breve e seca rajada de vento.

Sinto náusea.

O aspecto rígido como pedra retorna ao seu rosto.

– Certo. Bem aí. – Ele desenha um círculo no ar com o dedo indicador. – Essa expressão no seu rosto. O que é que foi isso?

Meus olhos se arregalam. Inquietação toma conta de mim, aquecendo minhas bochechas.

Pela primeira vez, eu vacilo.

Ele se move rapidamente, avançando em minha direção com tanta raiva que me admiro com minha capacidade de permanecer firme. Violentamente, ele pega meu queixo na mão e levanta meu rosto. Não há segredos aqui, tão perto dele. Não posso esconder nada.

– Agora – diz ele, com a voz baixa. Zangado. – Diga-me agora.

Quebro o contato visual, tentando desesperadamente reunir meus pensamentos, e ele grita para eu olhar para ele.

Eu me forço a encontrar seus olhos. E então eu me odeio, odeio minha boca por trair minha mente. Odeio minha mente por pensar em tudo.

– O senhor… o senhor é extremamente bonito.

Anderson abaixa a mão como se tivesse se queimado. Ele se afasta, parecendo, pela primeira vez…

Desconfortável.

– Você está... – Ele para, franzindo o cenho. E então, cedo demais, a raiva nubla sua expressão. A voz é praticamente um rosnado quando ele fala: – Você está mentindo para mim.

– Não, senhor. – Odeio o som da minha voz, o pânico ofegante.

Seus olhos ficam mais intensos. Ele deve ver algo na minha expressão que o faz se conter, porque a raiva evapora de seu rosto.

Ele pisca para mim.

Então, com cuidado, diz:

– No meio de tudo isso... – ele acena pela sala, para a pessoa adormecida ligada às máquinas – ...de todas as coisas que poderiam estar passando pela sua cabeça, você estava pensando... que me acha atraente.

Um calor traidor inunda meu rosto.

– Sim, senhor.

Anderson faz uma careta.

Ele parece dizer algo e depois hesita. Pela primeira vez, parece despreocupado.

Alguns segundos de silêncio torturado se estendem entre nós, e não tenho certeza da melhor forma de proceder.

– Isso é perturbador – Anderson finalmente diz, principalmente para si mesmo. Ele pressiona dois dedos na parte interna do pulso e o leva à boca.

– Sim – ele diz em voz baixa. – Diga a Max que houve um desenvolvimento incomum. Preciso vê-lo imediatamente.

Anderson me lança um breve olhar antes de dispensar, com um único movimento da cabeça, todo o diálogo constrangedor.

Ele segue em direção ao garoto amarrado na cama e diz:

– Este jovem faz parte de um experimento em andamento.

Não sei o que dizer, então não digo nada.

Anderson se inclina sobre o garoto, brincando com vários fios e depois endurece, de repente. Olha para mim pelo canto do olho.

– Você pode imaginar por que este garoto faz parte de um experimento?

– Não, senhor.

– Ele tem um dom – diz Anderson, endireitando-se. – Ele veio a mim voluntariamente e se ofereceu para compartilhá-lo comigo.

Eu pisco, ainda sem saber como responder.

– Mas há muitos de vocês, *não naturais*, a solta por este planeta – diz Anderson. – Tantos poderes. Tantas habilidades diferentes. Nossos hospícios estão cheios deles, cheios de poder. Tenho acesso a quase tudo o que eu quero. Então, o que o torna especial, hein? – Ele inclina a cabeça para mim. – Que poder ele poderia ter que seria maior que o seu? Mais útil?

Mais uma vez, não digo nada.

– Quer saber? – ele pergunta, um toque de sorriso encontrando seus lábios.

Parece um truque. Considero minhas opções.

Por fim, digo:

– Quero saber apenas se o senhor quiser me contar.

O sorriso de Anderson floresce. Dentes brancos. Prazer genuíno.

Sinto meu peito quente com seu elogio silencioso. Orgulho endireita meus ombros. Desvio os olhos e fito a parede silenciosamente.

Ainda assim, vejo Anderson se afastar novamente, avaliando o garoto com outro olhar único e cuidadoso.

– De qualquer forma, esses poderes foram desperdiçados nele.

Ele remove o *touchpad* encaixado em um compartimento da cama do garoto e começa a tocar na tela digital, a rolar e procurar informações. Ele olha uma vez para os monitores que emitem vários sinais vitais e franze a testa. Finalmente, ele suspira, passando a mão pelos cabelos perfeitamente arranjados. Acho que fica melhor desse jeito bagunçado. Mais caloroso. Mais suave. Familiar.

A observação me assusta.

Eu me afasto bruscamente e olho pela janela, me perguntando de repente se em algum momento terei permissão de usar o banheiro.

– *Juliette.*

O timbre zangado de sua voz faz meu coração disparar. Eu me endireito em um instante. Olho para a frente.

– Sim, senhor – respondo, parecendo um pouco sem fôlego.

Percebo então que ele nem está olhando para mim. Ele ainda está digitando algo no *touchpad* quando diz calmamente:

– Você estava sonhando acordada?

– Não, senhor.

Ele devolve o *touchpad* ao seu compartimento, as peças se conectando com um clique metálico satisfatório.

Ele olha para cima.

– Isso está ficando cansativo – ele acrescenta, em tom baixo. – Já estou perdendo a paciência com você e ainda não chegamos ao fim do seu primeiro dia. – Ele hesita. – Quer saber o que vai acontecer quando eu perder a paciência com você, Juliette?

Meus dedos tremem; eu os cerro em punhos.

– Não, senhor.

Ele estende a mão.

– Então me dê o que me pertence.

Dou um passo incerto para a frente e sua mão estendida voa para cima, palma para fora, me parando no lugar. Sua mandíbula aperta.

– Estou me referindo à sua mente – diz ele. – Quero saber o que você estava pensando quando perdeu a cabeça por tempo suficiente para olhar pela janela. Quero saber o que você está pensando agora. Eu sempre vou querer saber o que você está pensando – ele diz rispidamente. – O tempo todo. Quero todas as palavras, todos os detalhes, todas as emoções. Todos os pensamentos soltos e esvoaçantes que passarem pela sua cabeça, eu os quero – ele diz, vindo em minha direção. – Você entende? São meus. Você é *minha.*

Ele para a poucos centímetros do meu rosto.

– Sim, senhor – eu digo, minha voz falhando.

– Só vou pedir mais uma vez – continua ele, tentando moderar sua voz. – E se você me obrigar a fazer todo esse esforço novamente para obter as respostas de que preciso, você será punida. Está claro?

– Sim, senhor.

Um músculo salta em sua mandíbula. Os olhos dele se estreitam.

– Com o que você estava sonhando acordada?

Eu engulo em seco. Olho para ele. Desvio o olhar.

Em voz baixa, respondo:

– Eu estava pensando, senhor, se o senhor em algum momento me deixaria usar o banheiro.

O rosto de Anderson fica subitamente vazio.

Ele parece atônito. Ele me olha por mais um momento antes de dizer, sem rodeios:

– Você estava se perguntando se poderia usar o banheiro.

– Sim, senhor. – Meu rosto esquenta.

Anderson cruza os braços sobre o peito.

– Isso é tudo?

De repente, sinto-me compelida a dizer o que pensei sobre o cabelo dele, mas luto contra esse desejo. Sinto a culpa me atravessar com essa indulgência, mas minha mente é acalmada por um calor estranho e familiar, e, de repente, não sinto nenhuma culpa por ser apenas parcialmente sincera.

– Sim, senhor. Isso é tudo.

Anderson inclina a cabeça para mim.

– Nenhuma nova onda de raiva? Nenhuma pergunta sobre o que estamos fazendo aqui? Nenhuma preocupação com o bem-estar do garoto – ele aponta – ou com os poderes que ele possa ter?

– Não, senhor.

– Entendo – diz ele.

Meus olhos estão fixos.

Anderson respira fundo e abre um botão do blazer. Ele passa as duas mãos no cabelo. Começa a andar de um lado para o outro.

Percebo que ele está ficando confuso e não sei como agir.

– É quase engraçado – ele diz. – Isso é exatamente o que eu esperava e, ainda assim, estou desapontado.

Ele respira profundamente e se vira.

Me estuda.

– O que você faria – diz ele, acenando com a cabeça dois centímetros para a esquerda – se eu lhe pedisse para se jogar pela janela?

Eu me viro, examinando a grande janela que paira diante de nós dois.

É um enorme vitral circular que ocupa metade da parede. As cores se espalham pelo chão, criando uma bela obra de arte distraída sobre o piso de concreto polido. Ando até a janela e passo os dedos pelas vidraças ornamentadas de vidro. Olho para a extensão de verde abaixo. Estamos a pelo menos cento e cinquenta metros acima do solo, mas a distância não inspira medo em mim. Eu poderia fazer esse salto facilmente, sem ferimentos.

Olho para cima.

– Eu faria isso com prazer, senhor.

Ele se aproxima um passo.

– E se eu pedisse para você fazer isso sem usar seus poderes? E se fosse simplesmente meu desejo que você se jogasse pela janela?

Uma onda de calor ardente me percorre, selando minha boca. Contém meus braços. Não consigo abrir minha própria boca contra o ataque aterrorizante, mas só posso imaginar que faz parte desse desafio.

Anderson deve estar tentando testar minha lealdade.

Ele deve estar tentando me aprisionar em um momento de desobediência. O que significa que preciso me provar. Provar minha lealdade.

Necessito de uma quantidade extraordinária da minha própria força sobrenatural para combater as forças invisíveis que fecham minha boca, mas eu consigo. E quando finalmente consigo falar, digo:

– Eu faria isso com prazer, senhor.

Anderson dá mais um passo à frente, seus olhos brilhando com algo... Algo novinho em folha. Algo semelhante a um questionamento.

– Pularia mesmo? – ele diz suavemente.

– Sim, senhor.

– Você faria qualquer coisa que eu pedisse? Qualquer coisa mesmo?

– Sim, senhor.

Anderson ainda está sustentando meu olhar quando leva o pulso à boca novamente e diz em voz baixa:

– Venha aqui. Agora.

Ele abaixa a mão.

Meu coração começa a bater forte. Anderson se recusa a desviar o olhar de mim, seus olhos vão ficando mais azuis e mais brilhantes a cada segundo. É quase como se ele soubesse que apenas seus olhos já são suficientes para perturbar meu equilíbrio. E então, sem aviso, ele agarra meu pulso. Percebo tarde demais que ele está conferindo meus batimentos.

– Rápido demais – ele diz com a voz baixa e calma. – Como um passarinho. Diga-me, Juliette. Você está com medo?

– Não, senhor.

– Você está ansiosa?

– Eu… eu não sei, senhor.

A porta se abre e Anderson solta meu pulso. Pela primeira vez em minutos, ele desvia o olhar, finalmente interrompendo alguma conexão dolorosa e invisível entre nós. Meu corpo fica frouxo de alívio e, ao me dar conta, rapidamente recupero a compostura.

Um homem entra.

Cabelos escuros, olhos escuros, pele pálida. Ele é jovem, mais novo que Anderson, porém mais velho que eu. Usa um fone de ouvido. Parece incerto.

– Juliette – diz Anderson –, este é Darius.

Eu me viro de frente para Darius.

Darius não diz nada. Ele parece paralisado.

– Não vou mais precisar dos serviços de Darius – diz Anderson, olhando na minha direção.

Darius empalidece. Mesmo de onde estou, posso ver o corpo dele tremer.

– Senhor? – pergunto, confusa.

– Não é óbvio? – questiona Anderson. – Gostaria que você o descartasse.

A compreensão se faz.

– Certamente, senhor.

No momento em que me viro na direção de Darius, ele grita; é um som agudo e assustador que irrita meus ouvidos. Ele corre para a porta e eu giro rapidamente, jogando meu braço para detê-lo. A força do meu poder o envia voando pelo resto do caminho até a saída, seu corpo batendo com força contra a parede de aço.

Ele cai no chão com um gemido suave.

Abro minha palma. Ele grita.

O poder cresce dentro de mim, enchendo meu sangue de fogo. A sensação é intoxicante. Deliciosa.

Levanto a mão, e o corpo de Darius se ergue do chão, sua cabeça jogada para trás em agonia, seu corpo atravessado por hastes invisíveis. Ele continua a gritar e o som enche meus ouvidos, inunda meu corpo com endorfinas. Minha pele zumbe com sua energia. Eu fecho os olhos.

Então fecho o punho.

Gritos renovados perfuram o silêncio, ecoando pelo vasto espaço cavernoso. Sinto um sorriso puxar meus lábios e me perco no sentimento, na liberdade do meu próprio poder. Há uma alegria nisso, em usar minha força tão livremente, em finalmente me libertar.

Êxtase.

Meus olhos se abrem tremulando as pálpebras, mas eu me sinto drogada, delirante e feliz ao ver seu corpo suspenso e contido começar a convulsionar. O sangue jorra do nariz, borbulha dentro da boca aberta e ofegante. Ele está sufocando. Quase morto. E eu estou apenas começando a...

O fogo deixa meu corpo tão de repente que me faz tropeçar para trás.

Darius cai no chão com um baque de quebrar os ossos.

Um vazio desesperado queima através de mim, me dá vertigem. Levanto as mãos como se estivesse em oração, tentando descobrir o que aconteceu, sentindo-me de repente perto das lágrimas. Eu giro, tentando entender...

Anderson está apontando uma arma para mim.

Deixo minhas mãos caírem.

Anderson deixa a arma cair.

O poder cresce dentro de mim mais uma vez e eu respiro fundo, agradecida, encontrando alívio no sentimento que inunda meus sentidos, reabastecendo minhas veias. Pisco várias vezes, tentando clarear a cabeça, mas são os choros patéticos e de agonia de Darius que me trazem de volta ao momento presente. Olho para o seu corpo quebrado, para as poças rasas de sangue no chão. Eu me sinto vagamente irritada.

– Incrível.

Eu me viro.

Anderson está me encarando com um espanto perverso.

– Incrível – ele repete. – Isso foi incrível.

Olho para ele, incerta.

– Como está se sentindo? – ele pergunta.

– Decepcionada, senhor.

As sobrancelhas dele se unem.

– Por que decepcionada?

Olho para Darius.

– Porque ele ainda está vivo, senhor. Eu não concluí a tarefa.

O rosto de Anderson abre um sorriso tão amplo que eletrifica suas feições. Ele parece jovem. Ele parece gentil. Ele parece maravilhoso.

– Meu Deus – ele diz suavemente. – Você é perfeita.

Kenji

– Ei – eu chamo. – Espere!

Ainda estou correndo atrás de Warner e, em uma atitude que não surpreende absolutamente ninguém, ele não me espera. Ele nem sequer diminui a velocidade. Na verdade, tenho certeza de que acelera o passo.

Percebo, ao aumentar o ritmo, que não sinto ar fresco há alguns dias. Olho em volta conforme prossigo, tentando entender os detalhes. O céu está mais azul do que já o vi antes. Não há nuvens à vista por quilômetros. Não sei se esse clima é exclusivo da localização geográfica do Setor 241 ou se é apenas uma mudança climática regular. Independentemente disso, respiro fundo. Tomar ar é uma sensação boa.

Eu estava ficando claustrofóbico na sala de jantar, passando inúmeras horas com os doentes e feridos. As cores da sala começaram a se fundir umas nas outras, todos os lençóis e as camas cor de cinzas, e a luz muito brilhante e artificial. Os cheiros eram intensos também. Sangue e água sanitária. Antisséptico. Isso estava fazendo minha cabeça rodar. Acordei com uma enorme dor de cabeça esta manhã – porém, para ser justo, acordo com uma enorme dor de cabeça quase todas as manhãs –, mas estar do lado de fora está começando a acalmar a dor.

Quem imaginaria.

É bom aqui fora, mesmo que esteja um pouco quente nestas roupas. Estou usando uma calça militar velha que encontrei no meu quarto. Sam e Nouria se certificaram, desde o início, de que tivéssemos tudo o que precisávamos – mesmo agora, mesmo depois da batalha. Temos produtos de higiene pessoal. Roupas limpas.

Warner, por outro lado…

Olho de soslaio para a figura dele se afastando. Não acredito que ele ainda não tenha tomado banho. Ele ainda está vestindo a jaqueta de couro de Haider, mas está praticamente destruída. Suas calças pretas estão rasgadas, seu rosto ainda está manchado com o que eu só posso imaginar que seja uma combinação de sangue e sujeira. Seu cabelo está uma loucura. Suas botas estão sem brilho. E de alguma forma – *de alguma forma* – ele ainda consegue parecer arrumado. Não entendo.

Diminuo o passo quando paro ao lado dele, mas ainda estou andando com força. Respirando com dificuldade. Começando a suar.

– Ei – chamo, afastando minha camisa do peito, onde está começando a grudar. O tempo está ficando mais estranho; de repente está sufocante. Aperto os olhos olhando para cima, em direção ao sol.

Aqui, dentro do Santuário, tenho tido uma ideia melhor do estado do nosso mundo. Notícia quentinha: a Terra ainda está basicamente indo à merda. O Restabelecimento acaba de tirar vantagem da merda supracitada, fazendo as coisas parecerem irreparavelmente ruins.

A verdade, por outro lado, é que eles são apenas irreparavelmente ruins.

Rá.

– Ei – chamo novamente, desta vez dando um tapinha no ombro de Warner. Ele tira minha mão com tanto entusiasmo que eu quase tropeço.

– Ok, escute, eu sei que você está chateado, mas…

Warner desaparece subitamente.

– Ei, onde diabos você está indo? – eu grito, e minha voz ecoa. – Você está voltando para o seu quarto? Seria melhor eu te encontrar lá?

Algumas pessoas se viram para me encarar.

Os caminhos normalmente ocupados estão bem vazios agora, porque muitos de nós ainda estão em convalescença, mas as poucas pessoas que permanecem no sol brilhante me lançam olhares enviesados.

Como se eu fosse o esquisito.

– Deixe-o em paz – alguém sibila para mim. – Ele está sofrendo.

Eu reviro os olhos.

– Ei… *idiota* – grito, esperando que Warner ainda esteja perto o suficiente para me ouvir. – Sei que você a ama, mas eu também amo, e eu sou…

Warner reaparece tão perto do meu rosto que quase dou um grito. Dou um passo repentino e aterrorizado para trás.

– Se você valoriza sua vida – diz ele – não se aproxime de mim.

Estou prestes a salientar que ele está sendo dramático, mas ele me interrompe.

– Não disse isso para ser dramático. Nem para assustar você. Estou dizendo por respeito a Ella, porque sei que ela prefere não te matar.

Fico quieto por um segundo inteiro. E então eu franzo a testa.

– Você está me zoando agora? Você definitivamente está me zoando. Certo?

Os olhos de Warner ficam furiosos. Elétricos. Daquele tipo assustador de loucura.

– Toda vez que você afirma entender até uma fração do que estou sentindo, minha vontade é de estripar você. Eu quero cortar sua artéria carótida. Quero arrancar suas vértebras, uma por uma. Você não tem ideia do que é amá-la – ele diz com raiva. – Você não poderia nem começar a imaginar. Então pare de tentar entender.

Uau, às vezes realmente odeio esse cara.

Tenho que literalmente apertar minha mandíbula para me impedir de dizer o que estou pensando de verdade agora, que é que quero enfiar meu punho no crânio dele. (Na verdade, imagino por um momento, imagino como seria esmagar a cabeça dele como uma noz. É estranhamente satisfatório.) Mas então lembro que precisamos desse imbecil e que a vida de J está em risco. O destino do mundo está em risco.

Então, luto contra a raiva e tento novamente.

– Escute – eu recomeço, fazendo um esforço para suavizar minha voz. – Eu sei que o que vocês têm é especial. Eu sei que realmente não consigo entender esse tipo de amor. Quero dizer, diabos, eu sei que você estava pensando em pedi-la em casamento, e isso deve ter...

– Eu a pedi em casamento.

Fico rígido de repente.

Percebo apenas pelo som da voz que ele não está brincando. E posso dizer pela sua expressão – o lampejo infinitesimal de sofrimento em seus olhos – que esta é a minha abertura. Esses são os dados que não estou notando. Esta é a fonte da agonia que o está afogando.

Examino a área imediata ao nosso redor em busca de bisbilhoteiros. Sim. Muitos novos membros do fã-clube de Warner apertando os corações.

– Fala sério – eu digo. – Vou te levar para almoçar.

Warner pisca, a confusão temporariamente clareando sua raiva. E então, de forma brusca, afirma:

– Não estou com fome.

– É claro que isso é mentira.

Eu o olho de cima a baixo. Parece bem – ele sempre parece bem, o idiota –, mas ele parece estar com fome. Não apenas o tipo regular de fome, mas aquela fome desesperada tão intensa que nem parece mais fome.

– Você não come nada há dias – digo a ele. – E você sabe melhor do que eu que vai ser inútil em uma missão de resgate se desmaiar antes mesmo de chegar lá.

Ele olha feio para mim.

– Vamos lá, cara. Você quer que a J volte para casa e encontre pele e osso? Do jeito que você está indo, ela vai olhar pra você e correr gritando na direção oposta. Esta não é uma boa aparência. Todos esses músculos precisam comer. – Eu cutuco seu bíceps. – Alimente seus filhos.

Warner se afasta de mim e respira fundo, irritado. O som disso quase me faz sorrir. Parece que estamos nos velhos tempos.

Acho que estou fazendo progresso.

Porque, dessa vez, quando digo para ele me seguir, ele não se opõe.

~~Ella~~ Juliette

Anderson me leva para conhecer Max.

Eu o sigo até as entranhas do complexo, por caminhos tortuosos e sinuosos. Os passos de Anderson ecoam pelas passarelas de pedra e aço, luzes se acendendo conforme avançamos. As ocasionais luzes excessivamente brilhantes projetam sombras gritantes em formas estranhas. Sinto minha pele formigar.

Minha mente divaga.

Um lampejo do corpo caído de Darius arde na minha mente, propagando-se como uma pontada afiada que retorce minhas entranhas. Luto contra o impulso de vomitar, enquanto sinto o conteúdo do meu escasso café da manhã subindo pela garganta. Com esforço, engulo a bile de volta. O suor forma gotículas ao longo da minha testa, na minha nuca.

Meu corpo está gritando para parar de se mover. Meus pulmões querem expandir, se encher de ar. Eu não permito.

Eu me forço a continuar andando.

Afasto as imagens, expulso pensamentos de Darius da minha mente. A agitação no meu estômago começa a desacelerar, mas minha pele fica com uma sensação úmida e pegajosa. Tenho dificuldade de contar as coisas que comi esta manhã. Devo ter comido mal; pois algo não está fazendo bem para o meu estômago. Eu me sinto febril.

Pisco.

Pisco novamente, mas dessa vez por muito tempo e vejo uma imagem de sangue borbulhando dentro da boca aberta de Darius. A náusea volta com uma rapidez que me assusta. Eu respiro fundo, meus dedos tremulando, desesperados para pressionar meu estômago. De alguma forma, eu seguro firme. Mantenho os olhos abertos, arregalando-os a ponto de doer. Meu coração começa a bater forte. Tento desesperadamente manter o controle sobre meus pensamentos descontrolados, mas minha pele começa a se arrepiar. Fecho os punhos. Nada ajuda. Nada ajuda. *Nada*, eu penso.

nada

nada

nada

Começo a contar as luzes à medida que passamos.

Conto meus dedos. Conto minhas respirações. Conto meus passos, medindo a força de cada toque no chão que troveja em minhas pernas, reverbera em volta dos meus quadris.

Lembro que Darius ainda está vivo.

Ele foi levado, aparentemente para ser remendado e devolvido à sua posição anterior. Anderson não parecia se importar que Darius ainda estivesse vivo. Percebi que Anderson estava apenas me testando. Testando, mais uma vez, para ter certeza de que eu era obediente a ele e a apenas a ele.

Respiro fundo, tentando me fortalecer.

Eu me concentro na figura de Anderson, afastando-se. Por razões que não consigo explicar, encará-lo me dá firmeza. Desacelera minha pulsação. Acalma meu estômago. E, desse ponto de vista, não posso deixar de admirar a maneira como ele se move. Ele tem um corpo musculoso e impressionante – ombros largos, cintura estreita, pernas fortes –, mas fico maravilhada com a maneira como ele se comporta. Ele tem um passo confiante, caminha com a postura ereta, com eficiência suave e sem esforço. Enquanto o observo, um sentimento familiar se agita em mim. Acumula-se no meu estômago, provocando um calor fraco que dispara um breve choque no meu coração.

Eu não luto contra isso.

Tem algo nele. Algo em seu rosto. No seu porte. Eu percebo que me aproximo dele de forma inconsciente, observando-o quase com atenção demais. Notei que ele não usa joias, nem mesmo um relógio. Ele tem uma cicatriz desbotada entre o polegar direito e o indicador. As mãos são ásperas e calejadas. Seu cabelo escuro está coberto de fios prateados, cuja quantidade é visível apenas de perto. Seus olhos são verde-azulados, no tom turquesa de águas rasas. Incomuns.

Água-marinha.

Ele tem cílios castanhos compridos e linhas de expressão ao redor da boca. Lábios cheios e curvados. Sua pele fica mais áspera com o passar do dia, a sombra dos pelos faciais sugerindo uma versão dele que tento e não consigo imaginar.

Percebo que estou começando a gostar dele. A confiar nele.

De repente, ele para. Estamos do lado de fora de uma porta de aço, ao lado da qual há um teclado e um *scanner* biométrico.

Ele leva o pulso à boca.

– Sim. – Uma pausa. – Estou do lado de fora.

Sinto meu próprio pulso vibrar. Olho para baixo, surpresa, e vejo a luz azul piscando através da pele no meu pulso.

Estou sendo convocada.

Isto é estranho. Anderson está bem ao meu lado; pensei que ele era o único com autoridade para me chamar.

– Senhor? – pergunto.

Ele olha para trás, as sobrancelhas levantadas como se dissesse... *Sim?* E algo que parece felicidade floresce dentro de mim. Sei que não é sensato fazer alarde de algo tão pequeno, mas seus movimentos e expressões parecem subitamente mais suaves agora, mais casuais. Está claro que ele começou a confiar em mim também.

Levanto meu pulso para mostrar a mensagem. Ele franze a testa.

Ele se aproxima de mim, pegando meu braço, que treme, em suas mãos. As pontas de seus dedos pressionam minha pele quando ele gentilmente a inclina para trás na articulação, seus olhos se estreitando enquanto estuda a convocação. Fico estranhamente imóvel. Ele faz um som de irritação e dá um suspiro, sua respiração deslizando pela minha pele.

Um raio de sensação se move através de mim.

Ele ainda está segurando meu braço quando fala em seu próprio pulso.

– Diga a Ibrahim para ficar na dele. Está tudo sob controle.

No silêncio, Anderson inclina a cabeça, ouvindo um fone de ouvido que não está visível de imediato. Eu só posso observar. Esperar.

– Eu não ligo – ele diz com raiva, seus dedos fechando inconscientemente em volta do meu pulso. Eu ofego, surpresa, e ele se vira, nossos olhos se encontrando, colidindo.

Anderson faz uma careta.

Seu agradável cheiro masculino enche minha cabeça e eu o respiro quase sem querer. Estar assim tão perto dele é difícil. Estranho. Minha cabeça está nadando com confusão.

Imagens quebradas inundam minha mente – um lampejo de cabelos dourados, dedos roçando a pele nua – e depois náuseas. Tontura.

Quase me derruba.

Desvio o olhar no momento em que Anderson puxa meu braço para cima, em direção a um holofote, apertando os olhos para ver melhor. Nossos corpos quase se tocam, e de repente estou tão perto que posso ver as bordas de uma tatuagem, escura e curvada, subindo pela beira da clavícula.

Meus olhos se arregalam de surpresa. Anderson solta meu pulso.

– Eu já sei que era ele – diz, falando rapidamente, desviando os olhos de mim. – O código dele está no carimbo de data e hora. – Uma pausa. – Apenas apague a convocação. E depois lembre-o de que ela se reporta apenas a mim. Eu decido se e quando ele vai falar com ela.

Ele solta meu pulso. Toca um dedo na têmpora.

E então, estreita os olhos para mim.

Meu coração pula. Eu me endireito. Não espero mais ser solicitada. Quando ele me olha assim, sei que é minha deixa para confessar.

– O senhor tem uma tatuagem. Fiquei surpresa, me perguntando o que era.

Anderson levanta uma sobrancelha para mim.

Ele parece prestes a falar quando, finalmente, a porta de aço se abre. Uma onda de vapor escapa do vão e, atrás, surge um homem. Ele é alto, mais alto que Anderson, com cabelos castanhos ondulados, pele morena clara e olhos claros e brilhantes, cuja cor não é imediatamente óbvia. Veste um jaleco branco. Botas altas de borracha. Uma máscara facial está pendurada no pescoço e uma dúzia de canetas estão enfiadas no bolso do jaleco. Ele não faz nenhum esforço para avançar ou se afastar; ele só fica na porta, aparentemente indeciso.

– O que está acontecendo? – pergunta Anderson. – Enviei uma mensagem para você uma hora atrás e você nunca apareceu. Então eu chego à sua porta e você me faz esperar.

O homem – Anderson me disse que se chamava Max – não diz nada. Em vez disso, ele me avalia, seus olhos se movendo para cima e para baixo pelo meu corpo em uma demonstração de ódio indisfarçado. Não sei como processar a reação dele.

Anderson suspira, agarrando algo que não é óbvio para mim.

– Max – ele diz com a voz comedida. – Você não pode estar falando sério.

Max lança um olhar penetrante para Anderson.

– Ao contrário de você, nem todos somos feitos de pedra. – E então, olhando para o outro lado: – Pelo menos não inteiramente.

Estou surpresa ao descobrir que Max tem um sotaque, não diferente dos cidadãos da Oceania. Ele deve ser desta região.

Anderson suspira novamente.

– Tudo bem – diz Max friamente. – O que você quer discutir? – Ele tira uma caneta do bolso e a destampa com os dentes. Ele enfia a mão no outro bolso e tira um caderno. Abre-o.

De repente eu fico cega.

No espaço de um único instante, a escuridão inunda minha visão. Clareia. Imagens nebulosas reaparecem, o tempo acelera e desacelera aos borbotões. Cores aparecem nos meus olhos, dilatam minhas pupilas. Estrelas explodem, luzes piscam, faiscando. Escuto vozes. Uma única voz. Um sussurro…

Sou uma ladra

A fita rebobina. Passa de novo. O arquivo corrompe.

eu sou
eu sou
eu eu eu
sou
uma ladra
uma ladra eu roubei
roubei este caderno eestacanetadeumdosmeusmédicos

– Claro que sim.

A voz ríspida de Anderson me traz de volta ao momento presente. Meu coração está batendo na garganta. O medo pressiona minha pele, conjurando arrepios ao longo dos meus braços. Meus olhos se movem muito rapidamente, correndo perturbados até que finalmente repousam no rosto familiar de Anderson.

Ele não está olhando para mim. Não está nem falando comigo.

Um alívio silencioso me inundou com a consciência. Meu interlúdio durou apenas um momento, o que significa que não perdi muito mais do que algumas palavras trocadas. Max se vira para mim, me estudando com curiosidade.

– Entre – diz ele, e desaparece pela porta.

Eu sigo Anderson pela entrada e, assim que atravesso o limiar, uma rajada de ar gelado provoca um arrepio na minha pele. Não chego muito mais longe do que a entrada antes de me distrair.

De me maravilhar.

Aço e vidro são responsáveis pela maioria das estruturas no espaço – telas e monitores gigantes; microscópios; mesas de vidro compridas cheias de béqueres e tubos de ensaio meio cheios. Os tubos sanfonados cortam o espaço vertical ao redor da sala, conectando mesas e teto. Blocos de luminárias estão suspensos no ar, zunindo constantemente. A luz fria aqui é tão azulada que não sei como Max aguenta.

Sigo Max e Anderson até uma mesa em forma de meia-lua que mais parece um centro de comando. Os papéis estão empilhados em um lado do tampo de aço, as telas piscando acima. Mais canetas estão enfiadas em uma caneca de café lascada sobre um livro grosso.

Um *livro*.

Não vejo uma relíquia dessas há muito tempo.

Max se senta. Ele gesticula para um banquinho escondido embaixo de uma mesa próxima, e Anderson nega com a cabeça.

Eu continuo de pé.

– Tudo bem, então, continue – diz Max, seus olhos piscando na minha direção. – Você disse que havia um problema.

Anderson parece subitamente desconfortável. Ele não diz nada por tanto tempo que, em dado momento, Max sorri.

– Desembucha – diz Max, gesticulando com a caneta. – O que você fez de errado desta vez?

– Eu não fiz nada de errado – diz Anderson, ríspido.

Então ele franze a testa.

– Eu acho que não, pelo menos.

– Então, o que é?

Anderson respira fundo. Por fim:

– Ela diz que... se sente atraída por mim.

Os olhos de Max se arregalam. Ele olha de Anderson para mim e de novo para Anderson. E então, de repente...

Ele ri.

Meu rosto esquenta. Olho para a frente, estudando o equipamento estranho sobre as prateleiras na parede oposta.

Pelo canto do olho, vejo Max rabiscando em um bloco de notas. Toda essa tecnologia moderna, mas ele ainda parece gostar de escrever à mão. A observação me parece estranha. Arquivo as informações, sem realmente entender o porquê.

– Fascinante – diz Max, ainda sorrindo. Ele balança a cabeça rapidamente. – Faz todo sentido, é claro.

– Fico feliz que você ache engraçado – diz Anderson, visivelmente irritado. – Mas eu não gosto disso.

Max ri de novo. Ele se recosta na cadeira, as pernas estendidas, cruzadas nos tornozelos. Ele está claramente intrigado – empolgado, até – com o desenvolvimento, e está fazendo seu gelo anterior derreter. Ele morde a tampa da caneta, considerando Anderson. Há um brilho em seus olhos.

– Meus olhos me enganam – diz ele – ou o grande Paris Anderson admite ter consciência? Ou talvez: um senso de moralidade?

– Você sabe melhor do que ninguém que eu nunca tive nenhum dos dois; por isso, receio não saber como é.

– *Touché*.

– De qualquer forma...

– Sinto muito – diz Max, seu sorriso se alargando. – Mas preciso de outro momento com essa revelação. Você pode me culpar por ficar fascinado? Considerando o fato incontestável de você ser um dos seres humanos mais depravados que já conheci... e entre os nossos círculos sociais, isso diz muito...

– Rá, rá – Anderson responde, sem inflexão.

– ... acho que estou apenas surpreso. Por que *isso* é demais? Por que *essa* é a linha que você não cruza? De todas as coisas...

– Max, seja razoável.

– Eu estou sendo razoável.

– Além das razões óbvias pelas quais essa situação deve ser perturbadora para qualquer pessoa… a garota não tem nem dezoito anos. Nem mesmo eu sou tão depravado assim.

Max balança a cabeça. Ergue a caneta.

– Na verdade, ela tem dezoito anos há quatro meses.

Anderson parece discutir, e então…

– Claro – diz ele. – Eu estava me lembrando da documentação errada. – Ele lança um olhar para mim enquanto diz isso e sinto meu rosto ficar mais quente.

Estou simultaneamente confusa e morrendo de vergonha.

Curiosa.

Horrorizada.

– De qualquer maneira – diz Anderson bruscamente –, eu não gosto. Você consegue consertar isso?

Max se senta para a frente, cruza os braços.

– Se consigo *consertar*? Se consigo consertar o fato de que ela não pode deixar de se sentir atraída pelo homem que gerou os dois rostos que ela conhece mais intimamente? – Ele balança a cabeça. Ri de novo. – Esse tipo de conexão não é desfeita sem incorrer em sérias repercussões. Repercussões que nos colocariam em desvantagem.

– Que tipo de repercussão? Nos colocariam em que tipo de desvantagem?

Max olha para mim. Olha para Anderson.

Anderson suspira.

– Juliette – ele vocifera.

– Sim, senhor.

– Vá embora.

– Sim, senhor.

Eu giro bruscamente e vou para a saída. A porta se abre antes da minha chegada, mas eu hesito, a poucos metros de distância, quando ouço Max rir novamente.

Eu sei que não deveria escutar. Eu sei que está errado. Eu sei que seria punida se fosse pega. Eu sei.

Ainda assim, não consigo me mexer.

Meu corpo está revoltado, gritando comigo para cruzar o limiar, mas um calor generalizado começou a penetrar minha mente, entorpecendo o ímpeto. Ainda estou congelada em frente à porta aberta, tentando decidir o que fazer, quando as vozes deles se manifestam.

– Ela claramente tem um tipo – Max está dizendo. – A esta altura, está praticamente escrito no DNA dela.

Anderson diz algo que não escuto.

– É realmente uma coisa tão ruim? – Max pergunta. – Talvez o afeto dela por você possa funcionar a seu favor. Tire vantagem disso.

– Você acha que estou tão desesperado por companhia, ou que sou tão completamente incompetente, que precisaria recorrer a sedução para conseguir o que eu quero da garota?

Max solta uma risada.

– Nós dois sabemos que você nunca esteve desesperado por companhia. Mas quanto à sua competência...

– Não sei por que me incomodo com você.

– Faz trinta anos, Paris, e ainda estou esperando você desenvolver um senso de humor.

– Faz trinta anos, Max, e seria de pensar que eu já tivesse encontrado novos amigos a essa altura. Amigos melhores.

– Sabe de uma coisa? Seus filhos também não são engraçados – diz Max, ignorando-o. – Interessante como isso funciona, não é?

Anderson geme.

Max apenas ri mais alto.

Enrugo a testa.

Eu fico parada ali, tentando e não conseguindo processar essas interações. Max acabou de insultar um comandante supremo do Restabelecimento – várias vezes. Como subordinado de Anderson, ele deve ser punido por falar de forma tão desrespeitosa. Ele deveria ser demitido, no mínimo. Executado, se Anderson considerar preferível.

Mas quando ouço o som distante da risada de Anderson, percebo que ele e Max estão rindo *juntos*. É uma percepção que me assusta e me surpreende:

Eles devem ser amigos.

Uma das luzes do teto estala e zumbe, me despertando dos meus devaneios com um susto. Eu balanço a cabeça rapidamente e saio pela porta.

Kenji

De repente, sou um grande fã dos *groupies* do Warner.

No caminho de volta para minha barraca, contei, a apenas algumas pessoas que vi pelo caminho, que Warner estava com fome – mas ainda não se sentindo bem o suficiente para se juntar a todos no refeitório – e eles começaram a entregar pacotes de comida no meu quarto desde então. O problema é que toda essa gentileza tem um preço. Seis garotas diferentes (e dois rapazes) já apareceram até agora, cada um esperando pagamento por sua generosidade na forma de uma conversa com Warner, o que – obviamente – nunca acontece. Mas eles geralmente se contentam em dar uma boa olhada nele.

É estranho.

Quero dizer, eu sei, objetivamente, que Warner não é nojento de se olhar, mas toda essa produção de flerte descarado está realmente começando a parecer estranha. Não estou acostumado a estar em um ambiente em que as pessoas admitem abertamente gostar de algo sobre Warner. Lá no Ponto Ômega – e mesmo na base do Setor 45 – todos pareciam concordar que ele era um monstro. Ninguém negou o medo ou a repulsa por tempo suficiente para tratá-lo como o tipo de cara para quem poderiam bater as pestanas de modo sedutor.

Mas o engraçado é que sou o único a ficar irritado.

Toda vez que a campainha toca, eu penso, tipo: *é isso. É agora que o Warner finalmente vai perder a cabeça e atirar em alguém*, mas ele nem parece notar. De todas as coisas que o irritam, homens e mulheres impressionados não parecem estar na lista.

– Então isso é normal para você, ou o quê? – Ainda estou arrumando a comida em pratos na pequena área de jantar do meu quarto. Warner está parado rigidamente em um ponto aleatório ao lado da janela. Ele escolheu aquele local aleatório quando entramos e está parado ali, olhando para o nada desde então.

– O que é normal para mim?

– Todas essas pessoas – eu digo, gesticulando para a porta. – Vindo aqui e fingindo que não está imaginando você sem roupa. Este é apenas um dia normal para você?

– Acho que você está esquecendo – ele diz em voz baixa – que fui capaz de sentir emoções pela maior parte da minha vida.

Levanto as sobrancelhas.

– Então este *é* apenas um dia normal para você.

Ele suspira. Olha pela janela novamente.

– Você nem vai fingir que não é verdade? – Tiro a tampa de um marmitex de papel alumínio. Mais batatas. – Você nem finge que não sabe que o mundo inteiro te acha atraente?

– Isso foi uma confissão?

– Vai sonhando, idiota.

– Eu acho tedioso – responde Warner. – Além disso, se eu prestasse atenção em todas as pessoas que me consideravam atraente, nunca teria tempo para mais nada.

Quase derrubei as batatas.

Espero que ele abra um sorriso, me diga que está brincando, e quando ele não faz isso, balanço a cabeça, pasmo.

– Uau – eu digo. – Sua humildade é uma puta inspiração.

Ele encolhe os ombros.

– Ei – eu continuo –, falando de coisas que me dão nojo... Talvez você queira, tipo, lavar um pouco do sangue no seu rosto antes de comermos?

Warner olha para mim em resposta.

Levanto as mãos.

– Ok. Legal. Tá bom assim. – Eu aponto para ele. – Na verdade, ouvi dizer que sangue faz bem pra gente. Você sabe... orgânico. Antioxidantes e essas merdas. Muito popular entre os vampiros.

– Você consegue ouvir as coisas que você diz em voz alta? Não percebe como você faz o papel de um perfeito idiota?

Reviro os olhos.

– Tudo bem, rainha da beleza, a comida está pronta.

– Estou falando sério – diz ele. – Nunca te ocorre pensar antes de falar? Nunca te ocorre simplesmente parar de falar? Se não, deveria.

– Vamos lá, mané. Senta.

Relutante, Warner vem até mim. Ele se senta e olha, inexpressivo, para a refeição à sua frente.

Dou a ele alguns segundos antes de dizer:

– Você ainda se lembra de como se faz? Ou precisaria que eu te desse comida na boca? – Espeto um pedaço de tofu e aponto na direção dele. – Fala *ah*. Olha o aviãozinho do tofu!

– Mais uma piada, Kishimoto, e eu vou arrancar sua coluna.

– Você está certo. – Largo o garfo. – Entendi. Também fico de mau humor quando estou com fome.

Ele me olha feio.

– Isso não foi uma piada! – afirmo. – Estou falando sério.

Warner suspira. Pega seus talheres. Olha ansiosamente para a porta.

Eu não brinco com a minha sorte.

Mantenho o rosto voltado para a minha comida – estou genuinamente animado por ter um segundo almoço – e espero até que ele dê várias garfadas antes de eu partir para as cabeças.

– Então – digo por fim. – Você a pediu em casamento, hein?

Warner para de mastigar e olha para cima. De repente, ele me parece jovem. Além da necessidade óbvia de tomar banho e trocar de roupa, ele parece que finalmente está começando a aliviar o menor, o menor indício de tensão. E posso dizer pela maneira como ele está segurando a faca e o garfo agora – com um pouco mais de entusiasmo – que eu estava certo.

Ele estava com fome.

Eu me pergunto o que ele teria feito se eu não o tivesse arrastado até aqui e o feito sentar. Forçado a comer.

Ele teria continuado até desmaiar?

Morrer de fome por acidente a caminho de salvar Juliette?

Ele parece não se importar em nada com sua parte física. Não se importar em nada com suas próprias necessidades. Isso me parece, de repente, bizarro. E preocupante.

– Sim – ele diz em voz baixa. – Eu a pedi em casamento.

Sou tomado por uma reação instantânea de zombar dele – sugerir que seu mau humor faz sentido agora, que ela provavelmente o recusou –, mas até eu sei que é melhor não fazer nada disso. O que está acontecendo na cabeça de Warner agora é sombrio. Sério. E preciso lidar com essa parte da conversa com cuidado.

Então eu tateio com cautela.

– Acho que ela aceitou.

Warner não encontra meus olhos.

Eu respiro fundo, solto o ar lentamente. Tudo está começando a fazer sentido agora.

Nos primeiros dias depois que Castle me acolheu, minha guarda estava tão alta que eu nem conseguia ver por cima dela. Eu não confiava em ninguém, não acreditava em nada. Estava sempre esperando algo inevitável acontecer. Deixava que a raiva me embalasse para dormir à noite, porque ficar com raiva era muito menos assustador do que ter fé nas pessoas – ou no futuro.

Eu ficava esperando as coisas desmoronarem.

Tinha muita certeza de que aquela felicidade e segurança não durariam, que Castle me expulsaria, ou que ele acabaria sendo um bosta. Agressivo. Algum tipo de monstro.

Eu não conseguia relaxar.

Levei *anos* para acreditar de verdade que tinha uma família. Levei anos para aceitar, sem hesitação, que Castle realmente me amava, ou que coisas boas poderiam durar. Que eu poderia ser feliz novamente sem medo de repercussão.

É por isso que perder o Ponto Ômega foi tão cataclísmico.

Foi o amálgama de quase todos os meus medos. Tantas pessoas que eu amava foram exterminadas da noite para o dia. Meu lar. Minha família. Meu refúgio. E a devastação tomou Castle também. Castle, que foi minha rocha e meu modelo; depois da tragédia, ele se tornou um fantasma. Irreconhecível. Eu não sabia quais seriam os resultados. Não sabia como sobreviveríamos. Não sabia para onde iríamos.

Foi Juliette quem nos fez seguir em frente.

Aqueles foram os dias em que ela e eu nos tornamos muito próximos. Foi quando percebi que não só podia confiar nela e me abrir para ela, mas que podia *contar com* ela. Eu nunca soube como Juliette era forte até que a vi assumir o comando, levantando-se e reunindo todos nós quando estávamos no nosso ponto mais baixo, quando até Castle estava derrotado demais para ficar de pé.

Da tragédia, J fez mágica.

Ela encontrou segurança e esperança para nós. J nos unificou com o Setor 45 – com Warner e Delalieu – mesmo diante da oposição, correndo o risco de perder Adam. Ela não ficou esperando que Castle tomasse as rédeas como todos nós esperávamos; não havia tempo. Em vez disso, mergulhou no meio do inferno, completamente inexperiente e despreparada, porque estava determinada a nos salvar. E a se sacrificar nesse processo, se esse fosse o preço. Se não fosse por ela – se não fosse pelo que ela fez, por todos nós –, não sei onde estaríamos.

Ela salvou nossas vidas.

Salvou a minha vida, com certeza. Estendeu a mão na escuridão. Ela me puxou para fora.

Mas nada disso machucaria tanto se eu tivesse perdido o Ponto Ômega durante meus primeiros anos lá. Não demoraria muito para me recuperar e não precisaria de tanta ajuda para superar a dor. Doeu assim porque finalmente eu tinha abaixado a guarda. Eu finalmente me permiti acreditar que as coisas ficariam bem. Eu comecei a ter esperança. A sonhar.

A *relaxar*.

Eu finalmente tinha me afastado do meu próprio pessimismo e, no momento em que o fiz, a vida enfiou uma faca nas minhas costas.

É fácil, durante esses momentos, jogar a toalha. Dar de ombros para a humanidade. Dizer a si mesmo que você tentou ser feliz e veja o que aconteceu: mais dor. Dor pior. Foi traído pelo mundo. Você percebe então que a raiva é mais segura que a bondade, que o isolamento é mais seguro que a comunidade. Você se fecha para tudo. Para todo mundo. Mas alguns dias, não importa o que você faça, a dor fica tão forte que você se enterra vivo apenas para fazê-la acabar.

Eu sei. Eu passei por isso.

E estou olhando para Warner agora e vejo a mesma morte por trás dos olhos dele. A tortura que persegue a esperança. Aquele sabor específico do ódio por si mesmo só foi experimentado após receber um golpe trágico quando sentiu otimismo.

Estou olhando para ele e me lembrando da expressão em seu rosto quando ele soprou suas velas de aniversário. Estou me lembrando dele e de J depois, aconchegados no canto da barraca do jantar. Lembro-me de como ele ficou com raiva quando apareci no quarto deles no meio da madrugada, determinado a arrastar J da cama na manhã do aniversário dele.

Estou pensando…

– *Porra.* – Jogo o garfo no chão. O plástico atinge a embalagem de alumínio com um barulho surpreendente. – Vocês dois estavam noivos?

Warner está olhando sua comida. Ele parece calmo, mas quando diz "Sim", a palavra é um sussurro tão triste que enfia uma faca no meu coração.

Balanço a cabeça.

– Sinto muito, cara. De verdade. Você não tem ideia.

Os olhos de Warner se erguem surpresos, mas apenas por um momento. Instantes depois, ele apunhala um pedaço de brócolis. Olha para a verdura.

– Isso é nojento – diz ele.

Percebo que é um código para *Obrigado.*

– É – eu digo. – É sim.

Que é o código para *Não se preocupe, cara. Estou aqui se você precisar.*

Warner suspira. Ele pousa os talheres. Olha pela janela. Percebo que ele está prestes a dizer algo quando, de repente, a campainha toca.

Eu solto um palavrão baixinho.

Afasto-me da mesa para atender a porta, mas desta vez só abro uma fresta. Uma garota da minha idade olha para mim, parada ali com um embrulho de papel alumínio nos braços.

Ela sorri.

Abro a porta um pouco mais.

– Eu trouxe isso para o Warner – diz ela, cochichando. – Ouvi dizer que ele estava com fome. – Seu sorriso é tão grande que provavelmente daria para vê-lo de Marte. Tenho que fazer um esforço real para não revirar os olhos.

– Obrigado. Eu levo p…

– Oh – diz ela, afastando o pacote do alcance. – Eu pensei que poderia entregar pessoalmente. Você sabe, apenas para ter certeza de que está sendo entregue à pessoa certa. – Ela dá um sorriso enorme.

Dessa vez, eu realmente reviro os olhos.

Relutante, abro a porta, me afastando para deixá-la entrar. Eu me viro para dizer a Warner que outro membro de seu fã-clube está aqui para dar uma longa espiada em seus olhos verdes, mas no segundo que me leva a me mover, eu a ouço gritar. O recipiente de comida cai no chão, espaguete e molho vermelho derramando por toda parte.

Eu viro no lugar, perplexo.

Warner está com a garota presa na parede, a mão em volta da garganta dela.

– Quem te enviou aqui? – ele questiona.

Ela luta para se libertar, seus pés chutando com força contra a parede, seus gritos sufocados e desesperados.

Minha cabeça está girando.

Eu pisco e Warner a coloca no chão, de joelhos. A bota dele está plantada no meio das costas dela, os dois braços dobrados para trás, presos em sua mão. Ele torce. Ela grita.

– *Quem te enviou aqui?*

– Eu não sei do que você está falando – ela responde, ofegando.

Meu coração está batendo loucamente.

Não tenho ideia do que diabos aconteceu, mas sei que não devo fazer perguntas. Tiro a Glock escondida dentro do cós da minha calça e aponto na direção da garota. E então, quando estou começando a entender que se trata de uma emboscada – e provavelmente de alguém daqui de dentro do Santuário –, percebo que a comida começa a se mover.

Três escorpiões enormes começam a sair de debaixo do macarrão, e a visão é tão perturbadora que eu quase vomito e desmaio ao mesmo tempo. Nunca vi escorpiões na vida real.

Notícias de última hora: são *pavorosos.*

Pensei que não tinha medo de aranhas, mas é como se as aranhas estivessem drogadas, como se as aranhas fossem muito, muito grandes e meio que transparentes e usassem armaduras e tivessem ferrões enormes e venenosos em uma extremidade, prontos para te matar. As criaturas fazem uma curva acentuada, e as três vão direto para cima de Warner.

Solto uma exclamação de pânico.

– Ei, cara... não é para, hum, te assustar nem nada, mas tem, tipo, três escorpiões indo na sua direçã...

De repente, os escorpiões congelam no lugar.

Warner solta os braços da garota e ela se afasta tão rápido que suas costas batem contra a parede. Warner encara os escorpiões. A menina os encara também.

Os dois estão tendo uma batalha de vontades, eu percebo, e para mim é fácil descobrir quem vai ganhar. Então, quando os escorpiões começam a se mover novamente – desta vez na direção dela –, tento não dar um soco no ar.

A garota se levanta, os olhos arregalados.

– Quem te enviou? – Warner pergunta novamente.

Ela está respirando com dificuldade agora, ainda encarando os escorpiões enquanto se afasta mais para um canto. Eles estão subindo nos sapatos dela agora.

– Quem? – Warner exige.

– Seu pai me enviou – ela responde sem fôlego. Canelas. Joelhos. Escorpiões nos seus joelhos. Oh meu Deus, escorpiões nos seus joelhos. – Anderson me enviou aqui, ok? Tira eles daqui!

– Mentirosa.

– Foi ele, eu juro!

– Você foi enviada aqui por um tolo – diz Warner –, se foi levada a acreditar que poderia mentir para mim mais de uma vez, sem consequências. E você é uma tola se acredita que vou ser algo perto de misericordioso.

As criaturas estão subindo no tronco dela agora. Subindo no peito. Ela ofega. Trava os olhos com ele.

– Entendo – diz ele, inclinando a cabeça para ela. – Alguém mentiu para você.

Os olhos dela se arregalam.

– Você foi enganada – diz ele, sustentando o olhar. – Eu não sou bonzinho. Eu não perdoo. Eu não ligo para a sua vida.

Enquanto ele fala, os escorpiões rastejam mais para cima pelo corpo. Eles estão parados perto de clavícula agora, só esperando, ferrões venenosos suspensos abaixo de seu rosto. E então, lentamente, os ferrões começam a se curvar em direção à pele macia da garganta.

– Mande eles saírem de cima de mim! – ela grita.

– Esta é sua última chance – diz Warner. – Me diga o que você está fazendo aqui.

Ela está respirando com tanta dificuldade agora que seu peito se agita, suas narinas se abrem. Seus olhos percorrem o recinto, em pânico. Os ferrões dos escorpiões chegam mais perto de sua garganta. Ela se achata contra a parede, um suspiro falhado escapando de seus lábios.

– Trágico – diz Warner.

Ela se move rápido. À velocidade de um relâmpago. Puxa uma arma de algum lugar dentro da blusa e aponta na direção de Warner, e eu nem penso, só reajo.

Atiro.

O som ecoa, se expande – parece violentamente alto –, mas é um tiro perfeito. Um buraco perfeito no pescoço. A garota fica imóvel de um jeito cômico e depois cai lentamente no chão.

Sangue e escorpiões se acumulam ao redor de nossos pés. O corpo de uma garota morta está espalhado no chão da minha barraca, a poucos centímetros da cama em que acordei, seus membros dobrados em ângulos desajeitados.

A cena é surreal.

Eu olho para cima. Warner e eu travamos olhares.

– Eu vou com você buscar a J – eu digo. – Fim de discussão.

Warner olha de mim, para o corpo morto e depois de volta para mim.

– Está bem – ele concorda, e suspira.

~~Ella~~ Juliette

Estou parada atrás da porta, olhando para uma parede de pedra polida e lisa, há pelo menos quinze minutos, antes de verificar meu pulso para ver se há alguma convocação.

Nada ainda.

Quando estou com Anderson, não tenho muita flexibilidade para olhar em volta, mas ficar de pé aqui me deu tempo para examinar livremente o meu entorno. O trecho do corredor é estranhamente silencioso, vazio de médicos ou soldados, de uma maneira que me perturba. Há longas grades estreitas no chão, e eu já estou aqui há tempo suficiente para me sintonizar com os pingos incessantes e rugidos mecânicos que formam o pano de fundo sonoro.

Olho para o meu pulso novamente.

Lanço um olhar pelo corredor.

As paredes não são cinzas, como eu pensava originalmente. Na verdade são de um branco opaco. Sombras pesadas fazem com que pareçam mais escuras do que são – e, de fato, fazem com que todo esse piso pareça mais escuro. As luzes do teto são conjuntos incomuns em formato de favos de mel, dispostos ao longo das paredes e do teto. As luzes de formatos estranhos dispersam a iluminação, lançando hexágonos oblongos em todas as direções, mergulhando algumas paredes na escuridão completa. Dou um passo cauteloso à frente, olhando mais de perto um retângulo de escuridão que eu havia ignorado antes.

Percebo que é um corredor totalmente mergulhado em sombra.

Sinto um repentino ímpeto de explorar suas profundezas e preciso me conter fisicamente para não dar uma passo à frente. Meu dever está aqui, nesta porta. Não é da minha conta explorar ou fazer perguntas, a menos que tenha sido solicitado explicitamente que eu explore ou faça perguntas.

Minhas pálpebras tremem.

O calor aperta em mim, chamas como dedos cavam em minha mente. O calor percorre minha espinha, envolve meu cóccix. E então dispara para cima, rápido e forte, forçando meus olhos a se abrir. Estou respirando com dificuldade, girando.

Confusa.

De repente, faz todo o sentido que eu deva explorar o corredor escuro. De repente, parece não haver necessidade de questionar meus motivos ou quaisquer consequências possíveis para minhas ações.

Mas só dou um passo na escuridão quando sou empurrada agressivamente para trás. O rosto de uma garota olha para mim.

– Você precisava de alguma coisa? – ela diz.

Levanto as mãos, depois hesito. Talvez eu não esteja autorizada a machucar essa pessoa.

Ela dá um passo à frente. Está vestindo roupas civis, mas não parece armada. Espero que ela fale alguma coisa, mas ela não fala.

– Quem é você? – questiono. – Quem te deu a autorização para estar aqui embaixo?

– Eu sou Valentina Castillo. Tenho autorização em todos os lugares.

Abaixo as mãos.

Valentina Castillo é filha do comandante supremo da América do Sul, Santiago Castillo. Não sei que aparência Valentina deve ter, então essa garota pode ser uma impostora. Por outro lado, se eu correr um risco e estiver errada...

Eu poderia ser executada.

Olho ao seu redor e não vejo nada além de escuridão. Minha curiosidade – e inquietação – estão aumentando a cada minuto.

Olho para o meu pulso. Ainda não há convocação.

– Quem é você? – ela pergunta.

– Eu sou Juliette Ferrars. Sou um soldado supremo do nosso comandante norte-americano. Deixe-me passar.

Valentina olha para mim, seus olhos me examinando da cabeça aos pés.

Eu ouço um *clique* abafado, como o som de algo se abrindo, e giro, procurando a fonte do som. Não há ninguém.

– Você desbloqueou sua mensagem, Juliette Ferrars.

– Que mensagem?

– Juliette? *Juliette.*

A voz de Valentina muda. De repente, ela parece estar assustada e sem fôlego, como se estivesse em movimento. Sua voz ecoa. Ouço sons de passos no chão, mas parecem distantes, como se ela não fosse a única correndo.

– *Viste*, não havia muito tempo – diz ela, seu sotaque espanhol ficando mais pronunciado. – Foi o melhor que pude fazer. Tenho um plano, mas *no sé si será posible. Este mensaje es en caso de emergencia.* Eles levaram Lena e Nicolás nessa direção – diz ela, apontando para a escuridão. – Estou a caminho de tentar encontrá-los. Mas se eu não puder...

Sua voz começa a sumir. A luz que ilumina seu rosto começa a falhar, quase como se ela estivesse desaparecendo.

– Espere... – eu digo, estendendo a mão. – Onde você está...

Minha mão passa diretamente através dela e eu suspiro. Ela não tem forma. O rosto dela é uma ilusão.

Um holograma.

– Sinto muito – diz ela, sua voz começando a se distorcer. – Eu sinto muito. Foi o melhor que pude fazer.

Quando sua forma evapora completamente, eu tateio na escuridão, meu coração bate forte. Não entendo o que está acontecendo, mas se a filha do supremo comandante da América do Sul estiver com problemas, tenho o dever de encontrá-la e protegê-la.

Eu sei que minha lealdade é com Anderson, mas esse calor estranho e familiar ainda está pressionando contra o interior da minha mente, silenciando o impulso que me diz para me virar. Acho que sou grata por isso. Percebo, distante, que minha mente é uma estranha bagunça de contradições, mas não tenho mais que um momento para me dedicar a isso.

Esse corredor é escuro demais para permitir o acesso fácil, mas já observei antes que o que eu antes pensava serem ranhuras decorativas nas paredes eram na verdade portas embutidas, então aqui, em vez de depender dos meus olhos, uso as mãos.

Corro os dedos ao longo da parede enquanto caminho, esperando encontrar uma interrupção no padrão. É um longo corredor – minha expectativa é de que haja várias portas para percorrer –, mas parece haver pouco nessa direção. Nada visível ao toque ou visão, pelo menos. Quando finalmente sinto o padrão familiar de uma porta, hesito.

Pressiono as duas mãos contra a parede, preparada para destruí-la se for preciso, quando de repente as fissuras se abrem sob minhas mãos, como se estivessem me esperando.

Aguardando que eu chegasse.

Entro na sala, meus sentidos aguçados. Uma luz azul fraca pulsa ao longo do chão, mas fora isso, o espaço está quase completamente escuro. Continuo em movimento e, embora não precise usar uma arma, pego a espingarda presa nas minhas costas. Ando devagar, minhas botas macias sem fazer som e sigo as luzes distantes e pulsantes. Conforme eu avanço mais na sala, as luzes começam a se acender, uma a uma.

As luzes do teto naquele padrão familiar de favo de mel brilham, estilhaçando o chão com raios oblíquos e incomuns de luz. As vastas dimensões da sala começam a tomar forma. Olho para o enorme espaço em forma de cúpula, para o tanque vazio de água ocupando uma parede inteira. Há mesas abandonadas com suas respectivas cadeiras desalinhadas. Os *touchpads* são acumulados precariamente em pisos e mesas, papéis e pastas empilhados por toda parte. Este lugar parece assombrado. Deserto.

Mas é claro que, em um momento anterior, já esteve em pleno uso.

Óculos de segurança estão pendurados em um cabide próximo. Jalecos em outro. Existem caixas de vidro grandes e vazias, em pé, em locais aparentemente aleatórios e intermitentes e, quando entro mais fundo na sala, noto um brilho roxo constante emanando de algum lugar próximo.

Viro no canto e eis a fonte:

Oito cilindros de vidro, cada um com a altura da sala e a largura de uma mesa, estão dispostos em uma linha perfeita, de frente para o laboratório. Cinco deles contêm formas humanas. Três no final permanecem vazias. A luz púrpura se origina de dentro dos cilindros individuais e, quando me aproximo, percebo que os corpos estão suspensos no ar, envoltos inteiramente pela luz.

Existem três garotos que não reconheço. Uma garota que não reconheço. A outra…

Eu me aproximo do tanque e fico boquiaberta de susto.

Valentina.

– O que você está fazendo aqui?

Eu me viro, tiro a espingarda e aponto na direção da voz. Largo a arma quando vejo o rosto de Anderson. Em um instante, o calor generalizado recua e deixa minha cabeça.

Minha mente é devolvida a mim.

Minha mente, meu nome, minha posição, meu lugar – meu comportamento vergonhoso, desleal e imprudente. Horror e medo fluem através de mim, colorindo minhas feições. Como explicar o que não entendo?

O rosto de Anderson permanece como pedra.

– Senhor – eu digo rapidamente. – Essa jovem é filha do comandante supremo da América do Sul. Como serva do Restabelecimento, eu me senti compelida a ajudá-la.

Anderson apenas olha para mim.

Por fim, ele diz:

– Como você sabe que essa garota é filha do comandante supremo da América do Sul?

Balanço a cabeça.

– Senhor, houve... algum tipo de visão. No corredor. Ela me disse que era Valentina Castillo e que precisava de ajuda. Ela sabia meu nome. Ela me disse para onde ir.

Anderson suspira, seus ombros liberando sua tensão.

– Esta não é a filha de um comandante supremo do Restabelecimento – diz ele, calmamente. – Você foi enganada por uma pegadinha.

Mortificação renovada dispara um novo calor ao meu rosto.

Anderson suspira.

– Sinto muito, senhor. Eu pensei... pensei que era meu dever ajudá-la, senhor.

Anderson encontra meus olhos novamente.

– Claro que você pensou.

Mantenho a cabeça firme, mas a vergonha me queima por dentro.

– E? – ele diz. – O que você acha?

Anderson gesticula para a linha de cilindros de vidro, para os corpos exibidos dentro.

– Eu acho que é uma bela exibição, senhor.

Anderson quase sorri. Ele dá um passo mais para perto, me estudando.

– Uma bela exibição, de fato.

Eu engulo em seco.

Sua voz muda, torna-se suave. Gentil.

– Você nunca me trairia, não é mesmo, Juliette?

– Não, senhor – respondo rapidamente. – Nunca.

– Diga-me uma coisa – continua ele, levantando a mão ao meu rosto. Os nós dos dedos roçam minha bochecha, seguem meu queixo. – Você morreria por mim?

Meu coração está batendo forte no meu peito.

– Sim, senhor.

Ele pega meu rosto na mão agora, seu polegar roçando suavemente meu queixo.

– Você faria qualquer coisa por mim?

– Sim, senhor.

– E ainda assim, você deliberadamente me desobedeceu. – Ele abaixa a mão. Meu rosto parece subitamente frio. – Eu pedi para você esperar do lado de fora – diz ele, a voz baixa. – Não pedi para você perambular. Eu não pedi para você falar. Não pedi para você pensar por si mesma ou salvar alguém que alegasse precisar de salvamento. Pedi?

– Não, senhor.

– Você esqueceu – diz ele – que eu sou seu mestre?

– Não, senhor.

– *Mentirosa!* – ele exclama.

Meu coração está na garganta. Eu engulo em seco de novo. Não digo nada.

– Vou perguntar mais uma vez – insiste ele, me encarando. – Você esqueceu que eu sou seu mestre?

– S-sim, senhor.

Os olhos dele faíscam.

– Devo lembrá-la, Juliette? Devo lembrá-la a quem você deve sua vida e sua lealdade?

– Sim, senhor – eu digo, mas soa sem fôlego. Eu me sinto doente de medo. Febril. O calor formiga minha pele.

Ele pega uma lâmina de dentro do bolso do paletó. Cuidadosamente, ele a desdobra, o metal brilhando na luz neon.

Ele pressiona o punho da faca na minha mão direita.

Ele pega minha mão esquerda e a explora com as suas, traçando as linhas da minha palma e as formas dos meus dedos, os vincos nos nós. Sensações espiralam através de mim, maravilhosas e horríveis.

Ele pressiona levemente meu dedo indicador. Seus olhos encontram os meus.

– Este – diz ele. – Me dê este.

Meu coração está saindo pela boca. Pulsando no meu estômago. Batendo atrás dos meus olhos.

– Corte fora. Coloque na minha mão e tudo será perdoado.

– Sim, senhor – eu sussurro.

Com as mãos trêmulas, pressiono a lâmina na pele macia na base do meu dedo. A lâmina é tão afiada que perfura a carne instantaneamente e, com um grito abafado e angustiado, eu a pressiono mais fundo, hesitando apenas quando sinto resistência. Faca contra osso. A dor explode através de mim, me deixa cega.

Eu caio apoiada em um joelho.

Tem sangue por toda parte.

Respiro com tanta dificuldade que estou ofegante, tentando desesperadamente não vomitar por causa da dor ou do horror. Travo os dentes com tanta força que choques de uma nova dor são disparados para cima, diretamente para o meu cérebro, desvio útil para me dar forças e obedecer à ordem de Anderson. Eu tenho que pressionar minha mão ensanguentada no chão sujo para mantê-la firme, e com um último grito desesperado, corto o osso.

A faca cai da minha mão trêmula, ecoando no chão. Meu dedo indicador ainda está pendurado na minha mão por um único pedaço de carne, e eu o arranco em um movimento rápido e violento. Meu corpo está tremendo tão excessivamente que mal posso suportar, mas, de alguma forma, eu consigo depositar o dedo na palma estendida de Anderson antes de cair no chão.

– Boa menina – ele diz suavemente. – Boa menina.

É tudo que o ouço dizer antes de desmaiar.

Kenji

Nós dois olhamos para a cena sangrenta por mais um momento antes que Warner de repente se endireitasse e saísse pela porta. Enfio minha arma no cós da calça e corro atrás dele, lembrando-me de fechar a porta atrás de nós. Não quero esses escorpiões à solta.

– Ei – eu chamo, alcançando-o. – Aonde você vai?

– Procurar Castle.

– Legal. Beleza. Mas você acha que talvez da próxima, em vez de, sabe, simplesmente sair sem falar nada, você poderia me dizer o que diabos está acontecendo? Não gosto de ficar correndo atrás de você assim. É humilhante.

– Isso me parece um problema pessoal.

– Sim, mas eu pensei que problemas pessoais fossem sua área de especialização – eu digo. – Você tem o quê? Pelo menos alguns milhares de problemas pessoais, não tem? Ou eram alguns milhões?

Warner me lança um olhar sombrio.

– Você faria bem em resolver sua própria turbulência mental antes de criticar a minha.

– Uh, o que isso quer dizer?

– Isso significa que um cão raivoso consegue farejar seu estado desesperado e destruído. Você não está em posição de me julgar.

– *Como é?*

– Você mente para si mesmo, Kishimoto. Você esconde seus verdadeiros sentimentos por trás de um verniz fino, brincando de palhaço, quando na verdade está acumulando o tempo todo detritos emocionais que se recusa a examinar. Pelo menos eu não me escondo. Eu sei onde estão minhas falhas e as aceito. Mas você… – ele diz. – Talvez você deva procurar ajuda.

Meus olhos se arregalam a ponto de doer, minha cabeça virando de um lado para o outro, alternando entre olhar para ele e olhar para o caminho à minha frente.

– Você deve estar brincando comigo agora. *Você* está *me* dizendo para procurar ajuda para resolver os meus problemas? O que está acontecendo? – Eu olho para o céu. – Eu estou morto? Isso é o inferno?

– Quero saber o que está acontecendo com você e Castle.

Fico tão surpreso que paro brevemente no lugar.

– O quê? – Eu pisco para ele. Ainda confuso. – Do que você está falando? Não há nada errado comigo e com o Castle.

– Você tem sido mais boca-suja nas últimas semanas do que em todo o tempo desde que eu te conheço. Algo está errado.

– Estou estressado – digo, sentindo-me arrepiado. – Às vezes eu falo palavrão quando estou estressado.

Ele balança a cabeça.

– Isso é diferente. Você está passando por uma quantidade incomum de estresse, mesmo para você.

– Uau. – Minhas sobrancelhas se erguem. – Eu realmente espero que você não tenha se incomodado em usar a sua… – eu faço aspas no ar – … "*capacidade sobrenatural de sentir emoções*"… para descobrir isso. É óbvio que estou sobrecarregado de estresse agora. O mundo está pegando fogo. A lista de coisas que me estressam é tão longa que nem consigo acompanhar. Estamos enterrados na merda até o pescoço. A J se foi. Adam desertou. Nazeera foi baleada. Você estava com a cabeça tão enfiada no seu próprio traseiro, que achei que nunca tiraria...

Ele tenta me cortar, mas eu continuo falando.

– ...e literalmente cinco minutos atrás – eu digo –, alguém do Santuário (rá!, que nome hilário e horrível) acabou de tentar te matar, e eu a matei por isso. *Cinco minutos atrás.* Então, sim, acho que estou passando por uma quantidade incomum de estresse agora, gênio.

Warner descarta meu discurso com um único movimento de cabeça.

– Seu uso de linguagem chula aumenta exponencialmente quando você está irritado com Castle. Seu linguajar parece estar diretamente conectado ao seu relacionamento com ele. Por quê?

Tento não revirar os olhos.

– Não que essa informação seja realmente relevante, mas Castle e eu fizemos um acordo alguns anos atrás. Ele achava que a minha... – faço mais aspas no ar – ...“*dependência excessiva de linguagem chula estava inibindo minha capacidade de expressar minhas emoções de maneira construtiva*”.

– Então você prometeu a ele que iria moderar seu linguajar.

– Isso.

– Entendo. Parece que você renegou os termos desse acordo.

– Por que você se importa? – questiono. – Por que estamos falando sobre isso? Por que estamos perdendo de vista o fato de termos sido atacados por alguém de *dentro* do Santuário?

Precisamos encontrar Sam e Nouria e descobrir quem era essa garota, porque ela era claramente deste acampamento, e eles deveriam saber que…

– Você pode contar a Sam e Nouria o que você quiser – diz Warner. – Mas eu preciso falar com Castle.

Algo em seu tom me assusta.

– Por quê? – questiono. – O que está acontecendo? Por que você está tão obcecado pelo Castle agora?

Finalmente, Warner para de andar.

– Porque Castle teve alguma participação nisso – responde ele.

– O quê? – Sinto o sangue se esvair do meu corpo. – De jeito nenhum. Não é possível.

Warner não diz nada.

– Vamos lá, cara, não dê uma de louco… Castle não é perfeito, mas ele nunca…

– Ei… o que diabos acabou de acontecer? – Winston, sem fôlego e em pânico, vem correndo até nós. – Ouvi um tiro vindo da direção da sua barraca, mas quando fui ver você, vi… vi…

– Sim.

– O que aconteceu? – A voz de Winston é estridente. Aterrorizada.

Nesse exato momento, mais pessoas vêm correndo. Winston começa a oferecer às pessoas explicações que não me importo em editar, porque minha cabeça ainda está quente. Não tenho ideia do que diabos Warner está enfrentando, mas também estou preocupado que o conheça bem demais para negar sua opinião. Meu coração diz que Castle nunca nos trairia, mas meu cérebro diz que Warner geralmente está certo quando se trata de concluir esse tipo de merda. Então, estou surtando.

Vejo Nouria de longe, sua pele escura brilhando no sol forte, e sou inundado de alívio.

Finalmente.

Nouria vai saber mais sobre a garota com os escorpiões. Ela tem que saber. E seja lá o que ela souber quase certamente ajudará a absolver Castle de qualquer afiliação com essa bagunça. E assim que pudermos resolver esse acidente maluco, Warner e eu poderemos dar o fora daqui e começar a procurar J.

É isso aí.

Esse é o plano.

Eu me sinto bem com um plano. Mas quando estamos perto o suficiente, Nouria estreita os olhos para mim e para Warner, e a expressão em seu rosto envia uma nova onda de medo pelo meu corpo.

– Sigam-me – diz ela.

Nós seguimos.

Warner parece *lívido*.

Castle parece assustado.

Nouria e Sam parecem estar cansadas de todos nós.

Eu poderia estar imaginando coisas, mas tenho certeza de que Sam acabou de lançar um olhar para Nouria – cujo subtexto provavelmente era *Por que diabos você teve que deixar seu pai vir ficar com a gente?* – tão desanimador que Nouria nem sequer fica chateada; ela apenas balança a cabeça, resignada.

E o problema é que nem sei de que lado estou.

No final, Warner estava certo sobre Castle, mas também estava errado. Castle não estava tramando nada nefasto; ele não enviou aquela garota – o nome dela era Amelia – atrás de Warner. O erro de Castle foi pensar que todos os grupos rebeldes compartilhavam a mesma visão de mundo.

No começo, também não me ocorreu que o clima poderia ser diferente por aqui. Diferente do nosso grupo no Ponto Ômega, pelo menos. Lá éramos liderados por Castle, que era mais um educador do que um guerreiro. Nos seus dias anteriores ao Restabelecimento, ele era um assistente social. Ele viu toneladas de crianças entrando e saindo do sistema de lares adotivos e, com o Ponto Ômega, ele procurou construir um lar e refúgio para os marginalizados. Lá nossa filosofia era toda amor e comunidade. E mesmo sabendo que estávamos nos preparando para uma luta contra o Restabelecimento, nem sempre recorríamos à violência; Castle não gostava de usar seus poderes de maneira autoritária. Ele era mais como uma figura paterna para a maioria de nós.

Mas aqui…

Não demorei muito para perceber que Nouria era diferente de seu pai. Ela é legal o suficiente, mas o lance dela é estritamente negócios. Ela não gosta de perder muito tempo em conversa fiada, e ela e Sam basicamente não se misturam com os outros na maior parte do tempo. Elas nem sempre fazem as refeições com todo mundo. Elas nem sempre participam de coisas de grupo. E quando se trata disso, Sam e Nouria estão prontas e dispostas a incendiar as merdas todas. Diabos, elas parecem estar ansiosas por isso.

Castle nunca foi realmente esse cara.

Acho que ele se desviou um pouco quando aparecemos aqui. De repente, ele ficou sem emprego quando percebeu que Nouria e Sam não receberiam ordens dele. E então, quando tentou conhecer as pessoas…

Ele ficou decepcionado.

– Amelia era um pouco fanática – diz Sam, suspirando. – Ela nunca exibiu tendências violentas e perigosas, é claro, e é por isso que a deixamos ficar, mas sentíamos que suas opiniões eram um pouco intensas. Ela era um dos raros membros que achava que as fronteiras entre o Restabelecimento e os grupos rebeldes deveriam ser claras e finitas. Ela nunca se sentiu segura com os filhos dos comandantes supremos em nosso meio, e eu sei disso porque ela me puxou de lado para dizer. Eu tive uma longa conversa com ela sobre a situação, mas agora vejo que ela não estava convencida.

– Obviamente – eu murmuro.

Nouria me lança um olhar. Faço um *hum-hum* no fundo da garganta.

Sam continua:

– Quando todos, exceto Warner, foram basicamente sequestrados, e Nazeera foi baleada, Amelia provavelmente imaginou que poderia terminar o trabalho e se livrar de Warner também. – Ela balança a cabeça. – Que situação horrível.

– Você teve que atirar nela? – Nouria pergunta para mim. – Ela era realmente tão perigosa?

– Ela tinha *três* escorpiões! – eu grito. – Ela apontou uma arma para o Warner!

– O que mais ele deveria pensar? – Castle diz gentilmente. Ele está olhando para o chão, seus longos dreads livres do cordão usual na base do pescoço. Eu gostaria de poder ver a expressão em seu rosto. – Se eu não conhecesse Amelia pessoalmente, até pensaria que ela estava trabalhando para alguém.

– Me diga mais uma vez – Warner diz a Castle – exatamente o que você falou para ela sobre mim.

Castle olha para cima. Suspira.

– Ela e eu entramos em uma discussão acalorada – diz ele. – Amelia tinha uma ideia fixa de que os membros do Restabelecimento nunca poderiam mudar, que eram maus e iam permanecer maus. Eu disse a ela que não acreditava nisso, que acreditava que todas as pessoas eram capazes de mudar.

Eu levanto uma sobrancelha.

– Espere, tipo, você quer dizer que acha que até alguém como Anderson é capaz de mudar?

Castle hesita. E eu sei, apenas olhando nos olhos dele, o que ele está prestes a dizer. Meu coração pula no peito. Com medo.

– Acho que, se Anderson estivesse realmente arrependido – diz Castle –, ele também poderia fazer uma mudança. Sim. Eu acredito nisso.

Nouria revira os olhos.

Sam deixa a cabeça cair nas mãos.

– Espere. Espere. – Eu levanto um dedo. – Então, tipo, em uma situação hipotética, se Anderson viesse ao Ponto Ômega pedindo anistia, alegando ser um homem transformado, você...?

Castle apenas olha para mim.

Eu me jogo de volta na minha cadeira com um gemido.

– Kenji – Castle diz baixinho. – Você sabe melhor do que ninguém como fazíamos as coisas no Ponto Ômega. Dediquei minha vida a dar segundas e terceiras chances para aqueles que tinham sido expulsos pelo mundo. Você ficaria surpreso se soubesse quantas vidas de pessoas foram descarriladas por um simples erro que virou uma bola de neve, ultrapassando seu controle, porque ninguém estava lá para oferecer a mão ou mesmo uma hora de assistência...

– Castle. Senhor. – Eu levanto as mãos. – Eu te amo. De verdade. Mas Anderson não é uma pessoa comum. Ele...

– Claro que ele é uma pessoa comum, filho. Esse é exatamente o ponto. Somos todos pessoas comuns quando tiramos as camadas externas. Não há nada a temer quando você olha para Anderson; ele é tão humano quanto você ou eu. Tão amedrontado. E tenho certeza de que, se ele pudesse voltar e refazer sua vida, tomaria decisões muito diferentes.

Nouria balança a cabeça.

– Você não sabe disso, pai.

– Talvez não – ele diz com a voz baixa. – Mas é nisso que eu acredito.

– É nisso que você acredita em relação a mim também? – Warner pergunta. – Foi isso que você disse a ela? Que eu era apenas um garoto legal, uma criança indefesa que nunca levantaria um dedo para machucá-la? Que se eu pudesse fazer tudo de novo, escolheria viver minha vida como monge, dedicando meus dias a fazer caridade e espalhar benevolência?

– Não – retruca Castle. Está claro que ele está começando a ficar irritado. – Eu disse a ela que sua raiva era um mecanismo de defesa e que você não podia evitar ser filho de um pai abusivo. Eu disse a ela que, no seu coração, você é uma boa pessoa e que não *quer* machucar ninguém. Não de verdade.

Os olhos de Warner faíscam.

– Eu quero machucar as pessoas o tempo todo – diz ele. – Às vezes não consigo dormir à noite porque penso em todas as pessoas que eu gostaria de matar.

– Ótimo. – Balanço a cabeça afirmativamente, me recostando na cadeira. – Isso é superótimo. Todas essas informações que estamos coletando são muito úteis. – Conto com os dedos: – Amelia era uma psicopata, Castle quer ser o melhor amigo de Anderson, Warner tem fantasias noturnas sobre matar pessoas, e Castle fez Amelia pensar que Warner era um coelhinho perdido tentando encontrar o caminho de casa.

Quando todo mundo me encara, confuso, eu esclareço:

– Castle basicamente deu a Amelia a ideia de que ela poderia entrar em um quarto e assassinar Warner! Ele praticamente disse que Warner era tão nocivo quanto um bolinho de massa.

– *Oh* – Sam e Nouria dizem ao mesmo tempo.

– Eu não acho que ela queria matá-lo – Castle se apressa a responder. – Tenho certeza de que ela apenas…

– Pai, por favor. – A voz de Nouria é cortante e definitiva. – Chega. – Ela troca um olhar com Sam e respira fundo.

– Ouça – diz ela, tentando um tom mais calmo. – Quando você chegou aqui, sabíamos que teríamos que lidar com essa situação em algum momento, mas acho que é hora de conversarmos sobre os nossos papéis e responsabilidades por aqui.

– Ah. Entendi. – Castle aperta as mãos. Olha fixamente para a parede. Ele parece muito triste, pequeno e velho. Até seus dreads parecem mais grisalhos do que pretos hoje em dia. Às vezes esqueço que ele tem quase cinquenta anos. A maioria das pessoas pensa que ele é quinze anos mais novo do que é realmente, mas isso é porque sua aparência sempre foi muito, muito boa para sua idade. Mas, pela primeira vez em anos, sinto que estou começando a ver os números no rosto dele. Ele parece cansado. Esgotado.

Mas não significa que ele tenha encerrado seu papel aqui.

Castle ainda tem muito mais a fazer. Muito mais para oferecer. E eu não posso simplesmente sentar aqui e deixá-lo ser empurrado de lado. Ignorado. Eu quero gritar com alguém. Quero dizer a Nouria e Sam que elas não podem simplesmente chutar Castle para escanteio assim. Não depois de tudo. Não assim.

E estou prestes a dizer algo exatamente assim, quando Nouria fala:

– Sam e eu gostaríamos de oferecer a você uma posição oficial como nosso conselheiro sênior aqui no Santuário.

Castle levanta a cabeça.

– Conselheiro sênior? – Ele olha para Nouria. Olha para Sam. – Vocês não vão me pedir para ir embora?

Nouria parece subitamente confusa.

– Ir embora? Pai, você acabou de chegar aqui. Sam e eu queremos que você fique pelo tempo que quiser. Pensamos apenas que é importante que todo mundo saiba o que nós estamos fazendo aqui, para que possamos gerenciar as coisas da maneira mais eficiente e organizada possível. É difícil para mim e para Sam sermos eficazes em nosso trabalho se estivermos preocupadas com não ferir seus sentimentos. Mesmo que seja difícil ter conversas como essas, pensamos que seria melhor simplesme...

Castle puxa Nouria para um abraço tão feroz, tão cheio de amor que sinto meus olhos ardendo de emoção. Na verdade, tenho que desviar o olhar por um momento.

Quando volto a olhar para a frente, Castle está radiante.

– Terei a honra de aconselhar da maneira que puder – diz ele. – E se eu não disse o suficiente, deixe-me dizer de novo: tenho muito orgulho de você, Nouria. Muito orgulho de vocês duas – ele diz, olhando para Sam. – Os meninos também ficariam muito orgulhosos.

Os olhos de Nouria ficam marejados de emoção. Até Sam parece comovida.

Mais um minuto e vou precisar de um lenço de papel.

– Certo, muito bem. – Warner está de pé. – Estou feliz que o atentado contra a minha vida tenha conseguido reunir sua família. Estou indo embora agora.

– Espere... – Eu agarro o braço de Warner e ele me empurra.

– Se você continuar encostando em mim sem a minha permissão, vou arrancar suas mãos.

Eu ignoro.

– Não deveríamos dizer a eles que nós vamos embora?

Sam enruga a testa.

– *Vão embora?*

As sobrancelhas de Nouria se erguem.

– *Nós?*

– Vamos buscar a J – explico. – Ela está de volta na Oceania. James nos contou tudo. Falando nisso... Vocês provavelmente deveriam falar com ele. Ele tem algumas notícias sobre Adam que vocês não vão gostar, notícias que eu não quero repetir.

– Kent traiu todos vocês para se salvar.

– Para salvar *James* – esclareço, olhando feio para Warner. – E isso não foi legal, cara. Acabei de dizer que não queria falar sobre isso.

– Estou tentando ser eficiente.

Castle parece atordoado. Ele não diz nada. Apenas parece atordoado.

– Falem com James – eu repito. – Ele vai contar o que está acontecendo. Mas Warner e eu vamos pegar um avião...

– Roubar um avião.

– Certo, roubar um avião, antes do final do dia. E você sabe, nós apenas vamos buscar J e voltaremos muito rápido, *bim bam boom.*

Nouria e Sam estão me encarando como se eu fosse um idiota.

– *Bim bam boom?* – repete Warner.

– Sim, você sabe, tipo... – bato palmas – ... *bum.* Pronto. Fácil.

Warner se afasta de mim com um suspiro.

– Espere... Então, apenas vocês dois vão? – Sam pergunta. Ela está de cara fechada.

– Honestamente, quanto menos pessoas, melhor – Nouria responde por mim. – Dessa forma, há menos corpos a esconder, menos ações a coordenar. Independentemente disso, eu me ofereceria para ir com você, mas ainda temos tantos feridos de que precisamos cuidar... e agora que Amelia está morta, certamente haverá mais agitação emocional para administrar.

Os olhos de Castle se iluminam.

– Enquanto eles estão indo atrás de Ella – ele diz a Nouria e Sam – e vocês duas estiverem administrando as coisas aqui, eu estava pensando em contatar os amigos da minha rede. Contar o que está acontecendo, e que essa mudança está em andamento. Eu posso ajudar a coordenar nossos movimentos ao redor do mundo.

– Essa é uma ótima ideia – diz Sam. – Talvez nós pod...

– Eu não ligo – Warner declara em voz alta, e se vira para a porta. – E eu vou embora agora. Kishimoto, se você vem, me acompanhe.

– Certo – eu digo, tentando parecer importante. – Sim. Tchau. – Faço uma rápida saudação de dois dedos para todos e corro direto para a porta, mas esbarro com força em Nazeera.

Nazeera.

Puta merda. Ela está acordada. Ela é perfeita.

Ela está *possessa.*

– Vocês dois não vão a lugar nenhum sem mim – diz ela.

~~Ella~~ Juliette

Sou uma ladra.

Roubei este caderno e esta caneta de um dos meus médicos quando ele não estava olhando, subtraí de um dos bolsos de seu jaleco, e guardei em minha calça. Isso foi pouco antes de ele dar ordens para aqueles homens virem me buscar. Os homens com ternos estranhos e máscaras de gás com uma área embaçada de plástico protegendo seus olhos. Eram alienígenas, lembro-me de ter pensado. Lembro-me de ter pensado que deviam ser alienígenas porque não podiam ser humanos aqueles que me algemaram com as mãos para trás, que me prenderam em meu assento. Usaram Tasers em minha pele várias e várias vezes por nenhum motivo que não sua vontade de me ouvir gritar, mas eu não gritava. Cheguei a gemer, mas em momento algum pronunciei uma palavra sequer. Senti as lágrimas descerem pelas bochechas, mas não estava chorando.

Acho que os deixei furiosos.

Eles me bateram para eu acordar, muito embora meus olhos estivessem abertos quando chegamos. Alguém me soltou do assento sem tirar minhas algemas e chutou meu joelho antes de dar ordens para que eu me levantasse. E eu tentei. Eu tentava, mas não conseguia, e finalmente seis mãos me puxaram pela porta e meu rosto passou algum tempo sangrando no asfalto. Não consigo lembrar direito do momento em que me empurraram para dentro.

Sinto frio o tempo todo.

Sinto o vazio, um vazio como se não houvesse nada dentro de mim, nada além desse coração partido, o único órgão que restou nesta casca.

Sinto o palpitar dentro de mim, sinto as batidas reverberando em meu esqueleto. Eu tenho um coração, afirma a ciência, mas sou um monstro, afirma a sociedade. E é claro que sei disso. Sei o que fiz. Não estou pedindo comiseração. Mas às vezes penso – às vezes reflito: se eu fosse um monstro, é claro que já teria sentido a essa altura, não?

Eu me sentiria nervosa e violenta e vingativa. Conheceria a raiva cega, o desejo por sangue, a necessidade de vingança.

Em vez disso, sinto um abismo em meu interior, um abismo tão grande, tão sombrio, que sequer consigo enxergar dentro dele; sou incapaz de ver o que ele guarda. Não sei o que sou ou o que pode acontecer comigo.

Não sei o que posso fazer outra vez.

– Excerto dos diários de Juliette no hospício

Kenji

Fico imóvel por um momento, deixando o choque de tudo se acalmar ao meu redor, e quando finalmente me ocorre que Nazeera está realmente aqui, realmente acordada, muito bem, eu a puxo nos meus braços. Sua postura defensiva derrete e, de repente, ela é apenas uma garota – *a minha garota* – e a felicidade dispara por mim como um foguete. Ela não é nem perto de baixa, mas nos meus braços, ela parece pequena. Cabe no bolso. Como se sempre tivesse sido destinada a caber aqui, no meu peito.

É o paraíso.

Quando finalmente nos separamos, estou sorrindo como um idiota. Eu nem me importo que todo mundo esteja olhando para nós. Só quero viver neste momento.

– Oi – cumprimento ela. – Estou muito feliz por você estar bem.

Ela respira fundo, trêmula, e depois sorri. Isso muda seu rosto todo. Faz com que ela pareça muito menos uma mercenária e muito mais uma garota de dezoito anos. Embora eu ache que gosto das duas versões, se for ser sincero.

– Estou muito feliz que você também esteja bem – ela diz baixinho.

Nós nos encaramos por mais um momento antes de ouvir alguém pigarrear de uma maneira dramática.

Relutante, eu me viro.

Eu sei, em um instante, que o ruído veio de Nouria. Percebo pela maneira como seus braços estão cruzados, como seus olhos se estreitam. Sam, por outro lado, parece divertida.

Mas Castle parece feliz. Surpreso, mas feliz.

Eu sorrio para ele.

A careta de Nouria se aprofunda.

– Vocês dois sabem que Warner foi embora, não sabem?

Isso apaga o sorriso do meu rosto. Dou meia-volta, mas não há sinal dele. Eu me viro de novo, xingando baixinho.

Nazeera me lança um olhar.

– Eu sei – digo, balançando a cabeça. – Ele vai tentar sair sem a gente.

Ela quase ri.

– Definitivamente.

Estou prestes a me despedir de novo quando Nouria se levanta.

– Espere – diz ela.

– Não dá tempo – eu respondo, já saindo pela porta. – Warner vai nos dar um perdido, e eu p...

– Ele está prestes a tomar um banho – diz Sam, me cortando.

Eu paraliso tão rápido que quase caio. Eu me viro, sobrancelhas erguidas.

– Ele vai fazer o quê?

– Ele está prestes a tomar um banho – ela repete.

Eu pisco para ela devagar, como se eu fosse burro, o que, honestamente, é como estou me sentindo no momento.

– Você quer dizer que está, tipo, vendo ele se preparar para tomar banho?

– Não é esquisito – diz Nouria categoricamente. – Pare de tornar isso algo esquisito.

Olho de soslaio para Sam.

– O que Warner está fazendo agora? – eu pergunto a ela. – Ele já está no chuveiro?

– Está.

Nazeera levanta uma única sobrancelha.

– Então você está observando um Warner pelado no chuveiro agora?

– Não estou olhando para o corpo dele – diz Sam, parecendo muito irritada.

– Mas você *poderia* – eu digo, atônito. – Isso que é o esquisito. Você *poderia* ver qualquer um de nós tomar banho extremamente nu.

– Sabe de uma coisa? – Nouria responde na lata. – Eu faria algo para facilitar as coisas para vocês na saída, mas acho que mudei de ideia.

– Espere… – diz Nazeera. – Facilitar as coisas como?

– Eu ia ajudar vocês a roubar um jato.

– Ok, tudo bem, retiro o que eu disse – respondo, levantando minhas mãos em um pedido de desculpas. – Retiro todos os meus comentários anteriores sobre nudez. Eu também gostaria de me desculpar formalmente com Sam; todos sabemos que ela é boa e legal demais para espionar alguém no chuveiro.

Sam revira os olhos e abre um pequeno sorriso.

Nouria suspira.

– Eu não entendo como você lida com ele – ela diz a Castle. – Não suporto todas as piadas. Me deixaria louca ter que ouvir isso o dia todo.

Estou prestes a protestar quando Castle responde:

– Isso é apenas porque você não o conhece bem o suficiente – diz ele, sorrindo para mim. – Além disso, nós não o amamos pelas piadas, não é, Nazeera? – Os dois travam o olhar por um momento. – Nós o amamos por causa do coração que ele tem.

Com isso, o sorriso cai do meu rosto. Ainda estou processando o peso dessa afirmação – a generosidade de tal afirmação – quando percebo que já perdi um instante.

Nouria está falando.

– A base aérea não fica longe daqui – ela está dizendo –, e acho que é um momento tão bom quanto qualquer outro para que todos saibam que Sam e eu estamos prestes a seguir o exemplo de Ella e assumir o Setor 241. Roubar um avião vai ser o menor dos danos... e, de fato, acho que é uma ótima maneira de lançar nossa estratégia ofensiva. – Ela olha por cima do ombro. – O que você acha, Sam?

– Brilhante – diz ela – como sempre.

Nouria sorri.

– Eu não sabia que essa era a sua estratégia – diz Castle, o sorriso desaparecendo de seu rosto. – Você não acha, com base em como as coisas acabaram da última vez, que...

– Por que não discutimos isso depois de despacharmos a criançada para a missão? Neste momento, é mais importante nós os situarmos e proporcionarmos uma partida adequada antes que seja oficialmente tarde demais.

– Ei, falando nisso – digo rapidamente –, o que faz você pensar que ainda não estamos atrasados?

Nouria encontra meus olhos.

– Se eles tivessem feito a transferência – diz ela –, nós teríamos sentido.

– Sentido como?

É Sam quem responde:

– Para que o plano deles funcione, Emmaline precisa morrer. Eles não permitem que isso aconteça naturalmente, é claro, porque uma morte natural pode ocorrer de várias maneiras, o que deixa muitos fatores no ar. Eles precisam ser capazes de controlar o experimento o tempo todo... e é por isso que estavam tão desesperados para colocar as mãos em Ella *antes* que Emmaline morresse. Eles quase certamente vão matar Emmaline em um ambiente controlado e vão arranjar um jeito de não deixar espaço para erros. Mesmo assim, estamos fadados a sentir algo mudar. Essa mudança infinitesimal... depois que os poderes de Emmaline recuarem, mas antes que sejam canalizados para um novo corpo hospedeiro, causará uma falha dramática na nossa visão do mundo. E esse momento ainda não aconteceu, o que nos faz pensar que Ella provavelmente ainda está segura. – Sam encolhe os ombros. – Mas isso pode acontecer a qualquer momento agora. O tempo é realmente essencial.

– Como você sabe tanto sobre isso? – Nazeera pergunta, com as sobrancelhas franzidas. – Durante anos, tentei colocar minhas mãos nessa informação e não consegui nada, apesar de estar tão perto da fonte. Mas você parece saber tudo em alguma espécie de nível pessoal. É incrível.

– Não é tão incrível – diz Nouria, balançando a cabeça. – Só estávamos focadas na nossa pesquisa. Todos os grupos rebeldes têm uma força ou princípio central diferente. Para alguns, é a segurança. Para outros, é a guerra. Para nós, tem sido a pesquisa. As coisas que vimos estão por aí, para todo mundo ver. Há falhas o tempo todo... mas quando você não está procurando por elas, não as percebe. Mas eu notei. Sam notou. Foi uma das coisas que nos uniu.

As duas mulheres trocam um olhar.

– Tínhamos muita certeza de que parte da nossa opressão estava na ilusão – diz Sam. – E estamos perseguindo a verdade com todos os recursos que temos. Infelizmente, ainda não sabemos de tudo.

– Mas estamos mais perto do que a maioria – diz Nouria. Ela respira fundo, recuperando o foco. – Vamos manter nosso objetivo enquanto vocês estiverem fora. Espero que, quando voltarem, a gente tenha conseguido virar mais um setor para o nosso lado.

– Você realmente acha que vai conseguir realizar isso em tão pouco tempo? – eu pergunto, olhos arregalados. – Eu esperava que não ficássemos fora por mais de alguns dias.

Nouria sorri para mim então, mas é um sorriso estranho, um sorriso de busca a algo.

– Você não entende? – ela pergunta. – É isso. Este é o fim. Este é o momento decisivo pelo qual lutamos. O fim de uma era. O fim de uma revolução. Neste momento, nós... finalmente... temos todas as vantagens. Temos pessoas do lado de dentro. Se fizermos direito, poderemos derrubar o Restabelecimento em questão de dias.

– Mas tudo isso depende de nós chegarmos a J a tempo – replico. – E se chegarmos tarde demais?

– Vocês terão que matá-la.

– *Nouria* – Castle ofega.

– Você está brincando – eu digo. – Me fala que você está brincando.

– Não estou brincando nem um pouco – responde ela. – Se você chegar lá, Emmaline estiver morta e Ella tiver tomado o lugar dela, vocês devem matar Ella. Vocês têm que matá-la e matar o maior número possível de comandantes supremos.

Fico boquiaberto.

– E todas aquelas merdas que você disse para J na noite em que chegamos aqui? E toda aquela conversa sobre como ela é inspiradora e quantas pessoas foram comovidas pelas ações dela… sobre como ela é basicamente uma heroína? O que aconteceu com toda essa bobagem?

– Não era bobagem – rebate Nouria. – Eu fui sincera em cada palavra. Mas estamos em guerra, Kishimoto. Não temos tempo para sermos sentimentais.

– Sentimentais? Você está maluc…

Nazeera coloca a mão calmante no meu braço.

– Vamos encontrar outro jeito. Tem que haver outro jeito.

– É impossível reverter o processo enquanto ele estiver em vigor – diz Sam calmamente. – A Operação Síntese vai remover todos os vestígios da sua velha amiga. Ela vai ficar irreconhecível. Um supersoldado em todos os sentidos da palavra. Para além da salvação.

– Eu não estou ouvindo isso – digo com raiva. – Eu não estou ouvindo isso.

Nouria levanta as mãos.

– Essa conversa pode acabar se tornando desnecessária. Contanto que vocês possam chegar a tempo, não importa. Mas lembrem: se vocês chegarem lá e Ella ainda estiver viva, precisam garantir que ela mate Emmaline, acima de tudo. Remover Emmaline é fundamental. Depois que ela se for, os comandantes supremos vão se tornar alvos fáceis. Vulneráveis.

– Espere. – Eu franzo a testa, ainda com raiva. – Por que tem que ser J a matar Emmaline? Um de nós não poderia fazer isso?

Nouria balança a cabeça.

– Se fosse assim tão simples – diz ela –, você não acha que já teria sido feito a essa altura do campeonato?

Eu levanto as sobrancelhas.

– Não se ninguém soubesse que ela existia.

– A gente sabia que ela existia – Sam diz com a voz baixa. – Já sabemos sobre Emmaline há um tempo.

Nouria continua:

– Por que você acha que entramos em contato com a sua equipe? Por que você acha que arriscamos a vida de um dos nossos para enviar uma mensagem a Ella? Por que acha que abrimos nossas portas para vocês, mesmo quando sabíamos que estaríamos expostos a um possível ataque? Tomamos uma série de decisões cada vez mais difíceis, colocando em risco a vida de todos aqueles que dependiam de nós. – Ela suspira. – Mas mesmo agora, depois de sofrer uma perda desastrosa, Sam e eu pensamos que, no fim das contas, fizemos a coisa certa. Você pode imaginar por quê?

– Porque vocês são... Boas samaritanas?

– Porque percebemos, meses atrás, que Ella era a única forte o suficiente para matar a própria irmã. Precisamos dela tanto quanto vocês. Não apenas nós – Nouria gesticula para si e para Sam –, mas o mundo inteiro. Se Ella for capaz de matar Emmaline antes que quaisquer poderes possam ser transferidos, ela terá matado a maior arma do Restabelecimento. Se não matar Emmaline agora, enquanto o poder ainda corre pelas veias de Emmaline, o Restabelecimento pode continuar a conter e transferir esse poder para um novo hospedeiro.

– Uma vez pensamos que Ella teria que lutar contra a irmã – diz Sam. – Mas com base nas informações que Ella compartilhou com a gente enquanto estava aqui, parece que Emmaline está pronta e disposta a morrer. – Sam balança a cabeça. – Mesmo assim, matá-la não é tão simples quanto puxar uma tomada da parede. Ella vai entrar em guerra com o fantasma da genialidade de sua mãe. Evie, sem dúvida, acionou diversas estratégias de segurança para manter Emmaline invulnerável a ataques de outras pessoas e de si mesma. Não tenho ideia do que Ella vai enfrentar, mas posso garantir que não será fácil.

– Jesus. – Deixo a cabeça cair nas mãos. Pensei que já estava vivendo com níveis máximos de estresse, mas estava errado. Esse estresse que estou passando agora está em um nível totalmente novo.

Sinto a mão de Nazeera nas minhas costas e olho para cima. Seu rosto parece tão incerto quanto o meu e, de alguma forma, isso me faz sentir melhor.

– Façam as malas – diz Nouria. – Alcancem Warner. Encontro vocês três na entrada em vinte minutos.

~~Ella~~
Juliette

Na escuridão, imagino luz.

Sonho com sóis, luas, mães. Vejo crianças rindo, chorando, vejo sangue, sinto cheiro de açúcar. A luz estilhaça através da escuridão, pressionando meus olhos, fraturando o nada em algo. Formas sem nome se expandem e giram, se chocam, dissolvendo-se ao entrar em contato. Vejo poeira. Vejo paredes escuras, uma janelinha, vejo água, vejo palavras em uma página…

eu não sou louca eu não sou louca

Na dor, imagino êxtase.

Meus pensamentos são como vento, correndo, rodopiando nas profundezas de mim mesma, expulsando, dissipando a escuridão

Imagino amor, imagino vento, imagino cabelos dourados e olhos verdes e sussurros, risadas

Eu imagino

a mim

extraordinária, inteira

a garota que chocou a si mesma por sobreviver, a garota que se amou através do aprendizado, a garota que respeitou sua pele, entendeu seu valor, encontrou sua força

IMAGINA-ME

forte
mais forte
fortíssima
Imagino-me
mestre do meu próprio universo
Sou tudo o que eu sempre sonhei

Kenji

Estamos no ar.

Estamos no ar há horas. Passei as primeiras quatro horas dormindo – normalmente consigo adormecer em qualquer lugar, em qualquer posição – e passei as últimas duas horas comendo todos os lanches do avião. Ainda temos uma hora de voo e estou tão entediado que comecei a enfiar o dedo nos olhos só para passar o tempo.

Começamos bem – Nouria nos ajudou a roubar um avião, como prometido, protegendo nossas ações com uma camada de luz – mas agora que estamos aqui em cima, estamos basicamente por nossa conta. Nazeera teve que se esquivar de algumas perguntas pelo rádio; mas, como a maioria das forças armadas não tem ideia de que nível de merda já aconteceu, ela ainda tem a influência necessária para contornar as perguntas de líderes e soldados de setor intrometidos. Percebemos que é apenas uma questão de tempo até alguém perceber que não temos autoridade para estar aqui em cima.

Até lá...

Olho em volta. Estou sentado perto o suficiente da cabine para estar ao alcance de Nazeera, mas ela e eu decidimos que eu deveria ficar de olho em Warner, que está sentado apenas longe o suficiente para me proteger de suas caras feias. Honestamente, a expressão no rosto dele é tão fechada que estou surpreso por ele não ter começado a envelhecer prematuramente.

Basta dizer que ele não gostou do plano de jogo de Nouria.

Quero dizer, eu também não gosto – e não tenho nenhuma intenção de segui-lo –, mas Warner parecia que poderia atirar em Nouria pelo simples fato de *pensar* que poderíamos ter que matar J. Ele está sentado rigidamente no fundo do avião desde que embarcamos, e tenho receio de me aproximar dele, apesar de nossa recente reconciliação. Semirreconciliação? Estou chamando de reconciliação.

Mas agora acho que ele precisa de espaço.

Ou talvez seja eu... talvez seja eu quem precise de espaço. É cansativo lidar com ele. Sem J, Warner não tem arestas suaves. Ele nunca sorri. Ele raramente olha para as pessoas. Ele está sempre irritado.

Neste momento, sinceramente, não me lembro de por que J gosta tanto dele.

De fato, nos últimos dois meses, eu havia esquecido de como ele era sem ela por perto. Mas esse lembrete foi mais do que suficiente. Aliás, eficiente demais. Não quero mais lembretes. Posso garantir que nunca mais esquecerei que Warner não é um cara divertido de a gente ficar perto numa boa. Esse cara carrega tanta tensão em seu corpo que é praticamente contagioso. Então, sim, estou dando espaço a ele.

Até o momento, eu lhe dei sete horas de espaço.

Lanço outro olhar para ele, me perguntando como ele se mantém tão imóvel – tão rígido – por sete horas seguidas. Como ele não move um músculo? Por que ele nunca precisa usar o banheiro? Para onde tudo isso vai?

A única concessão que recebemos de Warner foi que ele veio com uma aparência mais próxima de seu estado normal. Sam estava certa:

Warner tomou banho. Você acharia que ele estava saindo para um encontro, não para uma missão de assassinato/resgate. É óbvio que ele quer causar uma boa impressão.

Ele está vestindo mais peças descartadas por Haider: um blazer verde-claro, calça combinando. Botas pretas. Mas como essas peças foram selecionadas por Haider, o blazer não é um blazer normal. Claro que não é. Esse não tem lapelas nem botões. A silhueta é cortada em linhas fortes e retas que forçam o blazer a ficar aberto, expondo a camiseta de Warner por baixo – uma camiseta simples branca com decote em V que mostra mais de seu peito do que eu me sinto confortável de olhar. Ainda assim, ele parece bem. Um pouco nervoso, mas...

– Seus pensamentos são muito altos – diz Warner, ainda olhando pela janela.

– Ai, meu Deus, me desculpe – eu digo, fingindo choque. – Eu abaixaria o volume, mas teria que *morrer* para meu cérebro parar de funcionar.

– Um problema facilmente corrigível – ele murmura.

– Eu ouvi isso.

– Eu falei para você ouvir mesmo.

– Ei – eu digo, percebendo algo. – Isso não parece um *déjà vu* estranho?

– Não.

– Não, não, estou falando sério. Quais são as chances de que nós três estivéssemos em uma viagem como essa novamente? Se bem que, da última vez, acabamos sendo alvejados, então não, eu não quero reviver aquela situação. Além disso, J não está aqui. Assim. Hã. – Eu hesito. – Ok, acho que estou percebendo que talvez eu não entenda o que *déjà vu* significa.

– É francês – afirma Warner, entediado. – Significa literalmente *já visto*.

– Espere, então eu sei o que significa.

– Que você saiba o que qualquer coisa significa é surpreendente para mim.

Antes que tenha a chance de me defender, a voz de Nazeera é transferida do *cockpit*.

– Ei – ela chama. – Vocês estão amigos de novo?

Ouço o familiar clique e um deslize de metal – um som que significa que Nazeera está se desafivelando do modo piloto. De vez em quando, ela coloca o avião no plano de cruzeiro (ou seja lá como se chama) e se aproxima de mim. Mas já faz pelo menos meia hora desde seu último intervalo, e eu sinto falta dela.

Ela se encolhe na poltrona ao meu lado.

Abro um grande sorriso para ela.

– Estou muito feliz que vocês finalmente estejam conversando – diz ela, suspirando enquanto afunda no banco. – O silêncio era deprimente.

Meu sorriso morre.

A expressão de Warner fica mais sombria.

– Escute – diz ela, olhando para ele. – Eu sei que tudo isso é horrível, que a razão por estarmos nesse avião é horrível, mas você precisa parar de ser assim. Temos mais ou menos trinta minutos neste voo, o que significa que estamos prestes a sair juntos para fazer algo enorme. O que significa que temos que estar na mesma página. Precisamos confiar um no outro e trabalharmos juntos. Se não fizermos assim, ou se você não nos permitir, podemos acabar perdendo tudo.

Quando Warner não diz nada, Nazeera suspira novamente.

– Eu não ligo para o que Nouria pensa – diz ela, tentando um tom gentil. – Nós não vamos perder Ella.

– Você não entende – diz Warner em voz baixa. Ele ainda não está olhando para nós. – Eu já a perdi.

– Você não sabe disso – afirma Nazeera, com força. – Ella ainda pode estar viva. Ainda podemos mudar isso.

Warner balança a cabeça.

– Ela estava diferente antes mesmo de ser levada – diz ele. – Algo mudou dentro dela, e não sei o que foi, mas eu podia sentir. Eu sempre fui capaz de senti-la, sempre senti sua energia... e ela não era a mesma. Emmaline fez algo com ela, mudou algo dentro dela. Não tenho ideia de como ela estará quando eu a vir novamente. *Se* eu a vir novamente. – Ele fica olhando pela janela. – Mas estou aqui porque não posso fazer mais nada. Porque este é o único caminho a seguir.

E então, mesmo sabendo que isso vai irritá-lo, digo a Nazeera:

– Warner e J estavam noivos.

– O quê? – Nazeera fica imóvel. Os olhos dela se arregalam. Ficam gigantes. Maiores que o avião. Seus olhos ficam tão arregalados que basicamente enchem o céu. – Quando? Como? Por que ninguém me contou?

– Eu te contei isso em confidência – diz Warner bruscamente, me lançando um olhar.

– Eu sei. – Dou de ombros. – Mas Nazeera está certa. Agora somos uma equipe, quer você goste ou não, e devemos colocar tudo isso em campo aberto. Deixar arejar.

– Em campo aberto? E o fato de você e Nazeera estarem namorando e você nunca ter se incomodado em mencionar?

– Ei – eu digo –, eu ia cont...

– Espere. *Espere.* – Nazeera me interrompe. Ela levanta as mãos. – Por que estamos mudando de assunto? Warner, noivo! Oh meu Deus, isso é... Isso é tão bom. Isso é muito importante, poderia nos dar uma pers...

– Não é nada *tão* importante assim. – Eu me viro, franzindo a testa para ela. – Todos nós sabíamos que esse tipo de coisa estava por vir. Os dois estão basicamente destinados a ficar juntos, até eu posso admitir isso. – Inclino a cabeça, considerando. – Quero dizer, é verdade, acho que eles são um pouco jovens, mas...

Nazeera está balançando a cabeça.

– Não. Não. Não é disso que estou falando. Não me importo com o noivado em si. – Ela para e olha para Warner. – Quero dizer, hum, parabéns e tals.

Warner parece mais do que irritado.

– Só quero dizer que isso me lembrou de algo. De algo muito bom. Não sei por que não pensei antes. Deus, isso nos daria a vantagem perfeita.

– O quê?

Mas Nazeera está fora de sua poltrona, caminhando até Warner e, cautelosamente, eu sigo.

– Você se lembra – diz ela – quando você e Lena estavam juntos?

Warner lança um olhar venenoso para Nazeera e diz, com um gelo dramático:

– Eu realmente prefiro não lembrar.

Nazeera faz um aceno como quem dispensa a resposta.

– Bem, eu me lembro. Eu me lembro muito mais do que deveria, provavelmente, porque Lena costumava reclamar comigo sobre o relacionamento de vocês o tempo todo. E lembro, especificamente, de quanto seu pai e a mãe dela queriam que vocês, tipo, eu não sei...

se prometessem um para o outro para um futuro próximo, pela proteção do movimento...

– Se prometessem? – Enrugo a testa.

– Sim, tipo... – Ela hesita, com os braços girando enquanto reúne seus pensamentos, mas Warner de repente se endireita na poltrona, parecendo entender.

– Sim – ele diz calmamente. A irritação se foi de seus olhos. – Lembro que meu pai me disse algo sobre a importância de unir nossas famílias. Infelizmente, minha lembrança da interação é vaga, na melhor das hipóteses.

– Certo, bem, eu tenho certeza de que seus pais estavam perseguindo a ideia para terem ganhos políticos, mas Lena estava (e provavelmente ainda está), tipo, genuinamente apaixonada por você, e sempre esteve meio obcecada com a ideia de ser sua esposa. Ela estava sempre conversando comigo sobre se casar com você, sobre os sonhos dela para o futuro, sobre como seriam seus filhos...

Olho para Warner para ver sua reação a essa afirmação, e a expressão revoltada em seu rosto é surpreendentemente satisfatória.

– ... mas eu me lembro dela dizendo algo, mesmo naquela época, sobre como você era desapegado, e como era fechado, e como um dia, quando vocês dois se casassem, ela finalmente conseguiria vincular os perfis das famílias de vocês no banco de dados, o que daria a ela a liberação de segurança necessária para rastrear a sua...

O avião dá uma sacudida repentina e violenta.

Nazeera fica quieta, as palavras morrendo na garganta. Warner se levanta. Todo mundo corre para o *cockpit.*

As luzes estão piscando, gritando alertas que não entendo. Nazeera examina o monitor ao mesmo tempo em que Warner, e os dois trocam um olhar.

O avião dá outro solavanco violento, e eu bato com força contra algo afiado e metálico. Desfiro uma longa série de palavrões e, por algum motivo, quando Nazeera estende a mão para me ajudar a me levantar...

Eu surto.

– Alguém pode me dizer o que diabos está acontecendo? O que está pegando? Estão tentando nos alvejar em pleno voo agora? – Eu giro, observando as luzes piscando, o bipe constante ecoando pela cabine. – Maldito *déjà vu*! Eu sabia!

Nazeera respira fundo. Fecha os olhos.

– Não estamos sendo alvejados em pleno voo.

– Então...

– Quando entramos no espaço aéreo da Oceania – explica Warner –, a base deles foi alertada da presença da nossa aeronave não autorizada. – Ele olha para o monitor. – Eles sabem que estamos aqui e não estão felizes com isso.

– Certo, essa parte eu entendo, mas...

Outro choque violento e caio no chão. Warner nem parece se assustar. Nazeera tropeça, mas graciosamente, e cai no assento do *cockpit*. Ela parece estranhamente desanimada.

– Então, hum, tudo bem... o que está acontecendo? – Estou respirando com dificuldade. Meu coração está acelerando. – Tem certeza de que não seremos derrubados do céu outra vez? Por que ninguém está surtando? Estou tendo um ataque cardíaco?

– Você não está tendo um ataque cardíaco e eles não estão atirando em nós para nos derrubar – diz Nazeera novamente, os dedos voando pelos mostradores, passando pelas telas. – Mas ativaram o controle remoto da aeronave. Eles assumiram o controle do avião.

– E você não pode reverter isso e recuperar o controle?

Ela balança a cabeça numa negativa.

– Não tenho autoridade para substituir a de um comandante supremo.

Depois de um momento de silêncio, ela se endireita e se vira para nos encarar.

– Talvez não seja tão ruim – diz ela. – Quero dizer, eu não tinha muita certeza de como aterrissaríamos aqui ou como tudo iria se desenrolar, mas deve ser um bom sinal de que eles queiram que entremos vivos, certo?

– Não necessariamente – diz Warner em voz baixa.

– Certo. – Nazeera faz uma careta. – Sim, eu percebi que isso estava errado só depois que falei em voz alta.

– Então devemos simplesmente esperar aqui? – Estou sentindo meu intenso pânico começar a se desfazer, mas só um pouco. – Simplesmente esperamos aqui até que pousem nosso avião e quando eles pousarem nosso avião, nos cerquem com soldados armados e, quando sairmos do avião, eles nos matem e então... você sabe, ficamos mortos? Esse é o plano?

– Isso – afirma Nazeera – ou eles poderiam fazer nosso avião se chocar contra o oceano ou algo assim.

– Ai meu Deus, Nazeera, isso não é engraçado.

Warner olha pela janela.

– Ela não estava brincando.

– Tudo bem, só vou perguntar mais uma vez: por que eu sou o único que está surtando?

– Porque eu tenho um plano – diz Nazeera. Ela olha para o painel mais uma vez. – Temos exatamente catorze minutos antes do avião pousar, mas isso me dá tempo mais que suficiente para dizer a vocês exatamente o que vamos fazer.

~~Ella~~ Juliette

Primeiro, eu vejo luz.

Forte, alaranjada, queimando atrás das minhas pálpebras. Os sons começam a surgir logo depois, mas a revelação é lenta e turva. Ouço minha própria respiração, depois um apito fraco. Um chiado metálico, uma lufada de ar, o som de risadas. Passos, passos, uma voz que diz...

Ella

No momento em que estou prestes a abrir os olhos, uma inundação de calor flui pelo meu corpo, queima através dos ossos. É violenta, generalizada. Pressiona com força a minha garganta, me sufoca.

De repente, estou entorpecida.

Ella, diz a voz.

Ella

Ouça

– A qualquer minuto.

A voz familiar de Anderson rompe a névoa da minha mente. Meus dedos se contraem contra lençóis de algodão. Sinto o peso insubstancial de um cobertor fino cobrindo a metade inferior do meu corpo. A fisgada e a picada de agulhas. Um rugido de dor. Percebo, então, que não posso mover minha mão esquerda.

Alguém clareia a garganta.

– É a segunda vez que o sedativo não funciona como deveria – diz alguém. A voz não é familiar. Zangada. – Sem Evie, todo este lugar está indo para o inferno.

– Evie fez mudanças substanciais no corpo de Ella – diz Anderson, e eu me pergunto de quem ele está falando. – É possível que algo em sua nova composição física impeça o sedativo de dissipar com a velocidade que deveria.

Uma risada sem humor.

– Sua amizade com Max lhe rendeu muitas coisas nas últimas duas décadas, mas o diploma em medicina não foi uma delas.

– É apenas uma teoria. Eu acho que pode ser po...

– Não quero saber das suas teorias – diz o homem, interrompendo-o. – O que eu quero saber é por que diabos você pensou que seria uma boa ideia ferir nosso espécime principal, quando manter a estabilidade física e mental dela é *crucial* para...

– Ibrahim, seja razoável – interpõe Anderson. – Depois do que aconteceu da última vez, eu só queria ter certeza de que tudo estava funcionando como deveria. Eu só estava testando a leald...

– Todos sabemos sobre o seu fetiche por tortura, Paris, mas a novidade da sua mente singularmente doente já ficou velha. Estamos sem tempo.

– Não estamos sem tempo – diz Anderson, parecendo notavelmente calmo. – Esse foi apenas um pequeno contratempo; Max conseguiu consertá-lo de imediato.

– *Um pequeno contratempo*? – Ibrahim vocifera. – A garota perdeu a consciência. Ainda temos um alto risco de regressão. O espécime deveria estar em êxtase. Eu lhe permiti rédea solta com a garota, mais uma vez, porque sinceramente não achei que você seria tão estúpido. Porque não tenho tempo de bancar a babá para você. Porque Tatiana, Santiago, Azi e eu estamos com as mãos ocupadas tentando fazer o seu trabalho *e* o de Evie, além do nosso. Além de todo o resto.

– Eu estava fazendo meu próprio trabalho muito bem – diz Anderson, sua voz como ácido. – Ninguém pediu para você se meter.

– Você está esquecendo que perdeu o emprego e o seu continente no momento em que a filha de Evie lhe deu um tiro na cabeça e reivindicou seus espólios para ela. Você deixou uma adolescente tirar sua vida, seu sustento, seus filhos e seus soldados bem debaixo do seu nariz.

– Você sabe tão bem quanto eu que ela não é uma adolescente comum – diz Anderson. – Ela é filha de Evie. Você sabe o que ela é capaz de f...

– Mas *ela* não fez! – grita Ibrahim. – Metade da razão pela qual a garota foi criada para viver uma vida de isolamento foi para que nunca conhecesse toda a extensão de seus poderes. Ela deveria apenas se metamorfosear silenciosamente, sem detectar, enquanto esperávamos o momento certo para nos estabelecermos como um movimento. Ela só foi confiada aos seus cuidados por causa da sua amizade de décadas com Max, e porque você era um emergente ardiloso e conivente que estava disposto a aceitar qualquer trabalho que pudesse conseguir para subir na hierarquia.

– Isso é engraçado – diz Anderson, sem achar graça em nada. – Você costumava gostar de mim por eu ser um emergente ardiloso e conivente que estava disposto a aceitar qualquer trabalho que eu conseguisse.

– Eu gostava de você – diz Ibrahim fervilhando de raiva – quando você concluía o trabalho. Mas no ano passado, você não passou de um peso morto. Demos muitas oportunidades para você corrigir seus erros, mas parece que você não consegue fazer as coisas de maneira correta. Você tem sorte de Max ter conseguido consertar a mão tão rapidamente, mas ainda não sabemos nada sobre o estado mental dela. E eu te juro, Paris, que se houver consequências imprevistas e irreversíveis para as suas ações, eu vou desafiá-lo diante do comitê.

– Você não ousaria.

– Você pode ter se safado com essa bobagem enquanto Evie ainda estava viva, mas o resto de nós sabe que a única razão pela qual você chegou tão longe foi por causa da indulgência de Evie com Max, que continua a bancar você por razões incompreensíveis para qualquer um de nós.

– *Por razões incompreensíveis para qualquer um de nós?* – Anderson ri. – Você quer dizer que não lembra por que me manteve por todos esses anos? Me permita ajudar a refrescar sua memória. Pelo que recordo, você gostava mais de mim quando eu estava disposto a fazer os trabalhos abjetos, imorais e desagradáveis que ajudaram a fazer este movimento decolar. – Uma pausa. – Você me manteve por todos esses anos, Ibrahim, porque, em troca, eu mantive suas mãos livres de sangue. Ou você esqueceu? Você já me chamou de seu salvador.

– Eu não me importo se eu te chamei de profeta. – Algo se quebra. Metal e vidro batendo forte em outra coisa. – Não podemos continuar pagando pelos seus erros descuidados. Agora nós estamos em *guerra*, e, no momento, mal conseguimos manter nossa liderança. Se você não consegue entender as possíveis ramificações de um pequeno contratempo nesta hora crítica, não merece ficar entre nós.

Um *crash* repentino. Uma porta bate com força.

Anderson solta um suspiro longo e devagar. De alguma forma, posso dizer, mesmo pelo som de sua expiração, que ele não está com raiva.

Estou surpresa.

Ele apenas parece cansado.

Grau por grau, os dedos de calor se desenrolam de ao redor da minha garganta. Depois de mais alguns segundos de silêncio, meus olhos se abrem.

Olho para o teto, meus olhos se ajustando à intensa explosão de luz branca. Sinto-me um pouco imobilizada, mas pareço estar bem.

– Juliette?

A voz de Anderson é suave. Muito mais gentil do que eu esperava. Pisco olhando para o teto e então, com algum esforço, consigo mover meu pescoço. Eu olho para ele.

Ele não se parece consigo mesmo. Barba crescida. Incerteza aflorada.

– Sim, senhor – eu digo, mas minha voz é áspera. Falha por falta de uso.

– Como você está se sentindo?

– Eu me sinto rígida, senhor.

Ele aperta um botão e minha cama se move, me reajustando para que eu fique sentada relativamente na vertical. O sangue se esvai da minha cabeça até minhas extremidades e fico um pouco zonza. Eu pisco, lentamente, tentando recalibrar. Anderson desliga as máquinas conectadas ao meu corpo, e eu observo tudo fascinada.

E então ele se levanta e endireita a coluna.

Ele vira as costas para mim e fica de frente para uma pequena janela alta. É alta demais para eu ver a vista. Levanta os braços e passa as mãos pelos cabelos com um suspiro.

– Preciso de uma bebida – ele diz para a parede.

Anderson assente com a cabeça e sai pela porta adjacente. No começo, fico surpresa de ser deixada sozinha, mas quando ouço sons abafados de movimento e o familiar barulho de vidro tilintando, não fico mais surpresa.

Estou confusa.

Percebo então que não tenho ideia de onde estou. Agora que as agulhas foram removidas do meu corpo, posso me mover com mais facilidade e, enquanto giro para observar o espaço, me ocorre que não estou em uma ala médica, como suspeitei. Parece mais o quarto de alguém.

Ou talvez até um quarto de hotel.

Tudo é extremamente branco. Estéril. Estou em uma grande cama branca, com lençóis brancos e um edredom branco. Até a estrutura da cama é feita de madeira branca e amarelada. Ao lado dos vários carrinhos e dos monitores agora desativados, há uma única mesa de cabeceira decorada com uma única luminária simples. Há uma porta comprida entreaberta e, através de uma inclinação de luz, acho que espio o que serve como armário, embora pareça estar vazio. Ao lado da porta há uma mala, fechada, mas com o zíper aberto. Há uma tela presa na parede oposta à que estou encostada e, embaixo dela, uma cômoda. Uma das gavetas não está completamente fechada e desperta minha curiosidade

Ocorre-me então que não estou usando roupas. Estou vestindo uma bata de hospital, mas não roupas de verdade. Meus olhos vasculham o quarto em busca do meu uniforme militar, mas eu me decepciono.

Não há nada aqui.

Lembro-me então, em um momento de clareza, que devo ter sangrado por todas as minhas roupas. Eu me lembro de me ajoelhar no chão. Lembro-me da poça crescente do meu próprio sangue, no qual eu desmaiei.

Olho para minha mão ferida. Só machuquei o dedo indicador, mas toda a minha mão esquerda está atada em gaze. A dor foi reduzida a um latejamento não muito forte. Tomo como um bom sinal.

Com cautela, começo a remover os curativos.

Só então, Anderson reaparece. Seu paletó se foi. A gravata se foi. Os dois primeiros botões de sua camisa estão abertos. A curva preta da tatuagem fica mais claramente visível, e seu cabelo está despenteado. Ele parece mais relaxado.

Anderson permanece na porta e toma um gole longo de um copo meio cheio de líquido âmbar.

Quando faz contato visual comigo, eu digo:

– Senhor, eu queria saber onde estou. Eu também estava me perguntando onde estão minhas roupas.

Anderson toma outro gole. Ele fecha os olhos enquanto engole, e se encosta no batente da porta. Suspira.

– Você está no meu quarto – diz, com os olhos ainda fechados. – Este complexo é vasto, e as alas médicas, que são muitas, ficam, na maioria das vezes, situadas no extremo oposto do complexo, a cerca de um quilômetro e meio de distância daqui. Depois que Max atendeu às suas necessidades, pedi que ele a colocasse aqui para que eu pudesse ficar de olho em você durante a noite. Quanto às suas roupas, não faço ideia. – Ele toma outro gole. – Acho que Max as incinerou. Tenho certeza de que alguém lhe trará uma muda nova em breve.

– Obrigada, senhor.

Anderson não diz nada.

Eu não digo mais nada.

Quando ele fecha os olhos, eu me sinto mais segura para encará-lo. Aproveito a rara oportunidade de olhar com mais detalhes a tatuagem, mas ainda não consigo entendê-la. Olho principalmente para o rosto dele, que nunca vi assim: suave, relaxado. Quase sorridente. Mesmo assim, posso dizer que algo o está incomodando.

– O quê? – ele diz sem olhar para mim. – O que foi agora?

– Eu estava me perguntando se o senhor está bem.

Os olhos dele se abrem. Ele inclina a cabeça para olhar para mim, mas seu olhar é inescrutável. Lentamente, ele se vira.

Bebe o resto do líquido, apoia o copo na mesa de cabeceira e se senta em uma poltrona próxima.

– Eu fiz você cortar seu próprio dedo ontem à noite, lembra?

– Sim, senhor.

– E hoje você está me perguntando se estou bem.

– Sim, senhor. O senhor parece chateado.

Ele se recosta na poltrona, parecendo pensativo. De repente, balança a cabeça.

– Sabe, agora percebo que fui muito duro com você. Eu fiz você passar por algo que foi demais. Testei sua lealdade talvez demais. Mas você e eu temos uma longa história, Juliette. E para mim não é fácil perdoar. Eu certamente não esqueço.

Não digo nada.

– Você não tem ideia do quanto eu te odiei – diz ele, falando mais para a parede do que para mim. – Quanto eu ainda te odeio, às vezes. Mas agora, finalmente…

Ele se senta, me olha nos olhos.

– Agora você é perfeita. – Ele ri, mas não há coração nessa risada. – Agora você é absolutamente perfeita e eu tenho que entregar você. Jogar seu corpo para a ciência. – Ele se vira para a parede mais uma vez. – Que pena.

O medo surge sorrateiramente no meu peito. Ignoro.

Anderson se levanta, pega o copo vazio da mesa de cabeceira e desaparece por um minuto para enchê-lo novamente. Quando volta, ele me olha da porta. Retribuo o olhar. Permanecemos assim por um tempo antes que ele diga, de repente…

– Sabe de uma coisa? Quando eu era muito jovem, queria ser confeiteiro.

A surpresa toma conta de mim, arregala meus olhos.

– Eu sei – diz ele, tomando outro gole do líquido âmbar. Ele quase ri. – Não é o que você esperaria, mas sempre gostei de bolo. Poucas pessoas percebem isso, mas a confeitaria demanda infinita precisão e paciência. É uma ciência exigente e cruel. Eu teria sido um excelente confeiteiro. – E então: – Não sei ao certo por que estou dizendo isso. Suponho que já faz muito tempo que sinto que posso falar abertamente com alguém.

– O senhor pode me dizer qualquer coisa.

– Sim – ele responde calmamente. – Estou começando a acreditar nisso.

Ficamos os dois em silêncio, mas não consigo parar de encará-lo, e minha mente se enche repentinamente de perguntas sem respostas.

Mais vinte segundos disto e ele finalmente quebra o silêncio.

– Certo, o que é? – Sua voz é irônica. Ele zomba de si mesmo. – O que você está *morrendo* de vontade de saber?

– Sinto muito, senhor – respondo. – Eu estava pensando… por que o senhor não tentou? Ser confeiteiro?

Anderson dá de ombros, gira o copo em suas mãos.

– Quando fiquei um pouco mais velho, minha mãe costumava forçar água sanitária na minha garganta. Amônia. O que quer que ela pudesse encontrar embaixo da pia. Nunca era o suficiente para me matar – ele diz, encontrando meus olhos. – Apenas o suficiente para me torturar por toda a eternidade. – Ele vira o resto da bebida. – Você poderia dizer que eu perdi meu apetite.

Não consigo mascarar meu horror rápido o suficiente. Anderson ri de mim, ri da expressão no meu rosto.

– Ela nunca teve um bom motivo para fazer isso – ele continua, afastando-se. – Ela apenas me odiava.

– Senhor – eu digo – Senhor, eu…

Max entra no quarto. Eu me encolho.

– O que diabos você fez?

– Há muitas respostas possíveis para essa pergunta – diz Anderson, olhando para trás. – Por favor, seja mais específico. A propósito, o que você fez com as roupas dela?

– Estou falando de Kent – Max responde com raiva. – O que você fez?

Anderson parece subitamente incerto. Ele olha de Max para mim e depois para Max de novo.

– Talvez devêssemos discutir isso em outro lugar.

No entanto, Max parece estar fora de si. Seus olhos são tão selvagens que não sei dizer se ele está com raiva ou aterrorizado.

– Por favor, me diga que as fitas foram adulteradas. Me diga que estou errado. Me diga que você não realizou o procedimento em você.

Anderson parece ao mesmo tempo aliviado e irritado.

– Acalme-se – diz ele. – Eu vi Evie fazer esse tipo de coisa inúmeras vezes; e da última, foi comigo. O garoto já havia sido drenado. O frasco estava pronto, apenas apoiado lá no balcão, e você estava tão ocupado com... – Ele olha para mim. – De qualquer maneira, tive um tempo livre esperando e pensei em me tornar útil enquanto eu estava por perto.

– Não acredito... é claro que você não vê o problema – diz Max, agarrando um punhado de seu próprio cabelo. Ele está balançando a cabeça de um lado para o outro. – Você nunca vê o problema.

– Parece uma acusação injusta.

– Paris, há uma razão pela qual a maioria dos não naturais tem apenas uma habilidade. – Ele está começando a andar agora. – A ocorrência de dois dons sobrenaturais na mesma pessoa é extremamente rara.

– E a garota de Ibrahim? – ele pergunta. – Não foi trabalho seu? De Evie?

– Não – Max diz com força. – Esse foi um erro aleatório e natural. Ficamos tão surpresos com a descoberta quanto qualquer outra pessoa.

Anderson fica subitamente sólido de tensão.

– Qual é exatamente o problema?

– Não é...

Um súbito toque de sirenes, e as palavras morrem na garganta de Max.

– De novo não – ele sussurra. – Deus, de novo não.

Anderson me lança um único olhar antes de desaparecer em seu quarto e, desta vez, ele reaparece totalmente vestido e equipado. Nem um fio de cabelo fora do lugar. Ele verifica o cartucho de uma pistola antes de guardá-la em um coldre escondido.

– Juliette – diz ele, ríspido.

– Sim, senhor?

– Estou ordenando que você fique aqui. Não importa o que você veja, não importa o que ouça, você não deve sair deste quarto. Você não deve fazer nada, a menos que eu ordene o contrário. Está me entendendo?

– Sim, senhor.

– Max, consiga algo para ela vestir – Anderson grita. – E então a mantenha escondida. Proteja-a com a sua vida.

Kenji

O plano era o seguinte:

Todos nós deveríamos ficar invisíveis – Warner emprestando seu poder de mim e de Nazeera – e pular do avião pouco antes da aterrissagem. Nazeera ativaria seus poderes de voo e, com Warner reforçando o poder dela, nós três passaríamos sem sermos vistos pelo comitê de boas-vindas que pretendia nos matar. Em seguida, iríamos diretamente para o coração do vasto complexo, onde começaríamos nossa busca por Juliette.

Isto é o que realmente acontece:

Nós três ficamos invisíveis e saltamos do avião durante o pouso. Essa parte funcionou. O que não esperávamos, é claro, era que o comitê de acolhimento/assassinato previsse completamente nossas ações.

Estamos no ar, voando sobre as cabeças de pelo menos duas dúzias de soldados altamente armados e um cara que parece ser o pai de Nazeera, quando alguém lança o brilho de algum tipo de arma de cano longo no céu. Ele parece estar procurando algo.

Nós.

– Ele está procurando assinaturas de calor – esclarece Warner.

– Já percebi – diz Nazeera, parecendo frustrada. Ela ganha velocidade, mas isso não importa.

Segundos depois, o cara com a pistola de calor grita algo para outra pessoa, que aponta uma arma diferente para nós, uma que desativa imediatamente nossos poderes.

É tão horrível quanto parece.

Eu nem tenho chance de gritar. Não tenho tempo para pensar no fato de que meu coração está a dois quilômetros por minuto, ou que minhas mãos estão tremendo, ou que Nazeera – a Nazeera destemida e invulnerável – parece subitamente aterrorizada quando o céu cai debaixo dela. Até Warner parece atordoado.

Eu já estava superassustado com a ideia de ser derrubado do céu outra vez, mas posso dizer com sinceridade que não estava mentalmente preparado para isso. Esse é um novo nível de terror. Nós três ficamos subitamente visíveis, espiralando para nossa morte, e os soldados lá embaixo estão apenas olhando para nós, esperando.

Para quê?, eu me pergunto.

Por que eles estão apenas olhando para nós enquanto morremos? Por que se esforçarem para tomar o nosso avião e aterrissar aqui, em segurança, apenas para nos ver cair do céu?

Eles acham isso divertido?

O tempo parece estranho. Infinito e inexistente. O vento está subindo contra os meus pés, e tudo o que posso ver é o chão, aproximando-se rápido demais de nós, mas não consigo parar de pensar em como, dentre todos os meus pesadelos, nunca pensei que fosse morrer assim. Nunca pensei que morreria por causa da gravidade. Eu não achava que era *assim* que eu estava destinado a sair do mundo, e parece errado, e parece injusto, e estou pensando na rapidez com que fracassamos, como nunca tivemos a menor chance – quando ouço uma explosão repentina.

Um clarão de fogo, gritos dissonantes, os sons distantes de Warner gritando, e então não estou mais caindo, não estou mais visível.

Tudo acontece tão rápido que me sinto zonzo.

O braço de Nazeera está em volta de mim e ela está me puxando para cima, com um pouco de dificuldade, e então Warner se materializa ao meu lado, ajudando a me sustentar. A voz ríspida e a presença familiar são minha única prova de sua existência.

– Bom tiro – diz Nazeera, suas palavras ofegantes altas no meu ouvido. – Quanto tempo você acha que temos?

– Dez segundos antes de eles começarem a atirar às cegas contra nós – grita Warner. – Temos que sair do alcance. Agora.

– Deixa comigo – Nazeera grita de volta.

Evitamos por pouco os tiros enquanto nós três caímos, em uma diagonal acentuada, rumo ao chão. Já estávamos tão perto do solo que não demoramos muito tempo para pousar no meio de um campo, longe o suficiente do perigo para podermos dar um suspiro de alívio momentâneo, mas muito longe do complexo para o alívio durar muito.

Estou curvado, mãos nos joelhos, ofegando, tentando me acalmar.

– O que você fez? O que diabos aconteceu?

– Warner jogou uma granada – explica Nazeera. Então, para Warner: – Você achou isso na bolsa de Haider, não achou?

– Isso e algumas outras coisas úteis. Precisamos nos mandar.

Ouço o som de seus passos em retirada – botas esmagando a grama – e corro para segui-lo.

– Eles se reagrupam rapidamente – diz Warner –, então temos apenas alguns instantes para elaborar um novo plano. Acho que devemos nos separar.

– Não – Nazeera e eu dizemos ao mesmo tempo.

– Não há tempo – diz Warner. – Eles sabem que estamos aqui e obviamente tiveram muitas oportunidades de se preparar para a nossa chegada. Infelizmente, nossos pais não são idiotas; eles sabem que estamos aqui para salvar Ella. Nossa presença quase certamente os inspirou a começar a transferência, se é que eles já não começaram o processo. Nós três juntos somos ineficientes. Alvos fáceis.

– Mas um de nós tem que ficar com você – diz Nazeera. – Você precisa de nós por perto para se locomover furtivamente.

– Vou aproveitar minhas chances.

– De jeito nenhum – responde Nazeera, categórica. – Escute, eu conheço esse complexo, então vou ficar bem sozinha. Mas Kenji não conhece esse lugar o suficiente. A área total é de quase quinhentos metros quadrados, o que significa que você pode se perder facilmente se não souber onde procurar. Vocês dois ficam juntos. Kenji vai te emprestar a invisibilidade, e você pode ser o guia dele. Eu vou sozinha.

– O quê? – questiono em pânico. – De jeito nenhum…

– Warner não está errado – diz Nazeera, me cortando. – Nós três, como grupo, realmente formamos um alvo mais fácil. Existem muitas variáveis. Além disso, tenho algo que preciso fazer e, quanto antes chegar a algum computador, mais tranquilas as coisas vão ser para vocês dois. Provavelmente é melhor se eu resolver isso sozinha.

– Espere, como é que é?

– O que você está planejando? – Warner pergunta.

– Vou enganar os sistemas para pensar que sua família e a de Ella estão ligadas – ela conta a Warner. – Já existe um protocolo para esse tipo de coisa no Restabelecimento. Portanto, se eu puder criar os perfis e as autorizações necessários, o banco de dados vai te reconhecer como um membro da família Sommers. Você terá acesso fácil à maioria das salas de alta segurança em todo o complexo. Mas não é infalível. O sistema verifica anomalias automaticamente de hora em hora. Se conseguirem perceber meus truques, você vai ser bloqueado e denunciado. Mas até que isso aconteça, você vai poder procurar Ella com mais facilidade nos edifícios.

– Nazeera – diz Warner, parecendo incomumente impressionado. – Isso é… ótimo.

– Melhor do que ótimo – acrescento. – É incrível.

– Obrigada – ela responde. – Mas preciso ir. Quanto mais cedo eu iniciar o voo, mais cedo vou poder começar, o que significa que, quando você chegar à base, eu já terei feito algo acontecer.

– Mas e se você for pega? – eu pergunto. – E se você não conseguir? Como vamos te encontrar?

– Vocês não vão.

– Mas… Nazeera…

– Estamos em guerra, Kishimoto – diz ela, com um leve sorriso na voz. – Não temos tempo para sentimentalismos.

– Isso não é engraçado. Eu odeio essa piada. Eu odeio muito.

– Nazeera vai ficar bem – diz Warner. – Você obviamente não a conhece bem se acha que é fácil capturá-la.

– Ela literalmente acabou de acordar! Depois de levar um tiro! No peito! Ela quase morreu!

– Foi uma fatalidade – Warner e Nazeera dizem ao mesmo tempo.

– Mas…

– Ei – diz Nazeera, sua voz subitamente contrita. – Tenho uma intuição de que estou a uns quatro meses de me apaixonar loucamente por você, então, por favor, não se mate, ok?

Estou prestes a responder quando sinto uma súbita rajada de ar. Eu a ouço se lançando para o céu e, mesmo sabendo que não verei nada, levanto o pescoço como se fosse para vê-la partir.

E de um jeito simples assim...

Ela se foi.

Meu coração está batendo forte no peito, com o sangue correndo para a minha cabeça. Eu me sinto confuso: apavorado, empolgado, esperançoso, horrorizado. Todas as melhores e piores coisas sempre parecem acontecer comigo ao mesmo tempo.

Não é justo.

– Porra – eu digo em voz alta.

– Vamos lá – diz Warner. – Vamos sair.

~~Ella~~ Juliette

Max está me olhando como se eu fosse um alienígena.

Ele não se moveu desde que Anderson saiu; apenas ficou parado ali, rígido e estranho, enraizado no chão. Lembro-me do olhar que ele me deu na primeira vez em que nos encontramos – a hostilidade desvelada em seus olhos – e pisco para ele da minha cama, me perguntando por que ele me odeia tanto.

Depois de um momento desconfortável de silêncio, eu clareio a garganta para chamar a atenção. É óbvio que Anderson respeita Max – até gosta dele –, então eu decido que devo falar com ele com um nível de respeito semelhante.

– Senhor – eu digo. – Eu realmente gostaria de me vestir.

Max se assusta com o som da minha voz. A linguagem corporal dele é completamente diferente agora que Anderson não está aqui, e ainda estou lutando para entendê-lo. Ele parece nervoso. Eu me pergunto se devo me sentir ameaçada por ele. Seu afeto por Anderson não é indicação de que ele possa me tratar como qualquer coisa diferente de um soldado sem nome.

Uma subordinada.

Max suspira. É um som alto e áspero que parece afastá-lo de seu estupor. Ele me lança um último olhar antes de desaparecer na sala adjacente, de onde ouço sons indiscerníveis e embaralhados. Quando ele reaparece, seus braços estão vazios.

Ele olha fixamente para mim, parecendo mais irritado do que estava um instante antes. Ele passa a mão pelos cabelos, que ficam espetados em alguns lugares.

– Anderson não tem nada que sirva em você – diz ele.

– Não, senhor – respondo com cautela. Ainda confusa. – Eu esperava poder receber um uniforme de reposição.

Max se vira, olha para o nada.

– Um uniforme de reposição – ele repete para si mesmo. – Certo. – Mas quando respira fundo, estremecendo, fica claro para mim que ele está tentando ficar calmo.

Tentando ficar calmo.

Percebo, de repente, que Max pode ter medo de mim. Talvez ele tenha visto o que eu fiz com Darius. Talvez ele seja o médico que o remendou.

Ainda assim...

Não vejo por que motivo ele acharia que eu o machucaria. Afinal, minhas ordens provêm de Anderson e, até onde sei, Max é um aliado. Eu o observo atentamente enquanto ele levanta o pulso até a boca, solicitando em voz baixa que alguém entregue um novo conjunto de roupas para mim.

E então ele se afasta de mim até ficar encostado na parede. Há um único ruído alto quando os calcanhares de suas botas atingem o rodapé e depois o silêncio.

Silêncio.

É como uma erupção, instalando-se completamente no quarto, o silêncio atingindo até os cantos mais distantes. Eu me sinto fisicamente presa por ele. A falta de som parece opressiva.

Paralisante.

Passo o tempo contando os hematomas no meu corpo. Acho que não passei tanto tempo assim olhando para mim nos últimos dias; eu não havia percebido quantos ferimentos eu tinha. Parece haver vários cortes recentes nos meus braços e pernas, e sinto um vago ardor ao longo da parte inferior do abdome. Afasto a gola excessivamente larga da bata de hospital e olho para meu corpo nu por baixo.

Pálido. Ferido.

Há uma pequena cicatriz recente descendo verticalmente pela lateral do meu tronco e não sei o que fiz para adquiri-la. De fato, meu corpo parece ter acumulado uma constelação inteira de novas incisões e contusões descoradas. Por alguma razão, não me lembro de onde elas vieram.

Olho para cima de repente, quando sinto o calor do olhar de Max.

Ele está me encarando enquanto estudo meu corpo, e a expressão penetrante em seus olhos me deixa desconfiada. Eu me sento mais ereta. Encosto-me para trás.

Não me sinto confortável fazendo a ele nenhuma das perguntas que se acumulam na minha boca.

Então olho para minhas mãos.

Já removi o resto das minhas bandagens; minha mão esquerda está quase toda curada. Não há cicatriz visível onde o dedo foi decepado, mas minha pele está manchada até meu antebraço, principalmente em tons de roxo e azul-escuro, e algumas manchas amarelas. Fecho os dedos, abro a mão. Dói apenas um pouco. A dor está diminuindo a cada hora.

As palavras seguintes saem dos meus lábios antes que eu possa detê-las:

– Obrigado, senhor, por consertar minha mão.

Max olha para mim, incerto. Nesse momento, seu pulso acende. Ele olha para a mensagem e depois para a porta e, quando se lança à entrada, dispara estranhos olhares selvagens para mim por cima do ombro, como se estivesse com medo de me dar as costas.

Max fica mais bizarro a cada momento.

Quando a porta se abre, o quarto é inundado com som. Luzes piscando pulsam através da porta aberta, gritos e passos trovejando pelo corredor. Ouço metal batendo em metal, o soar distante de um alarme.

Meu coração acelera.

Estou de pé antes que possa me conter, meus sentidos aguçados, alheios ao fato de que minha bata de hospital faz pouco para cobrir meu corpo. Tudo o que sinto é uma necessidade súbita e urgente de participar do tumulto, de fazer o que puder para dar assistência e encontrar meu comandante e protegê-lo. Foi para isso que fui criada.

Não posso simplesmente ficar aqui.

Mas então lembro que meu comandante me deu ordens explícitas de permanecer aqui, e o ímpeto de lutar deixa meu corpo.

Max fecha a porta, silenciando o caos com esse único movimento. Abro a boca para dizer algo, mas seus olhos me advertem para não falar. Ele coloca uma pilha de roupas na cama – recusando-se a se aproximar de mim – e sai do quarto.

Visto a roupa rapidamente, trocando a bata solta pelo tecido rígido e engomado de um uniforme militar recém-lavado. Max não me trouxe roupas íntimas, mas não me importo em apontar esse detalhe; estou aliviada por ter algo para vestir. Ainda estou abotoando a calça, meus dedos trabalhando o mais rápido possível, quando meu olhar recai mais uma vez na cômoda diretamente em frente à cama. Há uma única gaveta ligeiramente aberta, como se tivesse sido fechada às pressas.

Eu já a notei antes.

Não consigo parar de fitá-la agora.

Algo me puxa para a frente, alguma necessidade que não posso explicar. Agora está se tornando familiar – quase normal – sentir o calor estranho preencher minha cabeça, então não questiono meu ímpeto de me aproximar. Algo em algum lugar dentro de mim está gritando para eu me afastar, mas estou ciente disso apenas marginalmente. Ouço a voz baixa e abafada de Max na outra sala; ele está falando com alguém em tom agressivo e atormentado. Ele parece totalmente distraído.

Encorajada, dou um passo à frente.

Minhas mãos se curvam em torno da gaveta e é preciso apenas um pouco de esforço para abri-la. É um sistema macio e suave. A madeira quase não faz som ao ser deslocada. E estou prestes a olhar para dentro quando:

– O que você está fazendo?

A voz de Max faz disparar uma nota aguda de clareza através do meu cérebro, dissipando a névoa. Dou um passo para trás, piscando. Tentando entender o que eu estava fazendo.

– A gaveta estava aberta, senhor. Eu ia fechá-la. – A mentira vem automaticamente. Facilmente.

Fico impressionada com esse fato.

Max bate a gaveta e olha, desconfiado, para o meu rosto. Eu pisco para ele, encontrando alegremente seu olhar.

Percebo então que ele está segurando minhas botas.

Ele as empurra para mim; eu as pego. Quero perguntar se ele tem um elástico – meu cabelo está extraordinariamente comprido; tenho uma vaga lembrança de que ele era muito mais curto –, mas mudo de ideia.

Ele me observa com atenção enquanto calço as botas e, quando estou de pé novamente, grita para eu segui-lo.

Não me mexo.

– Senhor, meu comandante me deu ordens diretas para permanecer neste quarto. Ficarei aqui até que seja instruída de outra forma.

– Você está sendo instruída no momento. Eu estou instruindo você.

– Com todo o respeito, o senhor não é meu comandante.

Max suspira, a irritação sombreando suas feições, e ele levanta o pulso até a boca.

– Você ouviu isso? Eu disse que ela não iria me ouvir. – Uma pausa. – Sim. Você terá que vir buscá-la.

Outra pausa.

Max está ouvindo um fone de ouvido invisível, diferente do que vi Anderson usar – um fone de ouvido que agora percebo que deve ser implantado no cérebro.

– Absolutamente não – diz Max, sua raiva tão repentina que me assusta. Ele balança a cabeça. – Eu não vou tocar nela.

Outro instante de silêncio e...

– Eu entendo isso – diz ele bruscamente. – Mas é diferente quando os olhos dela estão abertos. Há algo no rosto dela. Não gosto do jeito como ela olha para mim.

Meu coração fica mais lento.

A escuridão enche minha visão, pisca de volta à luz. Ouço meu coração batendo, me ouço inspirar, expirar, ouço minha própria voz, alta – muito alta...

Havia algo no meu rosto

As palavras se arrastam, ficam lentas

havia algonomeu rossstoalgo no meu rossstoalgo nos meus olhos, no jeito que eu olhava para ela

Meus olhos se abrem de repente. Respiro com dificuldade, confusa, e mal tenho um momento para refletir sobre o que aconteceu na minha cabeça antes que a porta se abra de novo. Um estrondo enche meus ouvidos – mais sirenes, mais gritos, mais sons de movimentos caóticos e urgentes...

– Juliette Ferrars.

Há um homem na minha frente. Alto. Proibitivo. Cabelos pretos, pele morena, olhos verdes. Percebo, só de olhar para ele, que ele exerce uma grande quantidade de poder.

– Sou o Comandante Supremo Ibrahim.

Meus olhos se arregalam.

Musa Ibrahim é o comandante supremo da Ásia. Segundo todos os relatos, os comandantes supremos do Restabelecimento têm níveis iguais de autoridade – mas o comandante supremo Ibrahim é conhecido por ser um dos fundadores do movimento e um dos únicos comandantes supremos que ocuparam a posição desde o início. Ele é extremamente respeitado.

Então, quando ele diz:

– Venha comigo.

Eu respondo:

– Sim, senhor.

Eu o sigo até a porta e entro no caos, mas não tenho muito tempo para enfrentar o pandemônio antes de fazer uma curva acentuada em um corredor escuro. Sigo Ibrahim por um caminho estreito, as luzes diminuindo à medida que avançamos. Olho para trás algumas vezes para ver se Max ainda está conosco, mas ele parece ter ido em outra direção.

– Por aqui – indica Ibrahim, ríspido.

Viramos mais uma vez e, de repente, o caminho estreito se abre para um grande patamar bem iluminado. Há uma escada industrial à esquerda e um grande e brilhante elevador de aço à direita. Ibrahim vai para o elevador e coloca a mão contra a porta oculta na parede. Depois de um momento, o metal emite um sinal sonoro baixo, assobiando ao se abrir.

Quando nós dois estamos lá dentro, Ibrahim se afasta bastante de mim. Espero que ele direcione o elevador – procuro no interior por botões ou monitor de algum tipo – mas Ibrahim não faz nada. Um segundo depois, sem avisar, o elevador se move.

A viagem é tão suave que levo um minuto para perceber que estamos nos movendo de lado, em vez de subir ou descer. Olho em volta, aproveitando a oportunidade para examinar mais atentamente o interior e só então percebo os cantos arredondados. Pensei que essa unidade fosse retangular; no entanto, parece ser circular. Eu me pergunto, então, se estamos nos movendo como uma bala, perfurando a terra.

Disfarçadamente olho para Ibrahim.

Ele não diz nada. Não indica nada. Não parece nem interessado nem perturbado pela minha presença, que é nova. Ele se porta com uma certeza que me lembra muito de Anderson, mas há algo diferente em Ibrahim – algo a mais – que parece único. Mesmo de relance, é óbvio que ele se sente absolutamente seguro de si. Não tenho certeza nem se Anderson se sente absolutamente seguro de si. Ele está sempre testando e cutucando – examinando e questionando. Ibrahim, por outro lado, parece confortável. Inabalável. Confiante sem esforço.

Eu me pergunto como deve ser essa sensação.

E então eu me choco por pensar nisso.

Quando o elevador para, produz três zumbidos breves e ásperos. Um momento depois, as portas se abrem. Espero Ibrahim sair primeiro e depois eu sigo.

Quando atravesso a soleira, fico impressionada com o cheiro. A qualidade do ar é tão ruim que nem consigo abrir os olhos direito. Há um cheiro acre no ar, algo que lembra enxofre. Passo por uma nuvem de fumaça tão espessa que imediatamente faz arder meus olhos. Não demora muito para eu começar a tossir, cobrindo meu rosto com o braço enquanto forço meu caminho através da sala.

Não sei como Ibrahim aguenta isso.

Somente depois de forçar passagem e atravessar a fumaça é que o cheiro que faz arder meus olhos começa a se dissipar, mas, nesse momento, já perdi o rastro de Ibrahim. Eu giro no lugar, tentando entender meu ambiente, mas não há pistas visuais para me situar. Este laboratório não parece muito diferente dos outros que eu já vi. Uma grande quantidade de vidro e aço. Dezenas de longas mesas de metal se estendem pela sala, todas cobertas de béqueres e tubos de ensaio e o que parecem ser microscópios enormes. A única grande diferença aqui é que existem imensas cúpulas de vidro parafusadas nas paredes, os semicírculos lisos e transparentes parecendo mais vigias de navio do que qualquer outra coisa. À medida que me aproximo, percebo que eles são canteiros de algum tipo, cada um contendo uma vegetação incomum que nunca vi antes. As luzes se acendem uma a uma à medida que eu avanço pelo vasto espaço, mas grande parte do local ainda está envolta em escuridão, e eu levo um susto, de repente, quando dou de cara com uma parede de vidro.

Dou um passo para trás, meus olhos se ajustando à luz.

Não é uma parede.

É um aquário.

Um aquário maior que eu. Um aquário do tamanho de uma parede. Não é o primeiro tanque de água que vejo em um laboratório aqui na Oceania, e estou começando a me perguntar por que existem tantos deles. Dou outro passo para trás, ainda tentando entender o que estou vendo. Insatisfeita, eu me aproximo novamente. Há uma luz azul fraca no tanque, mas não faz muito para iluminar as grandes dimensões. Ergo o pescoço para ver o topo, mas perco o equilíbrio e me seguro contra o vidro no último segundo. Esse é um esforço inútil.

Preciso encontrar Ibrahim.

No momento em que estou prestes a recuar, noto um vulto de movimento no tanque. A água treme por dentro, começa a se debater.

Uma mão bate forte contra o vidro.

Levo um susto.

Lentamente, a mão recua.

Eu fico parada no lugar, congelada de medo e fascinação, quando alguém aperta meu braço.

Desta vez, eu quase grito.

– Onde você estava? – Ibrahim indaga com raiva.

– Sinto muito, senhor – respondo rapidamente. – Eu me perdi. A fumaça estava tão espessa que eu…

– Do que você está falando? Que fumaça?

As palavras morrem na minha garganta. Pensei ter visto fumaça. Não havia fumaça? Esse é outro teste?

Ibrahim suspira.

– Venha comigo.

– Sim, senhor.

Desta vez, mantenho os olhos em Ibrahim o tempo todo.

E, desta vez, quando atravessamos o laboratório escuro e entramos em uma sala circular de claridade ofuscante, eu sei que estou no lugar certo. Porque algo está errado.

Alguém está morto.

Kenji

Quando finalmente chegamos ao complexo, estou exausto, com sede e realmente precisando usar o banheiro. Aparentemente, Warner não sente nada disso, porque é feito de urânio, plutônio ou alguma coisa assim. Então tenho que implorar para que ele me deixe fazer uma pausa rápida. E por "implorar", eu quero dizer que o agarro pelas costas da camisa e o forço a desacelerar – em seguida, basicamente desmorono atrás de uma parede. Warner me empurra e se afasta de mim, e o som de sua expiração irritada é tudo o que preciso saber para entender que meu "intervalo" terá a duração de meio segundo.

– Não fazemos pausas – diz ele bruscamente. – Se você não consegue acompanhar, fique aqui.

– Cara, não estou pedindo para parar. Eu nem estou pedindo uma pausa de verdade. Eu só preciso de um segundo para recuperar o fôlego. Dois segundos. Talvez cinco segundos. Isso não é loucura. E só porque tenho que recuperar o fôlego. Não significa que não amo a J. Significa que corremos, tipo, mil quilômetros. Isso significa que meus pulmões não são de aço.

– Três quilômetros – diz ele. – Corremos três quilômetros.

– No sol. Na subida. Você está de paletó, porra. Você suou? Como não está cansado?

– Se, a essa altura, você não entende, certamente não posso te explicar.

Eu me levanto. Começamos a seguir de novo.

– Não tenho certeza se quero saber do que você está falando – digo, baixando a voz enquanto pego minha arma. Estamos virando a esquina da entrada, onde nosso plano grande e sofisticado de invadir o prédio envolve esperar alguém abrir a porta e segurá-la antes que ela se feche.

Ainda sem sorte.

– Ei – eu sussurro.

– O quê? – Warner parece irritado.

– Como você acabou pedindo a J em casamento?

Silêncio.

– Fala sério, cara. Estou curioso. Além disso, realmente preciso ir no banheiro, então, se você não me distrair agora, tudo o que vou pensar é no quanto preciso ir no banheiro.

– Sabe, às vezes eu gostaria de poder remover a parte do meu cérebro que armazena as coisas que você me diz.

Eu ignoro o comentário.

– Então? Como foi? – Alguém entra pela porta e fico tenso, pronto para pular para a frente, mas não há tempo suficiente. Meu corpo relaxa de volta contra a parede. – Você arranjou o anel como eu te disse?

– Não.

– O quê? Como assim *não*? – Eu hesito. – Você, pelo menos acendeu, tipo, uma vela? Fez o jantar para ela?

– Não.

– Comprou chocolates para ela? Ficou de joelhos?

– Não.

– Não? Não, você não fez nenhuma dessas coisas? Nenhuma delas? – Meus sussurros estão se transformando em gritos sussurrados. – Você não fez uma única coisa que eu te disse para fazer?

– Não.

– Filho da puta.

– Por que isso importa? – ele pergunta. – Ela aceitou.

Dou um gemido.

– Você é o pior, sabia disso? O *pior*. Você não a merece.

Warner suspira.

– Eu pensei que isso já era óbvio.

– Ei... não ouse me fazer sentir pena de você...

Eu me interrompo quando a porta se abre de repente. Um pequeno grupo de médicos (cientistas? Não sei) sai do prédio, e Warner e eu nos levantamos e nos posicionamos. Esse grupo tem pessoas apenas o suficiente – e elas demoram apenas o suficiente para sair – que, quando eu agarro a porta e a mantenho aberta por alguns segundos a mais, isso nem parece ser registrado.

Estamos dentro.

E menos de um segundo depois de entrarmos, Warner me joga contra a parede, arrancando o ar dos meus pulmões.

– Não se mexa – ele sussurra. – Nem um centímetro.

– Por que não? – ofego.

– Olhe para cima – ele diz –, mas apenas com os olhos. Não mexa a cabeça. Você está vendo as câmeras?

– Não.

– Eles se adiantaram a nós – diz ele. – Eles anteciparam nossos movimentos. Olhe para cima mais uma vez, mas com cuidado. Esses pontinhos pretos são câmeras. Sensores. *Scanners* infravermelhos. Termovisores. Eles estão procurando inconsistências nas imagens de segurança.

– *Merda.*

– Sim.

– Então, o que a gente faz?

– Não tenho certeza – diz Warner.

– Você não tem certeza? – questiono, tentando não surtar. – Como você pode não ter certeza?

– Estou pensando – ele sussurra, irritado. – E não estou ouvindo você contribuir com nenhuma ideia.

– Escute, cara, tudo o que sei é que eu realmente preciso mij...

Sou interrompido pelo som distante de uma descarga de banheiro. Um momento depois, uma porta se abre. Viro a cabeça um milímetro e percebo que estamos bem ao lado do banheiro masculino.

Warner e eu aproveitamos o momento, pegando a porta antes que ela se feche. Uma vez dentro do banheiro, nos pressionamos contra a parede, de costas para os azulejos frios. Estou tentando não pensar em todos os resíduos de urina que tocam meu corpo quando Warner solta a respiração.

É um som breve e quase inaudível – mas ele parece aliviado.

Acho que isso significa que não há *scanners* ou câmeras neste banheiro, mas não tenho certeza, porque Warner não diz uma palavra e não é preciso ser um gênio para descobrir o porquê.

Não temos certeza se estamos sozinhos aqui.

Não consigo vê-lo fazer isso, mas tenho certeza de que Warner está verificando os reservados um por um agora. É o que eu estou fazendo, de qualquer maneira. Não é um banheiro enorme – tenho certeza de que deve ser um dentre muitos – e fica ao lado da entrada/

saída do prédio, então, no momento, não parece estar recebendo muito tráfego.

Quando temos certeza de que o local está vazio, Warner diz:

– Nós vamos subir, através do duto de ventilação. Se você realmente precisa usar o banheiro, faça isso agora.

– Ok, mas por que você tem que parecer tão enojado com isso? Você realmente espera que eu acredite que você nunca precisa usar o banheiro? As necessidades humanas básicas estão abaixo de você?

Warner me ignora.

Vejo abrir a porta do reservado e ouço seus sons cuidadosos enquanto ele sobe nos cubículos de metal. Há uma grande abertura no teto, logo acima de um dos reservados, e observo as mãos invisíveis dele fazer um curto trabalho na grade.

Uso o banheiro rapidamente. Em seguida, lavo as mãos do jeito mais barulhento possível, para o caso de Warner sentir a necessidade de fazer um comentário infantil sobre minha higiene.

Surpreendentemente, ele não faz.

Em vez disso, diz:

– Você está pronto? – E eu posso dizer pelo som ecoante de sua voz que ele já está na metade de dentro da abertura.

– Estou pronto. Só me avisa quando você entrar.

Mais um movimento cuidadoso e o metal bate enquanto ele passa. – Estou dentro – diz ele. – Não se esqueça de recolocar a grade depois de subir.

– Pode deixar.

– Aliás, espero que você não seja claustrofóbico. Mas, se for... Boa sorte.

Eu respiro fundo.

Solto o ar.

E começamos nossa jornada para dentro do inferno.

~~Ella~~ Juliette

Max, Anderson, uma mulher loira e um homem alto e negro estão todos em pé no centro da sala, olhando para um cadáver, e só levantam os olhos quando Ibrahim se aproxima.

Os olhos de Anderson se voltam para mim imediatamente.

Sinto meu coração pular. Não sei como Max chegou aqui antes de nós, e não sei se vou ser punida por obedecer ao Comandante Supremo Ibrahim.

Minha mente está girando.

– O que ela está fazendo aqui? – Anderson pergunta, sua expressão desvairada. – Eu disse a ela para ficar no q…

– Eu anulei suas ordens – contrapõe Ibrahim com rispidez – e disse a ela para vir comigo.

– Meu quarto é um dos locais mais seguros nesta ala – diz Anderson, mal contendo a raiva. – Você colocou todos nós em risco ao tirá-la de lá.

– No momento, estamos sob ataque – diz Ibrahim. – Você a deixou sozinha, completamente desacompanhada…

– Eu a deixei com Max!

– Max, que tem medo demais de sua própria criação para passar alguns minutos sozinho com a garota. Você esquece que há uma razão para ele nunca ter recebido uma posição militar.

Anderson lança a Max um olhar estranho e confuso. De alguma forma, a confusão no rosto de Anderson me faz sentir melhor a respeito da minha confusão. Não tenho ideia do que está acontecendo. Não faço ideia a quem devo responder. Não faço ideia do que Ibrahim quis dizer com *criação*.

Max apenas balança a cabeça.

– Os garotos estão aqui – diz Ibrahim, mudando de assunto. – Eles estão aqui, em nosso meio, completamente escondidos. Estão indo de sala em sala procurando por ela e já mataram quatro dos nossos principais cientistas no processo. – Ele acena com a cabeça para o cadáver: um homem grisalho de meia-idade, uma poça de sangue se formando debaixo dele. – Como isso aconteceu? Por que eles ainda não foram vistos?

– Nada foi registrado nas câmeras – diz Anderson. – Ainda não, pelo menos.

– Então você está me dizendo que este e os outros três cadáveres que encontramos até agora foram obras de fantasmas?

– Eles devem ter encontrado uma maneira de enganar o sistema – diz a mulher. – É a única resposta possível.

– Sim, Tatiana, eu percebo isso, mas a questão é *como*. – Ibrahim aperta o nariz entre o polegar e o indicador. E está claro que ele conversa com Anderson quando diz: – Os preparativos que você afirmou ter feito antes de um possível ataque foram todos em vão?

– O que você esperava? – Anderson não está mais tentando controlar sua raiva. – Eles são nossos filhos. Nós os criamos para isso.

Eu ficaria decepcionado se eles fossem estúpidos o suficiente para cair em nossas armadilhas logo de imediato.

Nossos filhos?

– Chega – Ibrahim exclama. – Chega disso. Precisamos iniciar a transferência agora.

– Eu já te disse por que não podemos – afirma Max com urgência. – Ainda não. Precisamos de mais tempo. Emmaline ainda precisa cair abaixo da viabilidade de dez por cento para que o procedimento funcione sem problemas e, agora, ela está com doze por cento. Mais alguns dias, talvez algumas semanas, e poderemos avançar. Mas qualquer coisa acima de dez por cento de viabilidade significa que há uma chance de que ela ainda seja forte o suficiente para resist...

– Não me importa – diz Ibrahim. – Já esperamos tempo suficiente. E perdemos tempo e dinheiro suficientes tentando mantê-la viva e a irmã dela sob nossa custódia. Não podemos arriscar outro fracasso.

– Mas iniciar a transferência com doze por cento de viabilidade tem trinta e oito por cento de chance de falha – diz Max, falando rápido. – Poderíamos estar arriscando muito...

– Então encontre mais maneiras de reduzir a viabilidade – retruca Ibrahim, irritado.

– Já estamos no ápice do que podemos fazer agora – diz Max. – Ela ainda é muito forte, está lutando contra os nossos esforços...

– Essa é apenas mais uma razão para se livrar dela mais rápido – diz Ibrahim, interrompendo-o novamente. – Estamos gastando uma quantidade notória de recursos apenas para manter os outros filhos isolados dos avanços dela... quando só Deus sabe quanto dano ela já causou. Ela está se intrometendo em todos os lugares, causando desastres desnecessários. Precisamos de um novo hospedeiro. Um saudável. E precisamos disso agora.

– Ibrahim, não seja precipitado – diz Anderson, tentando parecer calmo. – Isso pode ser um grande erro. Juliette é um soldado perfeito... ela já foi mais do que provada, e agora pode ser de grande ajuda. Em vez de trancá-la, deveríamos mandá-la a campo. Dar uma missão.

– Absolutamente não.

– Ibrahim, ele faz uma boa observação – diz o homem alto e negro. – Os filhos não estarão esperando por ela. Ela seria a atração perfeita.

– Vê? Azi concorda comigo.

– Eu não concordo. – Tatiana balança a cabeça. – É muito perigoso – ela acrescenta. – Muitas coisas podem dar errado.

– O que poderia dar errado? – pergunta Anderson. – Ela é mais poderosa do que qualquer um deles, e completamente obediente a mim. A nós. Ao movimento. Todos vocês sabem tão bem quanto eu que ela provou sua lealdade repetidamente. Ela poderá capturá-los em questão de minutos. Isso tudo pode acabar em uma hora e poderemos seguir com nossas vidas. – Anderson trava o olhar com o meu. – Você não se importaria de cercar alguns rebeldes, Juliette?

– Eu ficaria feliz, senhor.

– Viu? – Anderson gesticula para mim.

Um alarme repentino soa, o som é tão alto que é doloroso. Ainda estou plantada no lugar, tão sobrecarregada e confusa com essa repentina inundação de informações vertiginosas que nem sei o que fazer comigo mesma. Mas os comandantes supremos parecem subitamente aterrorizados.

– Azi, onde está Santiago? – exclama Tatiana. – Você foi o último com ele, não foi? Alguém veja como Santiago está...

– Ele caiu – diz Azi, batendo contra sua têmpora. – Ele não está respondendo.

– *Max!* – Anderson grita, mas Max já está correndo pela porta, Azi e Tatiana seguindo em seus calcanhares.

– Vá buscar seu filho – Ibrahim berra para Anderson.

– Por que você não vai buscar sua filha? – Anderson dispara de volta.

Os olhos de Ibrahim se estreitam.

– Eu pego a garota – ele diz calmamente. – Vou terminar este trabalho e farei sozinho se for necessário.

Anderson olha de mim para Ibrahim.

– Você está cometendo um erro – diz ele. – Ela finalmente se tornou nosso ponto forte. Não deixe seu orgulho impedi-lo de ver a resposta diante de nós. Juliette deve ser a pessoa a rastrear os demais agora. O fato de eles não a anteciparem como agressora os torna alvos mais fáceis. É a solução mais óbvia.

– Você está louco – grita Ibrahim – se acha que sou tolo o suficiente para correr esse risco. Não vou simplesmente entregá-la aos amigos dela como um idiota comum.

Amigos?

Eu tenho amigos?

– *Oi, princesa* – alguém sussurra no meu ouvido.

Kenji

Warner praticamente me dá um tapa em cima da cabeça.

Ele me puxa de volta, me agarrando com força pelo ombro e nos arrasta pelo laboratório excessivamente brilhante e extremamente assustador.

Quando estamos longe o suficiente de Anderson, de Ibrahim e da Robô J, espero que Warner diga alguma coisa – qualquer coisa...

Ele não fala nada.

Nós dois observamos a conversa distante esquentar mais a cada momento, mas, daqui, não podemos realmente ouvir o que estão dizendo. Embora eu ache que, mesmo que pudéssemos ouvir o que eles estavam dizendo, Warner não estaria prestando atenção. A vontade de lutar parece ter deixado seu corpo. Eu não posso nem vê-lo agora, mas posso sentir. Algo em seus movimentos, em seus suspiros silenciosos.

Sua mente está em Juliette.

Juliette, que parece a mesma. Na verdade, sua aparência é melhor. Ela parece saudável, os olhos brilhantes, a pele viçosa. Seu cabelo está solto – longo, pesado, escuro – do jeito que era da primeira vez que a vi.

Mas ela não é a mesma. Até eu consigo ver isso.

E é devastador.

Acho que, de alguma forma, é melhor do que se ela tivesse substituído Emmaline por completo. Mas essa versão estranha, supersoldado robótica de J, também é profundamente preocupante.

É o que eu penso.

Ainda estou esperando Warner finalmente quebrar o silêncio, me dar uma indicação de seus sentimentos e/ou teorias sobre o assunto – e talvez, enquanto ele estiver nesse processo, possa me oferecer sua opinião profissional sobre o que diabos devemos fazer agora – mas os segundos continuam passando em perfeito silêncio.

Finalmente, eu desisto.

– Tudo bem, desembucha – eu sussurro. – Me fala o que você está pensando.

Warner deixa escapar um longo suspiro.

– Isso não faz sentido.

Concordo balançando a cabeça, mesmo que ele não possa me ver.

– Eu entendo. Nada faz sentido em situações como estas. Eu sempre sinto que é injusto, como o mund…

– Não estou sendo filosófico – diz Warner, me cortando. – Quero dizer que literalmente não faz sentido. Nouria e Sam disseram que a Operação Síntese tornaria Ella um supersoldado… e que, uma vez que o programa entrasse em vigor, o resultado seria irreversível. Mas esta não é a Operação Síntese – ele continua. – A Operação Síntese é literalmente sintetizar os poderes de Ella e Emmaline e, no momento, não há…

– Síntese – eu digo. – Entendi.

– Isso não parece certo. Eles fizeram as coisas fora de ordem.

– Talvez eles tenham se assustado depois que a tentativa de Evie de limpar a mente de J não funcionou. Talvez eles precisassem encontrar uma maneira de consertar essa falha, e rápido. Quero dizer, é muito mais fácil mantê-la por perto se ela for dócil, não é mesmo? Leal aos interesses deles. É muito mais fácil do que mantê-la presa em uma cela. Cuidar dela constantemente. Monitorando cada movimento dela. Sempre preocupados, ela vai transformar o papel higiênico em uma faca improvisada e fugir. Sinceramente... – Dou de ombros. – Parece que eles estão ficando preguiçosos. Acho que estão doentes e cansados de J sempre fugir e revidar. Este é literalmente o caminho de menor resistência.

– Sim – diz Warner, devagar. – Exatamente.

– Espere: exatamente o quê?

– Seja lá o que tenham feito com ela... iniciaram essa fase de forma prematura. Foi feito às pressas. Foi uma gambiarra.

Uma lâmpada pisca e ganha vida na minha cabeça.

– O que significa que o trabalho deles foi desleixado.

– E se o trabalho deles foi desleixado...

– ...definitivamente existem furos.

– Pare de terminar minhas frases – ele reclama.

– Pare de ser tão previsível.

– Pare de agir como uma criança.

– *Você* pare de agir como uma criança.

– Você está sendo ridícul...

Warner fica subitamente em silêncio quando a voz trêmula e irritada de Ibrahim explode através do laboratório.

– Eu disse, *saia do meu caminho*.

– Não posso deixar você fazer isso – responde Anderson, sua voz ficando mais alta. – Você não acabou de ouvir esse alarme? Santiago está fora. Eles mataram mais um comandante supremo. Por quanto tempo vamos deixar isso continuar?

– *Juliette* – grita Ibrahim. – Você vem comigo.

– Sim, senhor.

– Juliette, pare – exige Anderson.

– Sim, senhor.

O que diabos está acontecendo?

Warner e eu disparamos na frente para ver melhor, mas não importa o quanto cheguemos perto; ainda não consigo acreditar nos meus olhos.

A cena é surreal.

Anderson está protegendo Juliette. O mesmo Anderson que gastou tanto de sua energia tentando matá-la agora está de pé na frente dela com os braços estendidos, protegendo-a com a própria vida.

O que diabos aconteceu enquanto ela esteve aqui? Anderson arranjou um cérebro novo? Um coração novo? Um parasita?

E sei que não estou sozinho na minha confusão quando ouço Warner murmurar baixinho: *O que diabos é isso?*

– Pare de ser tolo – diz Anderson. – Você está aproveitando uma tragédia para tomar uma decisão não autorizada, quando sabe tão bem quanto eu que todos precisamos concordar com algo tão importante assim antes de avançar. Só estou pedindo para você esperar, Ibrahim. Espere os outros voltarem e nós colocaremos a pauta em votação. Deixe o conselho decidir.

Ibrahim puxa uma arma contra Anderson.

Ibrahim puxa uma arma contra Anderson.

Eu quase perco a cabeça. Solto uma exclamação de surpresa tão alta que quase estrago nosso disfarce.

– Afaste-se, Paris – diz ele. – Você já arruinou esta missão. Eu lhe dei dezenas de chances de acertar. Você me deu sua palavra de que interceptaríamos os garotos antes mesmo de pisarem no prédio, e veja como isso acabou. Você me prometeu, a todos nós, diversas vezes, que faria do jeito certo e, em vez disso, tudo o que faz é gastar nosso tempo, nosso dinheiro, nosso poder, nossas vidas. *Tudo*. Agora eu preciso corrigir isso – diz Ibrahim, com a raiva deixando a voz instável. Ele balança a cabeça. – Você nem entende, não é? Você não entende o quanto a morte de Evie nos custou. Você não entende quanto do nosso sucesso foi construído com a genialidade dela, com os avanços tecnológicos dela. Você não entende que Max nunca será o que Evie era... que ele nunca poderia substituí-la. E você parece não entender que ela não está mais aqui para perdoar seus erros constantes. Não – ele diz. – Cabe a mim agora. Eu preciso consertar as coisas, porque sou o único com a cabeça no lugar. Sou o único que parece entender a enormidade do que está à nossa frente. Sou o único que vê como estamos perto da completa e absoluta ruína. Estou determinado a consertar isso, Paris, mesmo que signifique acabar com você no processo. Então, afaste-se.

– Seja razoável – diz Anderson, com os olhos cautelosos. – Não posso simplesmente me afastar. Quero que o nosso movimento, tudo o que trabalhamos tão duro para construir... eu também quero que seja um sucesso. Certamente você deve perceber isso. Você deve perceber que não renunciei à minha vida em vão; deve saber que minha lealdade é a você, ao conselho, ao Restabelecimento. Mas também deve saber que minha vida vale muito. Não posso deixar isso passar tão facilmente. Nós chegamos longe demais. Todos nós fizemos sacrifícios demais para estragar tudo agora.

– Não force minha mão, Paris. Não me obrigue a fazer isso.

J dá um passo à frente, prestes a dizer algo, e Anderson empurra o corpo dela atrás de si.

– Eu ordenei que você ficasse em silêncio – diz ele, olhando para ela. – E agora estou ordenando que permaneça em segurança, a todo custo. Você me ouviu, Juliette? Você...

Quando o tiro ecoa, eu não acredito.

Acho que minha mente está pregando peças em mim. Acho que é algum tipo de interlúdio estranho – um sonho estranho, um momento de confusão... eu continuo esperando a cena mudar. Clarear. Recomeçar do zero.

Isso não acontece.

Ninguém pensou que aconteceria assim. Ninguém pensou que os comandantes supremos se destruiriam. Ninguém pensou que veríamos Anderson ser morto por um dos seus; ninguém pensou que ele seguraria seu peito sangrando e usaria o último suspiro para dizer:

– Corra, Juliette. *Corra*...

Ibrahim atira novamente e, desta vez, Anderson fica em silêncio.

– Juliette – diz Ibrahim –, você vem comigo.

J não se mexe.

Ela está congelada no lugar, olhando para a figura imóvel de Anderson. Isto é muito estranho. Eu continuo esperando que ele acorde. Continuo esperando que seus poderes de cura entrem em ação. Continuo aguardando aquele momento irritante em que ele volta à vida, segurando um lenço de bolso sobre o ferimento.

Mas ele não se mexe.

– Juliette – diz Ibrahim, agressivo. – Você vai me responder agora. E estou ordenando que me siga.

J olha para ele. O rosto dela está vazio. Os olhos dela estão vazios.

– Sim, senhor – diz ela.

E é aí que eu sei.

É quando sei exatamente o que vai acontecer em seguida. Eu posso sentir alguma eletricidade estranha no ar antes que ele tome sua atitude. Antes que ele declare nosso disfarce.

Warner retira a invisibilidade.

Ele fica parado, imóvel por apenas um instante, por tempo suficiente para Ibrahim registrar sua presença, gritar e pegar a arma. Mas ele não é rápido o suficiente.

Warner está parado a três metros de distância quando Ibrahim fica subitamente mole, engasgando, e a arma escapa de sua mão, seus olhos se arregalam. Uma fina linha vermelha aparece no meio da testa de Ibrahim, uma corrente aterradora de sangue que precipita o som repentino e suave de seu crânio se abrindo. É o som de rasgar carne, um som inócuo que me lembra o rasgar de uma laranja. E não demora muito para que os joelhos de Ibrahim caiam no chão. Ele desaba sem graça, o corpo desmorona.

Sei que está morto porque posso ver dentro de seu crânio. Os pedaços de sua massa cinzenta vazando no chão.

Acho que *esse* é o tipo de merda horrível de que J é capaz.

É disso que ela sempre foi capaz. Ela sempre foi uma pessoa boa demais para usar essas habilidades.

Warner, por outro lado...

Ele nem parece incomodado pelo fato de ter acabado de abrir o crânio de um homem. Ele parece totalmente calmo sobre a matéria cerebral pingando no chão. Não, ele só tem olhos para J, que está olhando para ele, confusa. Ela olha do corpo mole de Ibrahim para o corpo mole de Anderson e joga os braços para a frente com um grito repentino e desesperado…

E nada acontece.

Robô J não tem ideia de que Warner pode absorver seus poderes.

Warner dá um passo em sua direção e ela estreita os olhos antes de bater com o punho no chão. A sala começa a tremer. O chão começa a fissurar. Meus dentes estão tremendo tanto que perco o equilíbrio, bato contra a parede e, sem querer, afasto minha invisibilidade. Quando Juliette me vê, ela grita.

Eu saio do caminho, me lançando para a frente, mergulhando sobre uma mesa. Vidros caem no chão e se quebram em todos os lugares.

Ouço alguém gemer.

Espio através das pernas de uma mesa bem a tempo de ver Anderson começar a se mover. Desta vez, realmente ofego.

O mundo inteiro parece fazer uma pausa.

Anderson se esforça para se levantar. Ele não parece bem. Ele parece doente, pálido – uma imitação de seu antigo ser. Algo está errado com seu poder de cura, porque ele parece apenas meio vivo, com sangue escorrendo de dois lugares em seu torso. Ele oscila quando se levanta, tossindo sangue. Sua pele fica cinza. Ele usa a manga para limpar o sangue da boca.

J vai correndo em sua direção, mas Anderson levanta a mão para ela e a faz parar. Seu rosto sombrio registra um momento de surpresa quando ele olha para o corpo morto de Ibrahim.

Ele ri. Tosse. Limpa mais sangue.

– Você fez isso? – ele indaga, com os olhos fixos no próprio filho. – Você me fez um favor.

– O que você fez com ela? – Warner exige.

Anderson sorri.

– Por que não mostro a você? – Ele olha para J. – Juliette?

– Sim, senhor.

– Mate-os.

– Sim, senhor.

J avança no momento em que Anderson tira algo do bolso, apontando sua luz azul e afiada na direção de Warner. Desta vez, quando J estende o braço, Warner sai voando, seu corpo batendo forte contra a parede de pedra.

Ele cai no chão ofegando, o ar roubado de seus pulmões, e aproveito o momento para avançar, puxando minha invisibilidade ao redor de nós dois.

Ele me empurra.

– Vamos lá, cara, temos que sair daqui; isso não é uma luta justa...

– Vai você – diz ele, segurando a lateral do corpo. – Vá encontrar Nazeera e depois encontre os outros filhos. Eu vou ficar bem.

– Você não vai ficar bem – eu sibilo. – Ela vai te matar.

– Tudo bem também.

– Não seja estúpido...

As mesas de metal que nos fornecem nossa única porção de cobertura voam, batendo com força contra a parede oposta. Dou uma última olhada em Warner e tomo uma decisão em uma fração de segundo.

Eu me lanço na luta.

Sei que só tenho um segundo antes que minha matéria cerebral se junte à de Ibrahim no chão, então faço valer a pena. Puxo minha arma do coldre e atiro três, quatro vezes.

Cinco.

Seis.

Enterro chumbo no corpo de Anderson até que ele seja empurrado para trás pela força, caindo no chão com uma tosse sangrenta e áspera. J corre para a frente, mas desapareço, correndo para trás de uma mesa, e quando a arma na mão de Anderson cai no chão, eu atiro nela também. Ela estala e racha, pegando fogo rapidamente enquanto explode.

J grita, caindo de joelhos ao lado dele.

– Mate-os – Anderson suspira, sangue manchando as bordas dos lábios. – Mate todos. Mate qualquer um que estiver no seu caminho.

– Sim, senhor – diz Juliette.

Anderson tosse. Sangue fresco escorrendo de suas feridas.

J se levanta e se vira, examinando a sala à nossa procura, mas já estou correndo para Warner, jogando minha invisibilidade sobre nós dois. Warner parece um pouco atordoado, mas ele milagrosamente está ileso.

Tento ajudá-lo a se levantar, e, pela primeira vez, ele não afasta meu braço. Eu o ouço inspirar. Expirar.

Não importa que ele esteja um pouco ferido.

Espero que ele faça alguma coisa, diga alguma coisa, mas ele apenas fica ali parado, olhando para J. E então...

Ele retira sua invisibilidade.

Eu quase grito.

J gira quando o vê e imediatamente corre. Ela pega uma mesa e joga em nós.

Mergulhamos para nos esquivar, mas com tanta força que quase quebro meu nariz no chão. Ainda consigo ouvir as coisas quebrando ao nosso redor quando digo:

– O que diabos você estava pensando? Você acabou de perder nossa chance de sair daqui!

Warner se mexe; há vidro sendo triturado embaixo dele, que respira com dificuldade.

– Eu estava falando sério sobre o que eu disse, Kishimoto. Você deveria ir. Encontrar Nazeera. Mas é aqui que eu preciso estar.

– Você quer dizer que precisa ser morto agora? É assim que você deve ficar? Está ouvindo o que você está falando?

– Algo está errado – diz Warner, levantando-se. – A mente dela está presa dentro de alguma coisa. Um programa. Um vírus. Seja o que for, ela precisa de ajuda.

J grita, fazendo propagar outro terremoto pelo recinto. Eu bato em uma mesa e tropeço para trás. Uma dor aguda atravessa minhas entranhas e eu respiro fundo. Digo um palavrão.

Warner tem um braço esticado na parede, tentando se firmar. Posso dizer que ele está prestes a dar um passo à frente, entrar diretamente na luta, e eu agarro seu braço, puxo-o para trás.

– Não estou dizendo que desistimos dela, ok? Estou dizendo que tem que haver outro jeito. Precisamos sair daqui, precisamos nos reagrupar. Criar um plano melhor.

– Não.

– Cara, acho que você não entende. – Olho para J, que está andando a passos deliberados para a frente, os olhos ardendo, o chão fissurando diante dela. – Ela realmente vai te matar.

– Então eu vou morrer.

É isso.

As últimas palavras de Warner antes de ele partir.

Ele encontra J no meio do espaço e ela não hesita antes de dar um golpe violento em seu rosto.

Ele bloqueia.

Ela soca novamente. Ele bloqueia. Ela chuta. Ele se abaixa.

Ele não a está enfrentando.

Ele apenas se defende, movimento por movimento, encontrando seus golpes, antecipando sua mente. Isso me lembra da sua luta com Anderson no Santuário – como ele nunca bateu no pai, apenas se defendeu. Era óbvio então que ele estava apenas tentando enfurecê-lo.

Mas isso…

Isso é diferente. Está claro que ele não está gostando disso. Não está tentando enfurecê-la e não está tentando se defender. Ele está lutando com ela por *ela*. Para protegê-la.

Para salvá-la, de alguma forma.

E não tenho ideia se isso vai funcionar.

J fecha os punhos e grita. As paredes tremem, o chão continua se abrindo. Perco o equilíbrio, me apoio em uma mesa.

E eu só estou parado aqui como um idiota, tentando descobrir uma pista, tentando descobrir o que fazer, como ajudar…

– Puta merda – diz Nazeera. – O que diabos está acontecendo?

Um alívio me atravessa rápido e quente. Tenho que resistir ao impulso de puxar seu corpo invisível em meus braços. Colocá-la perto do meu peito e impedi-la de sair novamente.

Em vez disso, finjo estar de boa.

– Como você chegou aqui? – pergunto. – Como você nos encontrou?

– Eu estava invadindo os sistemas, lembra? Eu vi vocês nas câmeras. Vocês não estão exatamente fazendo silêncio aqui em cima.

– Certo. Bom argumento.

– Ei, eu tenho novidades, a propósito, eu acho… – Ela se interrompe abruptamente, suas palavras se desvanecendo em nada. E então, depois de um instante, ela diz baixinho: – Quem matou meu pai?

Meu estômago vira pedra.

Respiro fundo antes de dizer:

– Foi o Warner.

– Ah.

– Você está bem?

Eu a ouço expirar.

– Não sei.

J grita novamente e eu olho para cima.

Ela está furiosa.

Percebo, mesmo daqui, que ela está frustrada. Ela não pode usar seus poderes diretamente em Warner, e ele é um lutador bom demais para ser derrotado sem vantagem. Ela recorre a lançar objetos muito grandes e pesados nele. Tudo o que pode encontrar. Equipamento médico aleatório. Pedaços da parede.

Isto não é bom.

– Ele não quis ir embora – digo a Nazeera. – Ele queria ficar. Ele acha que pode ajudá-la.

Ela suspira.

– Deveríamos deixá-lo tentar. Enquanto isso, eu poderia usar sua ajuda.

Eu me viro, reflexivamente, para encará-la, esquecendo por um momento que ela está invisível.

– Ajuda com o quê? – pergunto.

– Encontrei os outros filhos – diz ela. – É por isso que fiquei tanto tempo fora. Conseguir esse certificado de segurança para vocês foi muito mais fácil do que eu pensava. Então, aproveitei para hackear profundamente as câmeras, e descobri onde eles esconderam os outros filhos dos chefes supremos. Mas não é nada bonito. E eu poderia ter uma ajudinha.

Levanto os olhos para ter um último vislumbre de Warner.

De J.

Mas eles se foram.

~~Ella~~ Juliette

Corra, Juliette

corra

mais rápido, corra até seus ossos fraturarem e sua canela quebrar e seus músculos se atrofiarem

Corra corra corra

até não ouvir os pés deles batendo atrás de você.

Corra até cair morta.

Certifique-se de que seu coração pare antes de eles te alcançarem. Antes que consigam tocar em você.

Corra, eu falei.

As palavras aparecem espontaneamente na minha mente. Não sei de onde elas vêm e não sei por que as sei, mas as digo para mim mesma enquanto prossigo, minhas botas batendo no chão, minha cabeça uma confusão estrangulada de caos. Não entendo o que aconteceu. Não entendo o que está acontecendo comigo. Não entendo mais nada.

O garoto está perto.

Ele se move com mais velocidade do que eu imaginava, e estou surpresa. Eu não esperava que ele fosse capaz de se defender dos meus golpes. Eu não esperava que ele me enfrentasse com tanta facilidade. Principalmente, estou chocada que ele seja de alguma forma imune ao meu poder. Eu nem sabia que isso era possível.

Não entendo.

Estou revirando meu cérebro, tentando desesperadamente compreender como isso pode ter acontecido – e se fui responsável pela anomalia – mas nada faz sentido. Não é a presença dele. Não é a atitude dele. Nem mesmo a maneira como ele luta.

Isto é: ele não luta.

Ele nem quer brigar. Parece não ter interesse em me derrotar, apesar da ampla evidência de que somos páreo um para o outro. Ele apenas se defende de mim, fazendo apenas o esforço mais básico para se proteger, e ainda assim eu não o matei.

Há algo estranho nele. Algo que está me dando nos nervos. Me perturbando.

Mas ele sumiu de vista quando joguei outra mesa, e está correndo desde então.

Parece uma armadilha.

Eu sei disso e, no entanto, sinto-me compelida a encontrá-lo. A enfrentá-lo. Destruí-lo.

Eu o vejo, de repente, no outro extremo do laboratório, e ele olha nos meus olhos com uma indiferença que me enfurece. Eu avanço, mas ele se move rapidamente, desaparecendo por uma porta adjacente.

Isso é uma armadilha, eu me lembro.

Por outro lado, não tenho certeza se é uma armadilha. Tenho ordens de encontrá-lo. Matá-lo. Eu só tenho que ser melhor. Mais esperta.

Então eu o sigo.

Desde o momento em que encontrei esse garoto – desde o primeiro momento em que começamos a trocar golpes – eu ignorei as sensações vertiginosas que corriam pelo meu corpo. Tentei negar minha pele repentinamente febril, minhas mãos trêmulas. Mas quando uma nova onda de náusea quase me faz cambalear, não posso mais negar meu medo:

Há algo de errado comigo.

Capto outro vislumbre de seus cabelos dourados e minha visão se turva, clareia, meu coração bate mais devagar. Por um momento, meus músculos parecem sofrer espasmos. Há um terror trêmulo rastejante cerrando meus pulmões e eu não entendo. Eu continuo esperando que o sentimento mude. Clareie. Desapareça. Mas conforme os minutos passam e os sintomas não mostram sinais de diminuir, começo a entrar em pânico.

Não estou cansada, não estou. Meu corpo é forte demais. Eu posso sentir – posso sentir meus músculos, sua força, sua firmeza – e posso dizer que poderia continuar lutando assim por horas. Dias. Não estou preocupada em desistir, não estou preocupada em desmoronar.

Estou preocupada com a minha cabeça. Minha confusão. A incerteza que me permeia, que se espalha como um veneno.

Ibrahim está morto.

Anderson, quase.

Ele vai se recuperar? Vai morrer? Quem eu seria sem ele? O que Ibrahim queria fazer comigo? Do que Anderson estava tentando me proteger? Quem são esses garotos que devo matar? Por que Ibrahim os chamou de meus amigos?

Minhas perguntas são infinitas.

Eu as mato.

Afasto uma série de mesas de aço e vislumbro o garoto antes que ele apareça em disparada como um corredor. A raiva me golpeia, disparando adrenalina no meu cérebro, e começo a correr de novo, uma determinação renovada se concentrando na minha mente. Eu corro pela sala mal iluminada, abrindo caminho através de um mar sem fim de parafernália médica. Quando paro de me mover, o silêncio desce.

Silêncio tão puro que é ensurdecedor.

Eu dou meia-volta, procurando. O garoto se foi. Eu pisco, confusa, examinando a sala enquanto meu pulso dispara com um medo renovado. Segundos se passam, reúnem-se em instantes que parecem minutos, horas.

Isso é uma armadilha.

O laboratório está perfeitamente imóvel – as luzes estão tão perfeitamente fracas – que, à medida que o silêncio se prolonga, começo a me perguntar se estou presa em um sonho. De repente me sinto paranoica, incerta. Como se aquele garoto fosse uma invenção da minha imaginação. Talvez tudo isso seja um pesadelo estranho, e talvez eu acorde em breve e Anderson esteja de volta em seu escritório, e Ibrahim seja um homem que eu nunca conheci, e amanhã eu vá acordar na minha cela, ao lado da água.

Talvez, eu penso, isso seja apenas mais um teste.

Uma simulação.

Talvez Anderson esteja desafiando minha lealdade uma última vez. Talvez seja meu trabalho ficar parada, me manter segura como ele me pediu e destruir qualquer um que tente entrar no meu caminho. Ou talvez…

Pare.

Sinto movimento.

Movimento tão sutil que é quase imperceptível. Movimento tão suave que poderia ter sido uma brisa, exceto por uma coisa:

Ouço um coração batendo.

Alguém está aqui, alguém imóvel, alguém astuto. Eu me endireito, meus sentidos aguçam, meu coração dispara no peito.

Alguém está aqui alguém está aqui alguém está aqui...

Onde?

Lá.

Ele aparece, como se saindo de um sonho, parado diante de mim como uma estátua, imóvel como aço em refrigeração. Ele olha para mim, olhos verdes da cor do vidro do mar, da cor do céladon.

Nunca realmente tive a chance de ver seu rosto.

Não assim.

Meu coração dispara quando o avalio, a camisa branca, o blazer verde, os cabelos dourados. Pele como porcelana. Ele não se agacha nem se mexe e, por um momento, estou certa de que talvez ele não seja nada além de uma miragem. Um programa.

Outro holograma.

Estendo a mão, incerta, as pontas dos meus dedos roçando a pele exposta em sua garganta e ele respira fundo e trêmulo.

Real, então.

Aperto minha mão contra seu peito, só para ter certeza, e sinto seu coração batendo sob a palma da minha mão. Rápido, muito rápido.

Eu olho para cima, surpresa.

Ele está nervoso.

Outra respiração instável lhe escapa e, desta vez, leva consigo uma certa medida de controle. Ele dá um passo para trás, balança a cabeça, olha para o teto.

Nervoso, não.

Ele está perturbado.

Eu deveria matá-lo agora, penso. *Matá-lo agora.*

Uma onda de náusea me atinge com tanta força que quase me derruba. Dou alguns passos instáveis para trás, me pegando contra uma mesa de aço. Meus dedos agarram a borda fria de metal e eu me seguro, dentes cerrados, desejando que minha mente clareasse.

O calor inunda meu corpo.

Um calor – torturante – pressiona meus pulmões, enche meu sangue. Meus lábios se separam. Eu me sinto ressecada. Olho para cima e ele está bem na minha frente e não faço nada. Não faço nada enquanto vejo sua garganta se mover.

Não faço nada enquanto meus olhos o devoram.

Sinto tontura.

Estudo a linha afiada de sua mandíbula, a inclinação suave onde seu pescoço encontra o ombro. Seus lábios parecem macios. As maçãs do rosto proeminentes, o nariz reto, as sobrancelhas pesadas, douradas. Seus traços são refinados. Mãos lindas e fortes. Unhas curtas e limpas. Percebo que ele usa um anel de jade no dedo mindinho esquerdo.

Ele suspira.

Sacode os ombros para retirar o blazer, dobrando-o cuidadosamente sobre o espaldar de uma cadeira próxima. Por baixo, ele usa apenas uma camiseta branca simples, os contornos esculpidos de seus braços nus captando a atenção das luzes fracas. Ele se move devagar, seus movimentos não têm pressa. Quando ele começa a andar, eu o observo, estudo suas formas. Não estou surpresa ao descobrir que ele se move lindamente. Fico fascinada por ele, por sua forma, por seus passos comedidos, pelos músculos definidos sob a pele. Ele parece ter a minha idade, talvez um pouco mais velho, mas há algo na maneira como olha para mim que o faz parecer mais velho do que nossos anos somados.

Seja o que for, eu gosto.

Eu me pergunto o que devo fazer com isso, com tudo isso. É realmente um teste? Se sim, por que enviar alguém como ele? Por que um rosto tão refinado? Por que um corpo tão perfeitamente estruturado?

Era para eu gostar?

Um sentimento estranho e delirante se agita dentro de mim com o pensamento. Algo muito antigo. Algo maravilhoso. Penso que é quase uma pena que eu tenha que matá-lo. E é o calor, o embotamento, a inexplicável dormência na minha mente que me obriga a dizer:

– Onde eles fizeram você?

Ele se assusta. Não achei que fosse se assustar. Mas quando ele se vira para mim, parece confuso.

Eu explico:

– Você é extraordinariamente bonito, de um jeito incomum.

Os olhos dele se arregalam.

Seus lábios se separam, pressionam-se, tremem em uma curva que me surpreende. Surpreende a ele.

Ele sorri.

Sorri e eu fico olhando – duas covinhas, dentes retos, olhos brilhantes. Um calor repentino e incompreensível corre pela minha pele, me deixa em chamas. Sinto um calor violento. Doente com febre.

Por fim, ele diz:

– Então você *está* aí dentro.

– Quem?

– Ella – ele diz, mas agora está falando baixinho. – Juliette. Eles disseram que você desapareceria.

– Eu não desapareci – afirmo, minhas mãos tremendo enquanto me recomponho. – Eu sou Juliette Ferrars, soldado supremo do nosso comandante norte-americano. Quem é você?

Ele se aproxima. Seus olhos escurecem quando olha para mim, mas não há verdadeira escuridão ali. Tento ficar mais alta, mais reta. Lembro-me de que tenho uma tarefa, que este é o meu momento de atacar, de cumprir minhas ordens. Talvez eu deva…

– Meu amor – ele sussurra.

Calor incendeia minha pele. A dor pressiona minha mente, uma vaga percepção de que deixei algo esquecido. Emoções empoeiradas tremem dentro de mim, e eu as mato.

Ele dá um passo adiante, pega meu rosto. Penso em quebrar os dedos dele. Quebrar os pulsos. Meu coração está acelerando.

Não consigo me mexer.

– Você não deveria me tocar – eu digo, ofegando as palavras.

– Por que não?

– Porque eu vou te matar.

Gentilmente, ele inclina minha cabeça para trás, suas mãos possessivas, persuasivas. Uma dor toma o controle dos meus músculos, me mantém no lugar. Meus olhos se fecham por reflexo. Eu o respiro e minha boca se enche de sabor – ar fresco, flores perfumadas, calor, felicidade – e fico impressionada com a ideia mais estranha de que já estivemos aqui antes, de que eu já vivi isso antes, que o conheci antes e então eu sinto, sinto sua respiração na minha pele e a sensação, a sensação é…

inebriante,

desorientadora.

Estou perdendo controle da minha cabeça, tentando desesperadamente localizar meu propósito, concentrar meus pensamentos, quando

ele se move

a terra se inclina, seus lábios tocam minha mandíbula e eu produzo um som desesperado e inconsciente que me surpreende. Minha pele está frenética, ardendo. Esse calor familiar contamina meu sangue, minha temperatura dispara, meu rosto ruboriza.

– Eu...

Eu tento falar, mas ele beija meu pescoço e eu suspiro, suas mãos ainda firmes ao redor do meu rosto. Estou sem fôlego, coração batendo, pulso batendo, cabeça batendo. Ele me toca como se me conhecesse, como se soubesse do que eu quero, soubesse do que eu preciso. Eu me sinto louca. Nem reconheço o som da minha própria voz quando finalmente consigo dizer:

– Eu conheço você?

– Sim.

Meu coração salta. A simplicidade de sua resposta estrangula minha mente, escava em busca da verdade. Parece verdade. Parece verdade que eu conheci estas mãos, esta boca, estes olhos.

Parece real.

– Sim – ele repete, sua própria voz rouca de sentimento. Suas mãos saem do meu rosto e eu estou perdida, procurando calor. Eu me aproximo dele sem querer, pedindo algo que não entendo. Mas então suas mãos deslizam sob a minha camisa, suas mãos pressionam as minhas costas, e a magnitude do contato repentino de pele com pele deixa meu corpo em chamas.

Eu me sinto explosiva.

Sinto-me perigosamente próxima de algo que pode me matar, e ainda assim me inclino para ele, cega pelo instinto, surda para tudo, exceto a batida feroz do meu próprio coração.

Ele recua, apenas dois centímetros.

Suas mãos ainda estão sob a minha camisa, seus braços nus em volta da minha pele nua e sua boca se demora acima da minha, o calor entre nós ameaçando incendiar. Ele me puxa para mais perto e eu dou um gemido, perdendo a cabeça enquanto as linhas duras de seu corpo mergulham em mim. Ele está em toda parte, seu perfume, sua pele, seu hálito. Não vejo nada além dele, não sinto nada além dele, suas mãos se espalhando pelo meu tronco, meus pulmões se comprimindo sob sua exploração cuidadosa e abrasadora. Eu me inclino para as sensações, seus dedos roçando meu abdome, a parte inferior das minhas costas. Ele toca sua testa na minha e eu pressiono para cima, pedindo algo, implorando algo...

– O quê... – eu suspiro – ...o que está acontecendo...

Ele me beija.

Lábios suaves, ondas de sensação. O sentimento transborda as lacunas na minha mente. Minhas mãos começam a tremer. Meu coração bate tão forte que mal consigo ficar parado quando ele faz minha boca se abrir, me traz para dentro. Ele tem gosto de calor e menta, como o verão, como o sol.

Eu quero mais.

Pego o rosto dele e o puxo para mais perto, e ele faz um som suave e desesperado no fundo de sua garganta que dispara um dardo de prazer direto no meu cérebro. O calor elétrico e puro me anima, me põe fora de mim. Parece que estou flutuando aqui, rendida a esse momento estranho, presa no lugar por um molde antigo que se encaixa perfeitamente no meu corpo. Sinto-me frenética, tomada por uma necessidade de saber mais, uma necessidade que eu nem entendo.

Quando nos separamos, seu peito arfa e seu rosto está corado.

– Volte para mim, meu amor – ele diz. – Volte.

Ainda estou lutando para respirar, vasculhando desesperadamente seus olhos em busca de respostas. Explicações.

– Onde?

– Aqui – ele sussurra, pressionando minhas mãos em seu coração. – Lar.

– Mas eu não…

Flashes de luz atravessam minha visão. Tropeço para trás, meio cega, como se estivesse sonhando, revivendo a carícia de uma lembrança esquecida, e é como uma dor que parece ser acalmada, é uma panela fumegante jogada em água gelada, é uma bochecha corada e pressionada contra um travesseiro frio em uma noite quente, muito quente, o calor se acumulando atrás dos meus olhos, distorcendo visões, diminuindo os sons.

Aqui.

Isto.

Meus ossos contra os ossos dele. Este é o meu lar.

Volto à minha pele com um súbito arrepio violento e me sinto descontrolada, instável. Eu o encaro, meu coração batendo forte, meus pulmões lutando para obter ar. Ele olha para trás, seus olhos um verde tão pálido na luz que, por um momento, ele nem parece humano.

Algo está acontecendo na minha cabeça.

A dor está se acumulando no meu sangue, calcificando ao redor do meu coração. Sinto-me em guerra comigo mesma, perdida e ferida, minha mente girando com a incerteza.

– Qual é o seu nome? – pergunto.

Ele dá um passo à frente, chega tão perto que nossos lábios se tocam. Se partem. Sua respiração sussurra através da minha pele, e meus nervos zumbem, faíscam.

– Você sabe meu nome – ele responde baixinho.

Tento balançar a cabeça. Ele pega meu queixo.

Dessa vez, ele não é cuidadoso.

Dessa vez, está desesperado. Dessa vez, quando me beija, ele me abre, o calor propagando-se dele em ondas. Ele tem gosto de água de nascente e algo doce, algo abrasador.

Sinto tontura. Me sinto delirante.

Quando ele se afasta, estou tremendo, meus pulmões tremendo, minha respiração tremendo, meu coração tremendo. Observo, como se estivesse em um sonho, quando ele tira a camisa, a joga no chão. E então ele está aqui de novo, está de volta. Ele me pega em seus braços e me beija tão profundamente que meus joelhos cedem.

Ele me pega, apoiando meu corpo enquanto me coloca na longa mesa de aço. O metal frio permeia o tecido da minha calça, disparando arrepios ao longo da minha pele aquecida e eu ofego. Meus olhos se fecham quando ele se coloca por cima das minhas pernas, reclama minha boca. Pressiona minhas mãos em seu peito, arrasta meus dedos por seu torso nu e eu emito um som desesperado e falhado, o prazer e a dor me atordoando, me paralisando.

Ele desabotoa minha camisa, suas mãos hábeis se movendo rapidamente, enquanto beija meu pescoço, minhas bochechas, minha boca, minha garganta. Eu grito quando ele se move, seus beijos descendo pelo meu corpo, procurando, explorando. Ele empurra para os lados as duas metades da minha camisa, sua boca ainda quente contra a minha pele, e então ele elimina o espaço entre nós, pressionando seu peito nu contra o meu, e meu coração explode.

Algo estala dentro de mim.

Parte.

Um soluço repentino e fraturado escapa da minha garganta. Lágrimas indesejadas ardem nos meus olhos, me assustando quando caem no meu rosto. Emoções desconhecidas sobem através de mim, expandindo meu coração, confundindo minha cabeça. Ele me puxa impossivelmente mais para perto, nossos corpos colados um no outro. E então, pressiona a testa na minha clavícula, seu corpo tremendo de emoção, quando diz:

– Volte.

Minha cabeça está cheia de areia, som, sensações girando em minha mente. Não entendo o que está acontecendo comigo, não entendo essa dor, esse prazer inacreditável. Estou manchando sua pele com minhas lágrimas e ele só me puxa mais forte, pressionando nossos corações até que a sensação crave seus dentes em meus ossos, escancare meus pulmões. Quero me enterrar neste momento, quero puxá-lo para dentro de mim, quero me arrastar para fora de mim mesma, mas há algo errado, algo bloqueado, algo parado...

Algo quebrado.

A percepção disso chega em ondas suaves, teorias lambendo e se sobrepondo às margens da minha consciência até que eu esteja encharcada de confusão. Consciência.

Terror.

– Você sabe meu nome – ele diz suavemente. – Você sempre me conheceu, meu amor. Eu sempre te conheci. E eu estou tão… Estou tão desesperadamente apaixonado por você…

A dor começa nos meus ouvidos.

Vai se acumulando, expandindo, aumentando a pressão até atingir um pico tão agudo que se transforma, tornando-se uma tortura que para meu coração.

Primeiro eu fico surda, rígida. Depois, fico cega, relaxada.

Em seguida, meu coração reinicia.

Volto à vida com uma inspiração repentina e aterrorizante que quase me sufoca, o sangue fluindo para meus ouvidos, meus olhos, vazando do meu nariz. Sinto o gosto, sinto o gosto do meu próprio sangue na boca quando começo a entender: há algo dentro de mim. Um veneno. Uma violência. Algo errado algo errado algo *errado*

E então, como se a quilômetros de distância, eu me ouço gritar.

Há ladrilhos frios debaixo de meus joelhos, rejunte áspero pressionando meus dedos. Eu grito no silêncio, acumulando poder, eletricidade carregando meu sangue. Minha mente está se separando de si mesma, tentando identificar o veneno, esse parasita residindo dentro de mim.

Eu tenho que matá-lo.

Eu grito, forçando minha própria energia para o interior, grito até que a energia explosiva que está crescendo dentro de mim rompa meus tímpanos. Eu grito até sentir o sangue escorrer dos meus ouvidos e descer pelo pescoço, grito até as luzes do laboratório começarem a estourar e a se quebrar. Grito até meus dentes sangrarem, até o chão se quebrar sob meus pés, até a pele dos meus joelhos começar a rachar. Grito até o monstro dentro de mim começar a morrer.

E só então...

Só quando tenho certeza de que matei uma pequena parte do meu próprio ser é que finalmente desabo.

Estou sufocando, tossindo sangue, meu peito arfando pelo esforço despendido. A sala gira. Balança.

Pressiono minha testa no chão frio e tento segurar uma onda de náusea. E então sinto uma mão pesada e familiar nas minhas costas. Com lentidão excruciante, consigo levantar a cabeça.

Um borrão de ouro aparece e desaparece diante de mim.

Pisco uma vez, duas vezes e tento me levantar empurrando com os braços, mas uma dor aguda e abrasadora no meu pulso quase me cega. Olho para baixo, examinando a visão estranha e nebulosa. Eu pisco novamente. Dez vezes mais.

Finalmente, meus olhos se focam.

A pele dentro do meu braço direito se abriu. Sangue está manchando minha pele, pingando no chão. De dentro da ferida fresca, uma única luz azul pulsa de um corpo circular de aço, cujas bordas despontam na minha carne rasgada.

Com um último esforço, arranco o mecanismo que pisca intermitente do meu braço, o último vestígio desse monstro. Ele cai dos meus dedos trêmulos, tilinta no chão.

E desta vez, quando olho para cima, vejo o rosto dele.

– Aaron – eu suspiro.

Ele cai de joelhos.

Ele puxa meu corpo sangrando em seus braços e eu me desfaço, me desfaço aberta, os soluços escancarando meu peito. Choro até a dor espiralar para cima e atingir o pico, choro até minha cabeça latejar e meus olhos incharem. Eu choro, pressionando meu rosto no seu pescoço, meus dedos cravando-se nas suas costas, desesperados por apoio. Por prova.

Ele me segura, silencioso e firme, juntando meu sangue e ossos contra seu corpo, enquanto as lágrimas recuam, e eu começo a tremer. Ele me abraça apertado enquanto meu corpo treme, me abraça quando as lágrimas recomeçam, me abraça em seus braços e acaricia meus cabelos e me diz que tudo, tudo vai ficar bem.

Kenji

Fui designado para vigiar do lado de fora dessa porta, o que, inicialmente, deveria ser uma coisa boa – ajudar na missão de resgate e tal –, mas quanto mais eu espero aqui, montando guarda para Nazeera enquanto ela hackeia os computadores que estavam mantendo os filhos dos comandantes supremos em algum estado estranho de hiper-sono, mais as coisas dão errado.

Este lugar está caindo aos pedaços.

Literalmente.

As luzes do teto estão começando a piscar e a tremular, e as enormes escadas estão começando a ranger. As imensas janelas que revestem os dois lados deste edifício de cinquenta andares estão começando a rachar.

Os médicos estão correndo, gritando. Os alarmes estão piscando como loucos; as sirenes, tocando. Alguma voz robótica está anunciando uma crise nos alto-falantes, como se fosse a coisa mais casual do mundo.

Não tenho ideia do que está acontecendo no momento, mas se tivesse que dar um palpite, diria que tinha algo a ver com Emmaline.

Mas só tenho que ficar aqui, me apoiando na porta para não ser pisoteado acidentalmente, e esperar seja lá o que estiver acontecendo chegar ao fim. O problema é que não sei se será um final feliz ou triste...

Para todos os envolvidos.

Não ouvi nenhuma notícia de Warner desde que nos separamos, e estou tentando muito não pensar no assunto. Em vez disso, estou optando por focar nas coisas positivas que aconteceram hoje, como o fato de termos conseguido matar três comandantes supremos – quatro, se você contar com Evie – e que o trabalho genial de hacker de Nazeera foi um sucesso, porque sem ela, de jeito nenhum teríamos feito muito progresso.

Depois de nossa passagem pelos dutos de ventilação, Warner e eu conseguimos cair no coração do complexo sem sermos detectados. Era mais fácil evitar as câmeras quando estávamos no centro das coisas; as salas estavam mais próximas umas das outras e, embora as áreas de maior segurança tenham mais pontos de *verificação*, algumas têm menos câmeras. Desde que evitássemos certos ângulos, as câmeras não nos notavam e, com a falsa folga que a Nazeera construiu para nós, conseguimos passar facilmente. Foi por causa dela que estávamos no lugar certo – depois de matar sem querer um cientista superimportante – quando todos os comandantes supremos começaram a se juntar como um enxame.

Foi por causa dela que conseguimos matar Ibrahim e Anderson. E foi por causa dela que Warner está trancado com Robô J em algum lugar. Honestamente, eu nem sei como me sentir sobre tudo isso. Eu realmente não me permiti pensar no fato de que J talvez nunca mais fosse voltar, que eu nunca mais pudesse ver minha melhor amiga. Se penso muito sobre isso, começo a sentir que não consigo respirar e não posso me dar ao luxo de parar de respirar agora. Ainda não.

Então, tento não pensar.

Mas Warner...

Warner ou sairá vivo e feliz disso, ou morto, porém fazendo algo em que acreditava.

E não há nada que eu possa fazer.

O problema é que não o vejo há mais de uma hora e não tenho ideia do que isso significa. Poderia ser uma notícia muito boa ou muito, muito ruim. Ele nunca chegou a contar seu plano para mim – que surpresa –, então eu nem sei exatamente o que ele planejou fazer quando a encontrasse sozinha. E mesmo sabendo que é melhor não duvidar dele, tenho que admitir que há uma pequena parte de mim que se pergunta se ele está vivo neste momento.

Um rangido antigo e estridente interrompe meus pensamentos.

Olho para cima, em direção à fonte do som, e percebo que o teto está desabando. O telhado está se desfazendo. As paredes estão começando a desmoronar. Os longos e tortuosos corredores circundam um pátio interior, dentro do qual vive uma enorme árvore de aparência pré-histórica. Por nenhuma razão que eu possa entender, os corrimões de aço que contornam os corredores estão começando a derreter. Observo em tempo real a árvore pegar fogo, as chamas rugindo cada vez mais alto, a uma velocidade espantosa. A fumaça aumenta, curvando-se em minha direção, já começando a sufocar os corredores, e meu coração está acelerado quando olho em volta, meu pânico aumentando. Começo a bater na porta, não me importando com quem me ouve agora.

É o fim da porra do mundo aqui.

Estou gritando por Nazeera, implorando que ela saia, que possamos dar o fora daqui antes que seja tarde demais. Estou tossindo agora, a fumaça entrando nos meus pulmões, ainda esperando desesperadamente que ela ouça minha voz, quando, de repente, violentamente…

A porta se abre.

Sou empurrado para trás pela força e, quando olho para cima, com os olhos ardendo, Nazeera está lá. Nazeera, Lena, Stephan, Haider, Valentina, Nicolás e Adam.

Adam.

Não sei explicar exatamente o que acontece a seguir. Há muitos gritos. Muita correria. Stephan dá um soco que perfura uma parede em ruínas, e Nazeera ajuda a nos levar, voando para fora em segurança. Isso acontece em um borrão. Vejo as coisas se desenrolarem em *flashes*, em gritos.

Parece um sonho. Meus olhos ainda ardendo, lacrimejando.

Acho que estou chorando por causa do fogo. É o calor, o céu, as chamas que rugem devorando tudo.

Observo a capital da Oceania – todos os quinhentos metros quadrados dela – ser tomada pelo fogo.

E Warner e Juliette vão com ela.

Ella (Juliette)

A primeira coisa que fazemos é encontrar Emmaline.

Tento me comunicar com ela pela mente e ela responde imediatamente. Calor, dedos de calor se enrolam em volta dos meus ossos. Faíscam e ganham vida no meu coração. Ela esteve sempre aqui, sempre comigo.

Eu entendo agora.

Entendo que os momentos que me salvaram foram presentes da minha irmã, presentes que ela só pôde me dar em troca de se destruir. Ela está muito mais fraca agora do que há duas semanas, porque gastou muito de si para me manter viva. Para impedir que as maquinações deles chegassem ao meu coração. À minha alma.

Eu me lembro de tudo agora. Minha mente foi afiada em uma nova ponta, aprimorada com uma clareza que eu nunca havia experimentado antes. Eu vejo tudo. Compreendo tudo.

Não demora muito para encontrá-la.

Não peço desculpas pelas pessoas que disperso, pelas paredes que destroço ao longo do caminho. Não peço desculpas por minha raiva ou dor. Não paro de me mexer quando vejo Tatiana e Azi; eu não preciso. Eu quebro seus pescoços de onde estou. Rasgo seus corpos ao meio com um único gesto.

Quando alcanço minha irmã, a agonia dentro de mim atinge seu auge. Ela está mole dentro de seu tanque, um peixe seco, uma aranha moribunda. Ela se encolheu no canto mais escuro, seus longos cabelos escuros envolvendo sua figura enrugada e flácida. Um lamento baixo emana de seu tanque.

Ela está chorando.

Pequena. Assustada. Ela me lembra de uma outra versão de mim mesma, uma pessoa da qual mal consigo lembrar, uma jovem jogada na prisão, muito destruída pelo mundo para perceber que sempre teve o poder de se libertar. De conquistar a Terra.

Eu tive esse luxo.

Emmaline, não.

A visão dela me faz querer cair em pedaços. Meu coração se enfurece com raiva, devastação. Quando penso no que eles fizeram com ela… no que fizeram com ela…

Não

Eu não penso.

Respiro fundo, estremecendo. Tento me recompor. Sinto Aaron pegar minha mão e aperto seus dedos em gratidão. Tê-lo aqui me dá firmeza. Saber que ele está ao meu lado. Comigo.

Meu parceiro em tudo.

Me fale o que você quer, digo para Emmaline. *Qualquer coisa. Seja o que for, eu farei.*

Silêncio.

Emmaline?

Um medo agudo e desesperado salta através de mim.

O medo dela, não o meu.

Sensações distorcidas brilham atrás dos meus olhos – labaredas de cores, sons de metal – e seu pânico se intensifica. Aperta. Eu o sinto descer pela minha espinha.

– Qual é o problema? – pergunto em voz alta. – O que aconteceu?

Aqui

Aqui

Sua forma leitosa desaparece no tanque, afundando profundamente debaixo d'água. Arrepios crescem ao longo dos meus braços.

– Você parece ter se esquecido de mim.

Meu pai entra no quarto, suas altas botas de borracha batendo suavemente no chão.

Jogo meus braços para a frente na mesma hora, esperando lhe arrancar o baço, mas ele é rápido demais – seus movimentos, rápidos demais. Ele pressiona um único botão em um pequeno controle remoto portátil e eu mal tenho tempo para respirar antes que meu corpo comece a convulsionar. Eu grito, meus olhos cegos pela luz violenta e violeta, e consigo virar a cabeça apenas em pequenos movimentos excruciantes.

Aaron.

Ele e eu estamos congelados aqui, banhados por uma luz tóxica que emana do teto. Ofegando para respirar. Tremendo incontrolavelmente. Minha mente gira, trabalhando desesperadamente para pensar em um plano, em uma brecha, em uma saída.

– Estou surpreso com sua arrogância – diz meu pai. – Perplexo que você tenha pensado que poderia simplesmente entrar aqui e ajudar no suicídio da sua irmã. Você pensou que seria simples? Pensou que não haveria consequências?

Ele gira um botão e meu corpo dá uma fisgada mais violenta, levantando do chão. A dor é ofuscante. A luz brilha dentro e fora dos meus olhos, atordoando minha mente, entorpecendo minha capacidade de pensar. Eu fico no ar, não sou mais capaz de virar a cabeça. A gravidade empurra e puxa meu corpo, ameaça rasgar meus membros.

Se pudesse gritar, eu gritaria.

– De qualquer forma, é bom você estar aqui. Melhor acabar com isso agora. Já esperamos o suficiente. – Ele acena, distraído, para o tanque de Emmaline. – Obviamente, você viu como estamos desesperados por um novo hospedeiro.

NÃO

A palavra é como um grito dentro da minha cabeça.

Max fica rígido.

Ele olha para cima, encarando precisamente o nada, a raiva em seus olhos mal contida. Só percebo nesse momento que ele também pode ouvi-la.

Claro que ele pode.

Emmaline bate contra seu tanque, os sons abafados, o esforço por si só parecendo exauri-la. Ainda assim, ela pressiona para a frente, sua bochecha encovada achatando-se contra o vidro.

Max hesita, vacilante.

Ele não é bom em esconder as emoções – e sua atual incerteza é facilmente discernível. Fica claro, mesmo da minha perspectiva desorientada, que ele está tentando decidir com qual de nós precisa lidar primeiro. Emmaline bate o punho novamente, dessa vez mais fraco.

NÃO

Outro grito dentro da minha cabeça.

Com um suspiro abafado, Max decide por Emmaline.

Eu o observo girar, seguir em direção ao tanque dela. Ele pressiona a mão contra o vidro e ele se torna de um azul neon. A luz azul se expande e depois se espalha pela câmara, revelando lentamente uma intrincada série de circuitos elétricos. As veias neon são mais espessas em alguns lugares, ocasionalmente trançadas, principalmente finas. Assemelham-se a um sistema cardiovascular não muito diferente do que existe dentro do meu próprio corpo.

Meu próprio corpo.

Algo ofega e ganha vida dentro de mim. Razão. Pensamento racional. Estou presa aqui, enganada pela dor de pensar que não tenho controle sobre meus poderes, mas isso não é verdade. Quando me forço a lembrar, posso senti-la. Minha energia ainda vibra através de mim. É um sussurro fraco e desesperado – mas está presente.

Um pouco mais a cada segundo torturante, vou recolhendo minha mente.

Cerro os dentes, concentrando meus pensamentos, tensionando meu corpo a ponto de ruptura. Lentamente, tranço os fios díspares do meu poder, agarrando-me a eles como se minha vida dependesse disso.

E ainda mais devagar, levo minha mão crispada através da luz.

O esforço parte a carne dos nós dos meus dedos, da ponta dos dedos. Sangue fresco corre pela minha mão e se derrama pelo meu pulso enquanto levanto o braço em um arco lento e excruciante acima da minha cabeça.

Como se estivesse a anos-luz de distância, ouço bipes.

Max.

Ele está inserindo novos códigos no tanque de Emmaline. Não tenho ideia do que isso significa para ela, mas não consigo imaginar que seja bom.

Depressa.

Depressa, eu digo a mim mesma.

Violentamente, forço meu braço através da luz, reprimindo um grito quando o faço. Um por um, meus dedos se desenrolam acima da minha cabeça, sangue pingando de cada dígito sobre meu pulso sangrando e nos meus olhos. Minha mão se abre, com a palma virada para o teto. Sangue fresco serpenteia pela minha face enquanto dirijo minha energia para a luz.

O teto estilhaça.

Aaron e eu caímos no chão com força e ouço algo estalar na minha perna, uma dor gritando através de mim.

Eu luto contra ela.

As luzes estalam e guincham, o teto de concreto polido começando a rachar. Max gira, o horror agarra seu rosto enquanto eu jogo minha mão para a frente.

Fecho meu punho.

O tanque de Emmaline se quebra com um estalo repentino e violento.

– NÃO! – ele grita. Febril, tira o controle-remoto de seu jaleco, apertando seus botões agora inúteis. – Não! Não, *não*...

O vidro se abre gemendo com um bocejo zangado, cedendo com um rugido final, e estilhaça. Max fica comicamente imóvel.

Atônito.

Ele morre, então, com exatamente essa expressão no rosto. E não sou eu quem o mata. É Emmaline.

Emmaline, que liberta as mãos palmadas do vidro quebrado e pressiona os dedos na cabeça do pai. Ela o mata com nada além da força de sua própria mente.

A mente que ele lhe deu.

Quando ela termina, o crânio dele se abre. Sangue vaza de seus olhos mortos. Seus dentes caem do rosto, sobre a camisa. Seu intestino se derrama devido a uma ruptura grave no tronco.

Eu desvio o olhar.

Emmaline desaba no chão. Ela está ofegando através do regulador fundido em seu rosto. Seus membros já fracos começam a tremer violentamente, e ela está produzindo sons que só posso supor que sejam palavras que ela não consegue mais falar.

Ela é mais anfíbia que humana.

Só percebo isso agora, apenas quando confrontada com a prova de sua incompatibilidade com o nosso ar, com o mundo exterior. Eu rastejo em direção a ela, arrastando minha perna quebrada e ensanguentada atrás de mim.

Aaron tenta ajudar, mas quando travamos o olhar, ele recua.

Ele entende que preciso fazer isso sozinha.

Recolho o corpo pequeno e ressequido da minha irmã contra o meu, puxando seus membros molhados no meu colo, pressionando a cabeça contra o meu peito. E eu digo a ela, pela segunda vez:

– Me diga o que você quer. Qualquer coisa. Seja o que for, eu farei.

Seus dedos escorregadios agarram meu pescoço, agarram-se pela vida. Uma visão enche minha cabeça, uma visão de tudo em chamas. Uma visão deste complexo, sua prisão se desintegrando. Ela quer que tudo seja arrasado, devolvido ao pó.

– Considere feito – eu digo a ela.

Ela tem outro pedido. Apenas mais um.

E não digo nada por muito tempo.

Por favor

Sua voz está no meu coração, implorando. Desesperada. A agonia dela é aguda. Seu terror é palpável.

Lágrimas brotam dos meus olhos.

Pressiono minha bochecha contra seus cabelos molhados. Digo a ela o quanto eu a amo. O quanto ela significa para mim. O quanto mais de tempo que eu gostaria que pudéssemos ter tido juntas. Digo a ela que nunca vou esquecê-la.

Que vou sentir saudades, todos os dias.

E então peço que me deixe levar seu corpo para casa comigo quando terminar.

Um calor suave inunda minha mente, um sentimento inebriante. Felicidade.

Sim, ela diz.

Quando termina – quando rasguei os tubos do corpo dela, quando juntei seus ossos úmidos e trêmulos contra os meus, quando apertei minha bochecha venenosa na dela, quando suguei a pouca vida que havia restado em seu corpo.

Quando termina, eu me enrolo em seu corpo frio e choro.

Aperto seu corpo oco contra o meu coração e sinto a injustiça de tudo rugir através de mim. Sinto-a me fraturar. Eu a sinto tomar parte de mim com ela enquanto se vai.

E então eu grito.

Grito até sentir a terra se mover sob meus pés, até sentir o vento mudar de direção. Grito até as paredes desabarem, até sentir a eletricidade acender, até sentir as luzes pegarem fogo. Eu grito até o chão se partir, até tudo cair.

E então levamos minha irmã para casa.

Epílogo Warner

Um

A parede é extraordinariamente branca.

Mais branca do que o habitual. A maioria das pessoas pensa que as paredes brancas são realmente brancas, mas a verdade é que elas apenas parecem brancas e na verdade não são. A maioria dos tons de branco é misturada com um pouco de amarelo, o que ajuda a suavizar a dureza de um branco puro, tornando-o mais parecido com um cru, ou marfim. Vários tons de creme. Clara de ovo, até. O branco verdadeiro é praticamente intolerável como uma cor, então o branco é quase azul.

Essa parede, em particular, não é tão branca que possa ser ofensiva, mas um tom de branco bastante nítido para despertar minha curiosidade, o que não é nada menos que um milagre, na verdade, porque eu o encaro a maior parte de uma hora. Trinta e sete minutos, para ser exato.

Estou sendo feito de refém por costume. Formalidade.

– Mais cinco minutos – diz ela. – Prometo.

Ouço o farfalhar do tecido. Zíperes. Um tremor de…

– Isso é tule?

– Você não deveria estar ouvindo!

– Sabe, meu amor, me ocorre agora que vivi situações reais de cativeiro muito menos torturantes do que isso.

– Ok, ok, já foi. Está embalado. Eu só preciso de um segundo para colocar minhas roup…

– Isso não será necessário – digo, me virando. – Certamente nesta parte, eu deveria poder observar.

Eu me inclino na parede extraordinariamente branca, estudando-a enquanto ela franze a testa para mim, seus lábios ainda abertos em torno da forma de uma palavra que ela parece ter esquecido.

– Por favor, continue – eu digo, indicando com um aceno de cabeça. – Isso que você estava fazendo antes.

Ela se demora por um momento mais longo do que é honesto, seus olhos se estreitando em uma demonstração de frustração que é pura fraude. Ela agrava essa farsa segurando uma peça de roupa no peito, fingindo pudor.

Eu não me importo, nem um pouco.

Bebo sua visão, suas curvas suaves, a pele macia. Seu cabelo é lindo em qualquer comprimento, mas anda mais longo ultimamente. Longo e escuro, sedoso contra a pele dela – e quando tenho sorte, – contra a minha.

Lentamente, ela deixa cair a camisa.

De repente eu me levanto, fico mais reto.

– Eu deveria usar isso por baixo do vestido – diz ela, sua raiva falsa já esquecida. Ela mexe com a estrutura de um espartilho cor de creme, os dedos demorando-se distraidamente ao longo das cintas-ligas, as meias enfeitadas com rendas. Ela não consegue encontrar meus olhos. De repente, ela fica tímida e, desta vez, é real.

Você gosta?

A pergunta não dita.

Imaginei, quando ela me convidou para este provador, que era por razões que iam além de eu encarar as variações de cores em uma parede branca incomum. Achei que ela me queria aqui para ver alguma coisa.

Para vê-la.

Vejo agora que estava certo.

– Você é tão linda – elogio, incapaz de remover o espanto da minha voz. Eu ouço o maravilhamento infantil no meu tom, e isso me envergonha mais do que deveria. Eu sei que não deveria ter vergonha de sentir profundamente. De me sentir comovido.

Ainda me sinto estranho.

Jovem.

Ela diz baixinho:

– Sinto como se tivesse estragado a surpresa. Você não deveria ver nada disso até a noite de núpcias.

Meu coração realmente para por um momento.

A noite de núpcias.

Ela diminui a distância entre nós e enlaça meus braços, me libertando da minha paralisia momentânea. Meu coração bate mais rápido com ela aqui, tão perto. E embora eu não saiba como ela percebeu que, de repente eu precisava da reconfirmação do seu toque, sou grato. Solto a respiração, puxando-a totalmente contra mim, nossos corpos relaxando, lembrando um do outro.

Pressiono meu rosto em seus cabelos, inspiro o doce aroma de seu xampu, de sua pele. Faz apenas duas semanas. Duas semanas desde o fim de um mundo antigo. O começo de um novo.

Ela ainda parece um sonho para mim.

– Isso está realmente acontecendo? – eu sussurro.

Uma batida forte na porta faz minha coluna se endireitar.

Ella faz uma careta ao ouvir o som.

– Sim?

– Sinto muito incomodá-la agora, senhorita, mas há um cavalheiro aqui que deseja falar com o sr. Warner.

Ella e eu travamos o olhar.

– Ok – ela diz rapidamente. – Não fique bravo.

Meus olhos se estreitam.

– Por que eu ficaria bravo?

Ella se afasta para me olhar melhor nos olhos. Seus próprios olhos são brilhantes, bonitos. Cheios de preocupação.

– É o Kenji.

Forço uma onda de raiva tão violenta que acho que provoco um derrame em mim mesmo. Fico zonzo.

– O que ele está fazendo aqui? – consigo dizer. – Como diabos ele sabia como nos encontrar?

Ela morde o lábio.

– Trouxemos Amir e Olivier com a gente.

– Entendo. – Levamos guardas extras, o que significa que nossa excursão foi publicada no boletim de segurança pública. Claro.

Ella faz que sim.

– Ele me encontrou logo antes de sairmos. Estava preocupado... queria saber por que estávamos voltando para as antigas terras regulamentadas.

Tento dizer algo então, para expressar em voz alta meu espanto pela incapacidade de Kenji de fazer uma dedução simples, apesar da abundância de pistas contextuais bem diante dos olhos dele – mas ela levanta um dedo.

– Eu disse a ele – ela continua – que estávamos procurando roupas para substituir e lembrei que, por enquanto, os centros de suprimentos ainda são os únicos lugares para comprar comida ou roupas ou... – ela acena, franze a testa – ... qualquer coisa, no momento. De qualquer forma, ele disse que tentaria nos encontrar aqui. Ele disse que queria ajudar.

Meus olhos se arregalam um pouco. Sinto outro golpe vindo.

– Ele disse que queria *ajudar*.

Ela confirma.

– Impressionante. – Um músculo pulsa na minha mandíbula. – E engraçado também, porque ele já ajudou muito... ontem à noite ele nos ajudou bastante destruindo meu terno e seu vestido, nos forçando a comprar roupas agora de uma... – olho em volta, gesticulo para nada em especial – ... de uma loja no mesmo dia em que devemos nos casar.

– Aaron – ela sussurra. Ela se aproxima mais uma vez. Coloca a mão no meu peito. – Ele está se sentindo péssimo com isso.

– E você? – pergunto, estudando seu rosto, seus sentimentos. – *Você* não se sente péssima? Alia e Winston trabalharam tanto para fazer algo bonito para você, algo feito sob medida...

– Eu não ligo. – Ela encolhe os ombros. – É apenas um vestido.

– Mas era o seu vestido de noiva – eu insisto, minha voz falhando agora, praticamente quebrando.

Ela suspira, e no som eu ouço seu coração se partir, mais por mim do que por si mesma. Ela se vira e abre o zíper da enorme bolsa de roupas pendurada em um gancho acima da cabeça.

– Você não deveria ver isso – diz ela, puxando os metros de tule da bolsa –, mas acho que pode significar mais para você do que para mim, então... – ela se vira, sorri – ...vou deixar você me ajudar a decidir o que vestir hoje à noite.

Eu quase gemo alto com o lembrete.

Um casamento à noite. Quem diabos se casa à noite? Apenas os infelizes. Os desafortunados. Embora eu suponha que agora fazemos parte desse grupo.

Em vez de reagendar a coisa toda, atrasamos por algumas horas para termos tempo de comprar roupas novas. Bem, eu tenho roupas. Minhas roupas não importam tanto.

Mas o vestido dela. Ele destruiu o vestido dela na noite anterior ao nosso casamento. Como um monstro.

Vou cometer um assassinato.

– Você não pode assassiná-lo – diz ela, ainda puxando metros de tecido da bolsa.

– Tenho certeza de que não disse isso em voz alta.

– Não – ela responde –, mas você estava pensando, não estava?

– De todo o coração.

– Você não pode matá-lo – ela diz simplesmente. – Agora não. Nunca.

Eu suspiro.

Ela ainda está lutando para tirar o vestido.

– Me perdoe, meu amor, mas se tudo isso – aceno para a bolsa de roupas, a explosão de tule – é para um único vestido, tenho medo de já saber como me sinto a respeito.

Ela para de puxar. Se vira, os olhos arregalados.

– Você não gosta? Você ainda nem o viu.

– Já vi o suficiente para saber que, seja o que for, não é um vestido. É um conjunto aleatório de camadas de poliéster. – Inclino-me ao redor dela, pinçando o tecido entre meus dedos. – Eles não têm tule de seda nesta loja? Talvez possamos falar com a costureira.

– Eles não têm uma costureira aqui.

– Esta é uma loja de roupas – eu digo. Viro o corpete do avesso, franzindo a testa para a costura. – Certamente deve haver uma costureira. Não uma muito boa, claro, mas…

– Esses vestidos são feitos em uma fábrica – ela me diz. – Principalmente por máquinas.

Fico mais ereto.

– Você sabe, a maioria das pessoas não cresceu com alfaiates particulares à sua disposição – diz ela, um sorriso brincando nos lábios. – O resto de nós teve que comprar roupas de lojas. Pré-fabricadas. Que não servem direito.

– Sim – eu digo rigidamente. De repente me sinto idiota. – Claro. Me perdoe. O vestido é muito bonito. Talvez eu deva esperar que você prove. Dei minha opinião de forma muito apressada.

Por alguma razão, minha resposta só piora as coisas.

Ela geme, me lançando um olhar derrotado antes de se dobrar na pequena cadeira do provador.

Meu coração despenca.

Ela deixa cair o rosto nas mãos.

– É realmente um desastre, não é?

Outra batida rápida na porta.

– Senhor? O cavalheiro parece muito ansioso para…

– Ele certamente não é um cavalheiro – digo, ríspido. – Diga a ele para esperar.

Um momento de hesitação. Então, calmamente:

– Sim, senhor.

– Aaron.

Não preciso olhar para cima para saber que ela está descontente com a minha grosseria. Os proprietários desse centro de suprimentos específico fecharam a loja inteira para nós e foram extremamente gentis. Eu sei que estou sendo cruel. No momento, não consigo evitar.

– *Aaron.*

– Hoje é o dia do seu casamento – eu digo, incapaz de encontrar seus olhos. – Ele arruinou o dia do seu casamento. O dia do nosso casamento.

Ela se levanta. Eu sinto sua frustração desaparecer. Se transformar. Se alternar entre tristeza, felicidade, esperança, medo e, finalmente...

Resignação.

Um dos piores sentimentos possíveis sobre o que deveria ser um dia feliz. Resignação é pior do que frustração. Muito pior.

Minha raiva se calcifica.

– Ele não arruinou – ela diz, por fim. – Ainda podemos fazer dar certo.

– Você está certa – eu digo, puxando-a em meus braços. – Claro que você está certa. Realmente não importa. Nada disso importa.

– Mas é o dia do meu casamento – diz ela. – E eu não tenho nada para vestir.

– Você está certa. – Eu beijo o topo da cabeça dela. – Eu vou matá-lo.

Uma batida repentina na porta.

Fico rígido. Dou meia-volta.

– Ei, pessoal? – Mais batidas. – Eu sei que vocês estão superchateados comigo, mas tenho boas notícias, eu juro. Eu vou resolver isso. Vou compensar vocês.

Estou a ponto de responder quando Ella puxa minha mão, silenciando minha escaldante resposta com um único movimento. Ela me lança um olhar que diz claramente:

Dê uma chance a ele.

Suspiro quando a raiva se instala dentro do meu corpo, meus ombros se curvam com o peso dela. Relutante, eu me afasto para permitir que ela lide com esse idiota da maneira que preferir.

Afinal, é o dia do casamento dela.

Ella se aproxima da porta. Aponta para ele, indicando com o dedo a tinta branca incomum enquanto ela fala.

– É melhor que isso seja bom, Kenji, ou Warner vai te matar, e eu vou ajudar.

E então, simples assim…

Estou sorrindo de novo.

Dois

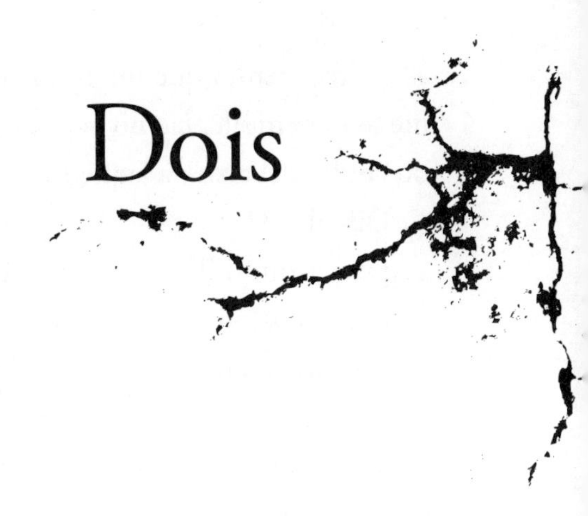

Somos levados de volta ao Santuário da mesma maneira que a todos os lugares – em um SUV preto, para todo tipo de terreno e à prova de balas –, mas o carro e suas janelas totalmente escuras só nos tornam mais chamativos, o que acho preocupante. Mas, por outro lado, como Castle gosta de ressaltar, não tenho uma solução pronta para o problema, por isso continuamos em um impasse.

Tento esconder minha reação enquanto prosseguimos de carro pela área arborizada nos arredores do Santuário, mas não posso evitar minha careta ou a maneira como meu corpo trava, me preparando para uma luta. Após a queda do Restabelecimento, a maioria dos grupos rebeldes saiu do esconderijo para se juntar ao mundo...

Mas nós não.

Na semana passada, abrimos essa estrada de terra para o SUV, permitindo que ele chegasse o mais próximo possível da entrada não marcada, mas não tenho certeza de que esteja fazendo muito para ajudar. Uma multidão de pessoas já se aglomerou com tanta força que não nos movemos mais do que um centímetro de cada vez. Muitos são bem-intencionados, mas gritam e batem no carro com o entusiasmo de uma multidão beligerante, e toda vez que suportamos esse circo, tenho que me forçar fisicamente a permanecer calmo. A me sentar em silêncio no banco e ignorar o desejo de remover a arma do coldre debaixo da jaqueta.

Difícil.

Eu sei que Ella sabe se proteger – ela já provou esse fato mil vezes –, mas, ainda assim, eu me preocupo. Ela se tornou notória em um grau quase aterrorizante. Até certo ponto, todos nós nos tornamos. Mas Juliette Ferrars, como é conhecida em todo o mundo, não pode ir a lugar nenhum e nem fazer nada sem atrair a multidão.

Eles dizem que a amam.

Mesmo assim, continuamos cautelosos. Ainda existem muitos em todo o mundo que adorariam trazer de volta à vida os restos emaciados do Restabelecimento, e assassinar um herói amado seria o começo mais eficaz desse esquema. Embora tenhamos níveis sem precedentes de privacidade no Santuário, onde as proteções visuais e sonoras de Nouria ao redor do terreno nos concedem liberdades de que não desfrutamos em nenhum outro lugar, não conseguimos esconder nossa localização precisa. As pessoas sabem, no geral, onde nos encontrar, e essa pequena informação as alimenta há semanas. Os civis esperam aqui – milhares e milhares deles – todos os dias.

Por não mais do que um vislumbre.

Tivemos que colocar barricadas no lugar. Tivemos que trazer segurança extra, recrutando soldados armados dos setores locais. Esta área está irreconhecível em relação ao que estava há um mês. Já é um mundo diferente. E sinto meu corpo ficar sólido quando nos aproximamos da entrada. Quase lá agora.

Olho para cima, pronto para dizer algo…

– Não se preocupe. – Kenji sustenta seu olhar com o meu. – Nouria aumentou a segurança. Deve haver uma equipe de pessoas esperando por nós.

– Não sei por que tudo isso é necessário – diz Ella, ainda olhando pela janela. – Por que não posso parar por um minuto e conversar com eles?

– Porque da última vez que você fez isso, você quase foi pisoteada – diz Kenji, exasperado.

– Apenas uma vez.

Os olhos de Kenji se arregalam de indignação e, nesse ponto, ele e eu estamos de pleno acordo. Eu me encosto mais para trás e vejo como ele conta com os dedos.

– No mesmo dia em que você quase foi pisoteada, alguém tentou cortar seu cabelo. Outro dia, um monte de gente tentou te beijar. As pessoas literalmente jogam seus bebês recém-nascidos para você. Além disso, já contei seis pessoas que fizeram xixi nas calças na sua presença, o que, devo acrescentar, não é apenas perturbador, mas anti-higiênico, principalmente quando elas tentam te abraçar enquanto ainda estão mijando. – Ele balança a cabeça. – As multidões são grandes demais, princesa. Muito fortes. Muito apaixonadas. Todo mundo grita na sua cara, luta para colocar as mãos em você. E metade do tempo não podemos te proteger.

– Mas...

– Eu sei que a maioria dessas pessoas é bem-intencionada – eu digo, pegando a mão dela. Ela se vira na cadeira e encontra meus olhos. – Eles são, na maioria das vezes, gentis. Curiosos. Oprimidos pela gratidão e desesperados para colocar um rosto na liberdade que ganharam.

– Eu sei disso – eu digo – porque eu sempre verifico as multidões, vasculho sua energia em busca de raiva ou violência. E embora a grande maioria seja boa... – Eu suspiro, balanço a cabeça. – Querida, você acabou de fazer muitos inimigos. Essas multidões maciças e não filtradas não são seguras. Ainda não. Talvez nunca.

Ela respira fundo, solta o ar lentamente.

– Eu sei que você está certo – responde, calmamente. – Mas, de alguma forma, parece errado não poder conversar com as pessoas pelas quais lutamos. Quero que saibam como eu me sinto. Quero que saibam o quanto nos importamos, e quanto ainda planejamos fazer para reconstruir, para acertar as coisas.

– Você vai fazer isso – eu digo. – Vou garantir que você tenha a chance de dizer todas essas coisas. Mas faz apenas duas semanas, meu amor. E, no momento, não temos a infraestrutura necessária para que isso aconteça.

– Mas estamos trabalhando nisso, não estamos?

– Estamos trabalhando nisso – diz Kenji. – O que, na verdade, não significa que eu esteja dando desculpas ou algo assim, mas se você não tivesse me pedido para priorizar o comitê de reconstrução, eu provavelmente não teria emitido ordens para derrubar uma série de edifícios inseguros, um dos quais incluía o estúdio de Winston e Alia. – Ele levanta as mãos. – O estúdio que, fique registrado, eu não sabia que era deles. E, novamente, não que eu esteja dando desculpas pelo meu comportamento repreensível ou algo assim, mas como diabos eu deveria saber que era um estúdio de arte? Estava oficialmente listado nos livros como inseguro, marcado para demolição...

– Eles não sabiam que estava marcado para demolição – diz Ella, com uma pitada de impaciência na voz. – Eles entraram no estúdio justamente porque ninguém estava usando.

– Sim – diz Kenji, apontando para ela. – Certo. Mas veja bem, eu não sabia disso.

– Winston e Alia são seus amigos – indico de forma grosseira. – Não é da sua conta saber esse tipo de coisas?

– Escute, cara, foram duas semanas muito agitadas desde que o mundo desmoronou, ok? Eu estive ocupado.

– Estamos todos ocupados.

– Ok, chega – Ella diz, levantando a mão. Ela está olhando pela janela, franzindo a testa. – Alguém está vindo.

Kent.

– O que Adam está fazendo aqui? – Ella pergunta. Então, se vira para Kenji. – Você sabia que ele estava vindo?

Se Kenji responde, eu não o ouço. Estou olhando pelas janelas muito escuras para a cena lá fora, vendo Adam abrir caminho através da multidão em direção ao carro. Ele parece estar desarmado. Ele grita algo no mar de pessoas, mas elas não são caladas imediatamente. Mais algumas tentativas – e eles se acalmam. Milhares de rostos se voltam para encará-lo.

Eu luto para entender suas palavras.

E então, lentamente, ele se afasta quando dez homens e mulheres fortemente armados se aproximam de nosso carro. Seus corpos formam uma barricada entre o veículo e a entrada do Santuário, e Kenji salta primeiro, invisível e vai andando na frente. Ele projeta seu poder para proteger Ella, e eu roubo sua furtividade para mim. Nós três – nossos corpos invisíveis – avançamos cautelosos em direção à entrada.

Apenas quando estamos do outro lado, em segurança dentro dos limites do Santuário, é que finalmente relaxo.

Um pouco.

Olho para trás, como sempre faço, para a multidão reunida logo depois da barreira invisível que protege nosso acampamento. Alguns dias eu apenas fico aqui e estudo seus rostos, procurando por algo. Qualquer coisa. Uma ameaça ainda desconhecida, sem nome.

– Ei, incrível – diz Winston, sua voz inesperada me sacudindo para fora do meu devaneio.

Eu me viro para olhá-lo, descobrindo-o suado e sem fôlego enquanto ele se aproxima de nós.

– Que bom que vocês estão de volta – diz ele, ainda ofegante. – Algum de vocês sabe alguma coisa sobre consertar canos? Temos um tipo de problema de esgoto em uma das barracas e precisamos da ajuda de todos.

Nosso retorno à realidade é rápido.

E nos devolve a humildade.

Mas Ella dá um passo à frente, já estendendo os braços para – Deus do céu, está molhado? – uma chave inglesa na mão de Winston, e eu quase não consigo acreditar. Passo um braço em volta da cintura dela, puxando-a para trás.

– Por favor, meu amor. Hoje não. Qualquer outro dia, talvez. Mas não hoje.

– O quê? – Ela olha para trás. – Por que não? Eu sou muito boa com uma chave inglesa. Ei, a propósito – diz ela, virando-se para os outros –, você sabia que Ian é secretamente muito bom em marcenaria?

Winston ri.

– Era apenas um segredo para você, princesa – diz Kenji.

Ela faz uma careta.

– Bem, estávamos consertando um dos edifícios mais salváveis outro dia, e ele me ensinou a usar tudo o que havia na caixa de ferramentas. Eu o ajudei a consertar o telhado – ela diz com um grande sorriso.

– Essa é uma justificativa estranha para passar as horas antes do seu casamento tirando as fezes de um vaso sanitário. – Kent vem andando até nós. Ele está rindo.

Meu irmão.

Tão estranho.

Ele é uma versão mais feliz e saudável de si mesmo do que eu já vi antes. Ele levou uma semana para se recuperar depois que o trouxemos de volta para cá, mas quando recobrou a consciência e contamos o que tinha acontecido – e garantimos que James estava seguro – ele desmaiou.

E não acordou por mais dois dias.

Ele se tornou uma pessoa completamente diferente desde então. Praticamente jubilante. Feliz por todos. Uma escuridão ainda permanece sobre todos nós – provavelmente permanecerá sobre todos nós para sempre...

Mas Adam parece inegavelmente alterado.

– Eu só queria avisar vocês – diz ele – que estamos fazendo uma coisa nova agora. Nouria quer que eu vá lá e faça uma desativação geral antes que alguém entre ou saia do local. Apenas como precaução. – Ele olha para Ella. – Juliette, tudo bem para você?

Juliette.

Muitas coisas mudaram quando chegamos em casa, e esta foi uma delas. Ela pegou seu nome de volta. Recuperou-o. Ela disse que, apagando Juliette de sua vida, temia estar dando muito poder ao fantasma de meu pai. Ela percebeu que não queria esquecer seus anos como Juliette – ou diminuir a jovem que era, lutando contra todas as probabilidades de sobreviver. Juliette Ferrars é quem ela era quando foi divulgada ao mundo, e ela quer que continue assim.

Sou o único que ela permite chamá-la de Ella agora.

É só para nós. Um vínculo à nossa história compartilhada, um aceno ao nosso passado, ao amor que sempre senti por ela, independentemente do nome que ela tivesse.

Eu a observo enquanto ela ri com seus amigos, enquanto ela tira um martelo do cinto de ferramentas de Winston e finge bater em Kenji com ele – sem dúvida alguma por algo que ele merece. Lily e Nazeera saem de algum lugar desconhecido, Lily carregando um cachorrinho embrulhado que ela e Ian salvaram de um prédio abandonado nas proximidades. Ella solta o martelo com um grito repentino e Adam pula para trás em alarme. Ela pega a criatura suja e imunda em seus braços, sufocando-a com beijos, mesmo que a criatura lata com uma ferocidade selvagem. E então ela se vira para mim, o animal ainda latindo em seu ouvido, e eu percebo que há lágrimas em seus olhos. Ela está chorando por causa de um cachorro.

Juliette Ferrars, um dos heróis mais temidos e elogiados do mundo conhecido, está chorando por causa de um cachorro. Talvez ninguém mais entenda, mas sei que é a primeira vez que ela segura um. Sem hesitação, sem medo, sem perigo de causar qualquer dano a uma criatura inocente. Para ela, isso é verdadeira alegria.

Para o mundo, ela é formidável.

Para mim?

Ela é o mundo.

Então, quando ela larga a criatura nos meus braços relutantes, eu a mantenho firme, sem reclamar quando o animal lambe meu rosto com a mesma língua que usou, sem dúvida, para limpar suas partes traseiras. Eu permaneço firme, sem revelar nada, mesmo quando a baba quente escorre pelo meu pescoço. Fico parado enquanto suas patas sujas se enterram no meu casaco e as unhas se engancham na lã. Na verdade, estou tão paralisado que, algum tempo depois, a criatura se acalma, seus membros ansiosos se apoiam no meu peito. Ele geme enquanto olha para mim, geme até que eu finalmente levante a mão e passe em sua cabeça.

Quando a ouço rir, fico feliz.

tipografia: Adobe Garamond Pro